浙江省哲学社会科学规划课题（课题编号：20NDJC156YB）

浙江蚕歌文化研究

刘文◎著

中国纺织出版社有限公司

内 容 提 要

本书收集了遍及浙江蚕乡的实地调研一手资料，也是对即将消逝的浙江蚕歌进行抢救性保护，将散落于民间的视频、音频进行翻译，将零散辑录于地方书籍中的蚕歌进行整理，从文化理论上给予提升。挖掘每一首蚕歌的文化内涵，并进行归纳，从浙江历史悠久的植桑育蚕、蚕农辛勤劳作而生活富足、广为流传的婚嫁礼俗、蚕歌文化保护与传承等方面进行论述，涉及浙江历史、民俗、经济、信仰等内容。旨在挖掘蚕桑文化，增强文化自信。

图书在版编目（CIP）数据

浙江蚕歌文化研究 / 刘文著. -- 北京：中国纺织出版社有限公司，2025.5. -- ISBN 978-7-5229-2872-2

I. I207.72

中国国家版本馆CIP数据核字第2025Y6N174号

责任编辑：黎嘉琪　魏　萌　　责任校对：高　涵
责任印制：王艳丽

中国纺织出版社有限公司出版发行
地址：北京市朝阳区百子湾东里 A407 号楼　邮政编码：100124
销售电话：010—67004422　　传真：010—87155801
http://www.c-textilep.com
中国纺织出版社天猫旗舰店
官方微博 http://weibo.com/2119887771
北京华联印刷有限公司印刷　各地新华书店经销
2025 年 5 月第 1 版第 1 次印刷
开本：787×1092　1/16　印张：16.5
字数：275 千字　定价：168.00 元

凡购本书，如有缺页、倒页、脱页，由本社图书营销中心调换

序

美妙且动人的蚕歌

两年前，听刘文说在研究一个浙江省哲学社会科学规划课题——"浙江蚕歌文化研究"。当时我就觉得特别美妙，"蚕"加上"歌"，简直太有韵味了，顿时把我拉回到久远的黄帝时期。

炎黄二帝是中华民族的人文始祖。在古代典籍和民间传说中，总能见到黄帝发明了什么，例如造出舟车等。一开始，说是黄帝发明了养蚕缫丝，后来可能觉得养蚕缫丝都是妇女干的活儿，于是就改了一种说法，说是黄帝元妃嫘祖"始教民育蚕"，这样听起来更接近现实生活。在魏晋南北朝时期，人们将嫘祖奉为"蚕神"，每逢蚕月到来，都要祭蚕神，以求养蚕缫丝大获成功，取得好收成。这个祭蚕神的活动可不是一般的农事活动，帝王的王后、命妇等诸女性贵族都要分级别郑重参加祭祀。届时王后要穿特定的服装，名叫"鞠衣"，又称"黄桑服"，鞠衣的颜色是偏新叶的颜色，像是嫩黄的小芽。鞠衣是王后、命妇的礼服（六服）之一，古礼即每年农历三月，王后穿上鞠衣"以躬亲蚕"。这在《礼记》《周礼》《吕氏春秋》以及《舆服志》中都有记载。

以上说明了养蚕缫丝是中国人在很长一段时间内独有的，而后又成为中国发展的命脉。

班固《汉书·食货志》中记载"一夫不耕，或受之饥；一女不织，或受之寒"。蚕丝的作用有多大？中国蚕神不仅有黄帝元妃嫘祖，还有民间的"马头娘"。《玄怪录》和《续玄怪录》里记载：有一姑娘的父亲出远门久未返家，姑娘对自家的马说："你若能将我父亲接回，我就嫁给你。"马听后脱缰而去，真的把其父驮回来了。可是，一家人只顾得团圆高兴，竟然忘记了这一诺言。马很不悦，连天嘶鸣。父亲知道缘由后十分恼怒，遂把马杀了，把马皮晾晒在粮房墙上。有一天，姑娘从粮房前走过，马皮裹着姑娘飞到了树上。这或许就是现实世界中尚未经人育养的野蚕。扎根在民众心中的蚕神虽然有些凄美，但"马头娘"的塑像却遍布东南亚地区……

从这两个神话传说中，就能看到养蚕缫丝在中国社会生活中具有多么重要的位置。刘文是嘉兴大学的教授，嘉兴地处浙江，而浙江省自古以来就是蚕业繁荣的宝地。关于蚕，关于丝，大家知道的都很多，可是，这本书研究的"蚕歌"确实是一下子使蚕业丝织品都鲜活起来了。可以想象，江南的女性，一边勤奋地劳动着，她们的双手织就了美丽的宏图，同时又快乐着，吟唱着来自实践的蚕歌，这里突出的是劳动时的愉悦，是生产中的艺术。可惜我只能看到歌词与乐谱，如果在江南的青山绿水间听到一声声发自肺腑的动人的歌唱，那将会是多么大的荣幸啊！

刘文真能干，自她在我这儿取得硕士学位后取得了丰富的成果，不仅出版了好几部专著和教材，还主持设计大型歌舞服饰表演。一方面是静心，需要沉下心来查阅资料，一个字一个字地深思熟虑；另一方面是动人心弦的大型表演，组织各方人士，设计全套服装，调集音响、场地、表演者。我真为刘文感到骄傲！

"蚕歌"加上"文化"，显得既美妙，又厚重感十足。蚕歌确实需要研究，尤其在当今国潮汹涌澎湃、"非遗"大张旗鼓之时，更突出其紧迫性和必要性。蚕歌是需要得到当代人重视的。我从事服饰文化教学研究半个世纪，早年还教授中国工艺美术史，见过有关丝织的著作、论文无数，但是对蚕歌的研究少之又少，刘文从社科项目的高度做起，因此这本书的意义是实打实的。

祝贺刘文，也佩服刘文带领团队深入浙江蚕乡，搜集了这么多一手资料。无论是从蚕丝业的角度来看，还是从社科研究的角度来看，这都是有价值的。及时挖掘，及时研究，积极开发，绝对是有利于非物质文化遗产传承的！感谢刘文团队，同时我们也需要更多人参与到研究蚕文化的队伍中来！也期待着刘文在该领域研究中再结硕果！

2025 年 4 月 9 日

前言

中国是世界上最早从事蚕桑劳作的国家，素有"丝绸之国"的美誉。浙江作为中国蚕桑生产的重要发源地之一，享有"鱼米之乡"及"丝绸之府"的美称。

浙江蚕歌伴随悠久的蚕桑生产劳动而产生，成为浙江蚕桑文化及中国蚕桑文化的重要载体。它源于生活、歌唱生活，为劳动人民提供了一种发声的方式。作为一种由蚕农集体以口头语言创作、传播，并广泛应用的吴越方言民歌，其基本题材源自蚕农的养蚕生产劳动，内容与养蚕生产紧密相连。从养蚕的一系列蚕事活动到祈蚕酬蚕的一系列祭拜仪式，均有蚕歌的创作。这些蚕歌融合了劳动人民的生产和生活的智慧，是蚕农在劳动中寻求慰藉、表达思想、抒发情感的民间歌谣，充分展现了江南蚕桑丝织文化的瑰丽风采，承载着深厚的历史积淀。

浙江蚕歌蕴含着丰富的民俗价值、文学价值、艺术价值和社会价值，同时展现出独特性、稀缺性和地方性特色。然而，在经济现代化的冲击下，这些充满淳朴蚕桑气息的蚕歌正逐渐淡出人们的视野。因此，对其进行更加全面而系统的调查与研究显得尤为必要。

本人带领师生团队多次完成了暑期社会实践中的蚕歌调研任务，荣获嘉兴大学"暑期社会实践优秀团队"称号，本人也被评为"优秀指导教师"。在2021年第十七届"挑战杯"全国大学生课外学术科技作品竞赛中，项目《莫让蚕音空逝去——江南蚕歌保护与传承调查》获得了浙江省金奖以及国家三等奖。该作品不仅得到了浙江省文化和旅游部非遗司的认可与推荐，还受到了中国工程院院士陆军教授和人类服饰文化学专家华梅教授的高度评价，并获得推荐。此外，该项目组的工作引起了广泛的社会关注，先后受到《人民日报》《嘉兴日报》《南湖晚报》《潇湘晨报》《读嘉》《嘉兴在线》等多家媒体的报道，累计阅读量10万余人次。通过团队的不懈努力，对浙江蚕歌进行了较为全面的调研与整理，收集了大量珍贵资料。这一系列工作旨在为浙江蚕歌的保护与传承尽一分力量。

本专著基于实地调研和文献梳理，致力于对即将消逝的浙江蚕歌进行抢救性整理。通过对散落于民间的视频、音频进行地方方言翻译，以及对零散记录在地方书籍中的蚕歌进行系统化整理，从文化理论层面进行提升与归纳。全书以五章展开论述：植桑育蚕——历史悠久、辛勤劳作——生活富足、婚嫁礼俗——广为流传、民间信仰——虔诚崇拜、浙江蚕歌的保护与传承，涵盖了浙江历史、民俗、经济、信仰等多个方面。其意义主要体现在以下四个方面：①保护作用。将散落在书籍中或仍流传于民间的浙江蚕歌汇集整理成册，避免其逐渐消亡。②学术价值。对浙江蚕歌进行分类整理与点评，为学界提供基础素材，推动相关领域的研究与推广。③传承意义。通过研究浙江蚕歌的保护与推广方式，并将其与音乐等课程结合，使这一传统民间艺术形式得到有效传承。④文旅发展。根据蚕歌现状，联动当地文旅产业融合发展，为中国传统民谣的保护与传承提供参考，同时推动蚕桑文化的发展。

在乡村振兴战略与非物质文化遗产保护的背景下，本书旨在通过抢救性保护和创新性传承，增强乡村的文化自信。我们希望这一努力能为中华大地上众多民间歌谣的传承与保护提供参考，并为中华传统文化的延续与推广作出贡献。

我们深信，在社会各界的关注与支持下，浙江蚕歌的传唱将永续不断。期待浙江民间优美的蚕歌及其深厚的蚕桑文化，能够沿着丝绸之路传播到世界各地，让更多人认识并喜爱这一独特的文化宝藏！

2025年3月

目录

第一章　植桑育蚕——历史悠久 / 1

第一节　形成条件分析——天时地利　　/ 2
第二节　特点及其价值——本土多元　　/ 8
第三节　蚕歌类别分析——丰富多彩　　/ 21

第二章　辛勤劳作——生活富足 / 49

第一节　从采桑到织布——环环相扣　　/ 50
第二节　养蚕过程忌讳——蚕月禁忌　　/ 80
第三节　采桑浪漫情歌——蚕乡爱情　　/ 84
第四节　蚕花收成满满——喜悦之情　　/ 92

第三章　婚嫁礼俗——广为流传 / 97

第一节　新媳妇过门前——蚕花定情　　/ 98
第二节　婚礼经蚕肚肠——新婚祝愿　　/ 106
第三节　蚕歌源于生活——本土描述　　/ 114
第四节　新媳妇过门后——美好祝愿　　/ 118
第五节　蚕农特色陪嫁——寓意吉祥　　/ 122

第四章　民间信仰——虔诚崇拜 / 129

第一节　马鸣王下凡来——蚕神传说　　/ 130
第二节　俗信黄色蟒蛇——青龙护蚕　　/ 155
第三节　祛蚕祟请蚕猫——驱鼠避害　　/ 158
第四节　送丧必用绵兜——阴世保佑　　/ 163
第五节　举火把烧田蚕——吉祥如意　　/ 167

第五章　浙江蚕歌的保护与传承 / 169

第一节　浙江蚕歌现状——原因分析　／ 170
第二节　保护传承实践——团队行动　／ 172
第三节　保护传承措施——多元建议　／ 178
第四节　保护传承方法——立体多元　／ 182

参考文献 / 189

附录 / 193

附录1　民间蚕歌文化调研纪实　／ 193
附录2　蚕歌曲谱　／ 205
附录3　蚕歌绘本创作　／ 235

后记 / 253

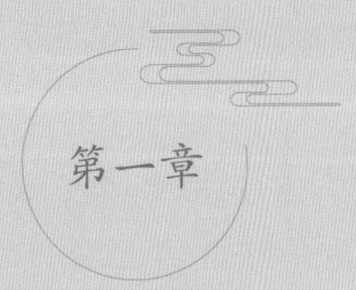

第一章

植桑育蚕——历史悠久

第一节
形成条件分析——天时地利

一、天然造化，水网密布

"浙江"二字以水为偏旁，因江而得名。"浙"含有曲折之意，代表一条蜿蜒的河流。晋代虞喜在《志林》中记载："潮水涌至浙山下，折而弯曲。"

浙江另有"渐河""曲江""之江"之称。"浙江"这一名称早在秦汉以前便已出现，并沿用至今。《史记》卷六《秦始皇本纪》中记载："过丹阳，至钱唐。临浙江，水波恶，乃西百二十里，从狭中渡。"此外，《史记》卷七《项羽本纪》也提到："秦始皇帝游会稽。渡浙江。"《山海经·海内东经》记载："浙江出三天子都，在其东。在闽西北，入海，余暨南。"明确了浙江的发源地及其地理方位，表明其起始于"三天子都"，处于"蛮"地东部、"闽"地西北部，向东流入大海，并且流经"余暨"南部区域。体现了古人对浙江地理特征的理解与认知。《汉书》卷二十八上《地理志》注曰：浙江水源于南蛮夷地区，向东注入大海。《水经注》卷四十记载："浙江水出三天子都，北过余杭，东入于海。"《吴越春秋》卷四《勾践入臣外传》记载："越王勾践五年的五月，与大夫文种、范蠡入臣于吴，群臣皆送至浙江之上，临水祖道，军阵固陵。"（越王）到达浙江岸边时，远眺大越山川秀丽，天地清明如初。

浙江东濒东海，南连福建，西接安徽与江西，北靠江苏。地处亚热带中部，气候温和湿润，雨量充沛，自然条件优越。地势西南高、东北低，北部为平原地区，主要包括杭嘉湖平原和宁绍平原，水网密布且土壤肥沃，素有"江南鱼米之乡"之称，同时也是蚕桑产业的重要基地；西部与东部多为丘陵，适合农耕；南部则以山地为主，峰峦叠翠，风景优美。

浙江的主要河流有钱塘江、瓯江、曹娥江、灵江、东西苕溪、甬江、飞云江、鳌江，还有世界闻名的京杭大运河。在浙江北部平原，钱塘江和大运河是主要水系。钱塘江是浙江省最大的河流，干流全长约410km，流域面积占全省总面积的三分之一左右。钱塘江入海口由于地形呈喇叭状，潮水逐渐升高，尤其在海宁盐官一带，海潮涌来时如万马奔腾，白浪滔天，形成举世闻名的"钱江潮"。而京杭大运河浙江段南端位于杭州拱宸桥，经余杭、桐乡、嘉兴等地进入江苏南部，全长128.5km，是浙江省重要的水运干线。

浙江省的湖泊主要集中在北部地区，包括杭州的西湖、嘉兴的南湖、鄞州的东钱湖以及绍兴的鉴湖。西湖又称钱塘湖、西子湖，面积约为5.6km^2，三面环山，风景优美。自唐代以来，经过历代疏浚治理，已成为举世闻名的旅游胜地。南湖分为东西两部分，又称鸳鸯湖，总面积约0.24km^2。作为中国共产党诞生地，南湖具有重要的革命纪念意义。东钱湖是浙江省内面积最大的湖泊，约22km^2，分为谷子湖、梅湖和外湖，灌溉奉化、鄞州区、镇海等8个乡的七万余亩农田。鉴湖又名长湖、大湖、庆湖或镜湖，东汉顺帝永和五年（公元140年），由会稽太守马臻开始疏浚治理，周围长约179km。灌溉田地约90km^2，水质优秀，用以酿酒。

总之，浙江有着悠久的历史，气候适宜，河流湖泊纵横交错，"水流浩荡，与湖泊相连"，大自然赋予的优越水系为浙江桑田繁茂和农桑兴旺提供了坚实保障。其中，浙江北部平原凭借得天独厚的自然条件，尤其适合植桑养蚕。

二、黄金水道，商旅往返

江南运河被民众称为"官河"或"官塘"，据《越绝书·吴地传》记载：秦始皇时期，在嘉兴马塘筑堤成湖，整治从嘉兴通往钱塘越地的水道，并连接浙江。由此形成了从镇江经苏州、嘉兴到杭州的水运航线，这条沟通长江与钱塘江的水上通道在秦代已初步形成，奠定了江南运河的基本走向。隋朝建立后，为加强对江南地区的控制以及增强关中与江南经济的联系，开始对京杭大运河进行系统且大规模的整治。到唐代时，江南运河基本形成了如今的格局，此后各朝代又不断对其进行完善和加强。隋代修建的通济渠与永济渠连通了钱塘江、长江、淮河、黄河以及海河之间的水系联系。京杭大运河中运输最为繁忙的航道便是江南运河段。该运河段自镇扬起始，途经丹阳、常州、无锡、苏州、吴江、嘉兴、桐乡，最终到达杭州。北端连接长江，南端通向钱塘江，同时与金丹溧漕河、武宜漕河、锡澄运河、望虞河、浏河、吴淞江、太浦河、吴兴塘、平湖塘、华亭塘、杭甬运河等多条运河相交会，成为江南地区河运的主要通道。在吴江平望镇以南，运河分为三条支流，分别通往浙北的杭州、嘉兴和湖州三市。

大运河的修建为整治水系、组织河网带来方便，使浙北水利空前发展。唐初，海盐令李谔在海盐、嘉兴一带"开古泾三百"，疏通排灌。唐文宗时，嘉兴开汉塘以达平湖，汇苕溪来水，骨干河流逐步形成。水利大兴，河渠上设立堰、闸、坝，以调控水位，旱则开闸以利灌溉，涝则闭闸防洪以保农田。唐代大诗人白居易有诗云"平河七百里，沃壤二三州"，赞颂的就是江南运河的功绩。此后，历代江南运河交通繁盛，"南北往来，……南通八闽，北通三吴，旁及江右。"其地理环境对于浙江民俗文化的形成有着直接的影响，宋神宗曾亲自下诏，强调要加强对嘉兴运河段长安闸的管理，从而促进了浙江蚕桑业的蓬勃发展。

浙江在汉时已兴蚕桑丝织；唐宋蚕丝业已相当发达，丝绫被列为贡品；明清更是"桑柘遍地，茧泊如山，蚕丝成市"。浙江历代蓬勃发展的蚕桑经济离不开繁盛的运河水道。被世人称为"黄金水道"的京杭大运河促进了蚕桑经济的繁荣，"商旅往返，不绝于途"，造福了当地百姓。中国银行嘉兴支行成立于1914年8月，旧时中国银行的经营业务主要是发行货币，吸收各种存款，贷放给工商企业、交通、公用事业各种款项，向银行业的同行借放资金等，还对地方农副产品，如干茧、土丝及轻工产品、生产资料发放收购、抵押贷款，并以实物进入中行仓储堆栈作为抵押担保。位于嘉兴芦席汇的嘉兴银行堆栈（图1-1），利用大运河的水路交通之方便，将它作为堆放、收购、抵押货物的仓储地。

图1-1 京杭大运河嘉兴银行堆栈（摄于1935年），庞艺影收藏

三、蚕桑繁盛，蚕歌流传

早在先秦时期，浙江北部便已发展成中国蚕桑丝绸生产较为集中的区域。在这一过程中，原始的浙江蚕桑生产意识与行为程序得以形成，并且在蚕桑民俗中，人的行为表现以及丝绸服饰的物象呈现都逐渐成为那个时代的历史产物。正是由于浙江悠久的蚕桑历史，才孕育出了独具江南特色的蚕桑文化。这种文化不仅反映了古代人民的生活智慧与审美情趣，也成为中华民族传统文化的重要组成部分之一。

马家浜文化是长江下游太湖地区已发现的最早的新石器文化遗址，其发源地位于浙江北部嘉兴城西南约7km处的南湖乡天带桥村马家浜。经考古研究证实，马家浜先民在新石器时期就已经开始从事原始种植业。现代考古发现，在距今约7000年的桐乡罗家角文化遗址第三文化层中发现了桑孢粉遗存。而在马家浜文化之后的良渚文化考古发掘中，湖州吴兴钱山漾文化遗址出土了丝线、丝带、绢片等物品（1958年发掘）。经专家鉴定，这些丝绸制品已有4700年的历史，这一发现充分证明了浙江蚕桑业的早期萌芽及其悠久的蚕桑文化传统。在浙江北部出土了大量新石器时代的纺轮，其材质有陶、玉、石等（图1-2～图1-5），还出土了农耕器具，如良渚文化破土器（图1-6）等，证明了早在新石器时期，浙江先民就已经开始养蚕缫丝，破土农耕。

图1-2　马家浜文化陶纺轮，1991年桐乡崇福新桥遗址出土，桐乡市博物馆收藏

图1-3　良渚文化玉纺轮，1976年桐乡安兴周士塘出土，桐乡市博物馆收藏

图1-4　良渚文化石纺轮，1988年海宁坟桥港遗址出土，海宁市博物馆收藏

图1-5 良渚文化陶纺轮，1990年海宁达泽庙遗址出土，海宁市博物馆收藏

图1-6 良渚文化破土器，1984年桐乡果园桥出土，桐乡市博物馆收藏

在浙江，历代的蚕桑文化深深渗透于人们的生产、生活以及宗教等民俗之中，成为浙江文化历史的重要载体。学术界普遍认为，大约在魏晋之后，蚕桑业逐渐兴盛于江南地区，据清同治《湖州府志》记载："蚕事如《禹贡》《豳风》所陈，多在青、兖、岐、雍之境，后世渐盛于江南。"自宋代起，中国丝绸生产的重心开始向南方转移，浙江、四川以及黄河流域共同构成了中国丝绸生产的三大中心。尤其是江南地区的浙江，到明代已发展成为中国最重要的丝绸生产基地。这里的蚕桑丝绸生产起步早、技术先进，丝绸主要通过贸易形式传播，成为对外影响力较大的商品，并在全球经济大流通中扮演了极其重要的角色。这一发展历程不仅彰显了浙江蚕桑业的历史地位，也体现了其在中国乃至世界经济中的重要贡献。

浙江的蚕桑文化与历代的繁荣经济为蚕歌的形成奠定了基础。蚕歌随着蚕桑文化的兴起而产生，其创作者和演唱者多为当地的蚕农。在过去，蚕歌具有很强的普及性，几乎家喻户晓，世代传唱。通过蚕歌的歌词，我们可以领略到当时的经济社会状况，并感受到当地的风土人情。例如，"腊月十二蚕生日，家家腌种不偷闲，有的人家石灰撒，有的人家松盐腌。还有人家天腌种，高高挂在屋廊檐，通风透气防鼠剥，不怕日晒不怕寒"这些歌词不仅描绘了蚕乡各家各户腌制蚕种的场景，而且成为生产技术传播交流的有效方式。再如，"看蚕好来真的好，种田好来勉饱饱""识得人间四月天，困勒床里吃一年""敲落丝车把船开，粗丝要往杭州送，细丝要往湖州载。银子卖了几十两，眉开眼笑把家回……一个存心办嫁妆，一个想要盖楼房。"这些蚕歌表达了蚕桑、丝绸在旧时浙江蚕乡经济中的重要地位。此外，旧时的蚕农虽然殷切期盼蚕茧丰收，但由于缺乏科学知识，他们将希望寄托于蚕神的保佑（图1-7、图1-8）。因此，常以祭祀蚕神来表达自己对蚕神的崇拜，并采取各种禁忌来祛祟辟邪。这些民间信仰及风俗禁忌在浙江蚕歌中都有所反映，进一步丰富了蚕歌的文化内涵。

图1-7 虔诚,张伟中摄影　　　　　图1-8 乌镇香市,李渭钫摄影

　　通过研究和保护浙江蚕歌,我们能够从独特的视角去了解这一段丰富的历史和故事。浙江蚕歌不仅承载着丰富的文化遗产,更体现了一种值得学习的精神:勤劳智慧、热爱生活、淳朴善良以及对自然的敬畏。这些精神品质不仅是对过去蚕农生活的写照,也是现代社会中我们需要继承和发扬的重要价值观。通过对蚕歌的研究,我们不仅能更好地认识浙江地区的历史文化,还能从中汲取精神力量,激励我们在生活中不断追求进步与和谐。

第二节
特点及其价值——本土多元

一、浙江蚕歌的特点

（一）历史悠久

《诗经》是我国最早的一部诗歌总集，其中约有50首诗歌直接或间接涉及蚕、桑、丝、绸等内容。这些诗歌分布于《召南》《邶风》《鄘风》《卫风》《王风》《郑风》《魏风》《唐风》《秦风》《曹风》《豳风》《大雅》《小雅》《颂》等篇章中，可视为我国有文字记载的最早的蚕歌形式之一。它们不仅展现了先秦时期人们在蚕桑生产中的生活状态，还表达了相关的情感，也体现了当时社会对自然与农业生产的高度重视。据杨逸文等人对《〈诗经〉蚕歌杂谈》的研究表明，《诗经》中的这些蚕歌是我国古代蚕桑文化的重要载体，同时也是研究早期蚕桑经济和社会文化的重要资料。

浙江北部太湖流域的杭嘉湖地区，是我国蚕业的重要发源地之一，其养蚕历史十分悠久。这一结论得到了大量新石器时期文物的支持，如石纺轮、陶纺轮等，这些文物在当地的博物馆中得以保存和展示。根据出土文物和史料记载，浙江蚕歌渗透到了蚕桑生产生活的各个环节，逐渐形成了独具地方特色的蚕歌文化。无论是养蚕的具体步骤，还是从事与蚕事相关的活动，都被质朴、智慧的蚕农以歌谣的形式记录并传唱下来。浙江蚕乡民间的蚕歌起源于人们的日常生产劳动，是劳动人民生产经验与智慧的结晶，也是情感表达的重要途径，更是一种具有仪式感的形式，展现出强烈的地域特色和艺术价值。这种文化的传承不仅反映了当地居民对蚕桑生产的重视，也体现了他们对生活的热爱和对自然的敬畏。

浙江地区最早在歌谣中记录蚕桑活动的作品，可以追溯到东晋时期的《前溪歌》。

据《宋书·乐志》记载，《前溪歌》由东晋车骑将军沈充❶创作。此外，郗昂在《乐府解题》中提到："《前溪》，舞曲也。"《大唐传载》进一步指出，湖州市德清县南的前溪村是古代教授乐舞的地方。至今，该地仍有数百户人家精通音乐，江南地区的声妓多出自此地，这就是所谓的"舞出前溪"之意。根据《太平御览》卷六十七《溪》的记载，《吴兴记》描述了前溪的位置：它位于德清县南，向东流入太湖，称为风渚，两岸生长着箭箬。而后溪则在市场以北，向东通往余不亭。东晋车骑将军沈充创作了《前溪歌》，后人普遍认为这首歌曲与这条溪流有关❷。

如上所述，《前溪歌》原本是由东晋车骑将军沈充创作的舞曲，后来发展为七首歌曲，这一续写工作据传由宋少帝完成（《太平寰宇记》中有所记载）。在这七首歌曲里，第四首和第五首与蚕桑活动相关。尽管《前溪歌》主要内容为民间情歌，但其中涉及蚕桑的部分，体现了当时蚕桑生产在人们生活中的重要性，以及蚕桑文化与音乐、舞蹈等艺术形式的紧密联系。不仅展现了古代浙江地区丰富的民俗文化，还反映了蚕桑活动对当地社会经济和文化艺术的影响。

> 逍遥独桑头，北望东武亭。黄瓜被山侧，春风感郎情。
> 逍遥独桑头，东北无广亲。黄瓜是小草，春风何足叹，忆汝涕交零。❸

以上两首与蚕桑相关的歌谣均以"逍遥独桑头"作为起句，这一表达在朱秋枫先生的《浙江歌谣流变史》中得到了深入分析。朱先生认为，"逍遥"一词在此处传达了采桑劳动过程中不受亲人约束、无比自由的感受。"独桑头"则有两种解释：其一为"独自一人采桑"，强调了劳动者的独立性；其二为"独自一人爬到高高的桑树上采叶，观赏景色"，突出了采桑场景中的空间感和视野开阔的特点。由于桑树树干较高大，采桑时多借助梯子完成，正如清代吴之振在《课桑词》中写道：下路桑枝著地低，杭城都用采桑梯。算来总是三吴地，物土相宜已不齐。"❹此外，在国家级非物质文化遗产代表性传承人王钱松❺的剪纸作品《海宁自古蚕丝盛》（图1-9中第四幅）中，

---

❶ 沈充：（？—324年），字士居，吴兴武康（今湖州德清县）人。年轻时喜欢读兵书，以雄豪闻名。为王敦下属参军，车骑将军，后随王敦叛乱，败归，被部将所杀。
❷ 李昉：《太平御览》卷六十七《池溪壑》，中华书局1960年版。
❸ 郭茂倩：《乐府诗集》卷四十五《清商曲辞二》，上海古籍出版社2016年版。
❹ 朱秋枫：《浙江歌谣源流史》，浙江古籍出版社2004年版。
❺ 王钱松（1934—2013年），海宁人，国家级非物质文化遗产保护项目海宁皮影戏代表性传承人，享有"世界民间艺术大师"美誉。

也能看到古人搭梯采桑的画面。这一艺术形式不仅验证了古代蚕桑生产的操作方式，也从侧面反映出蚕桑文化在浙江地区的深厚根基和广泛影响。这些文化遗产不仅是研究古代蚕桑生产的重要依据，也具有重要的历史价值，是了解当时社会生活和民俗风情的宝贵财富。

图1-9 《海宁自古蚕丝盛》，王钱松剪纸

（二）题材丰富

浙江蚕歌的题材广泛，涵盖了多个方面，如劳动技术、日常生活、信仰仪式、岁月节令和缠绵情歌等。

（1）劳动技术。该题材蚕歌内容涉及生产过程，主要功能是传授劳动经验和描绘劳动情景，涵盖植桑、消毒（图1-10、图1-11）、养蚕、缫丝、织绸等多个环节。例如，《收蚁》这首歌谣中就多处体现了劳动技术，如"手持鹅毛轻轻掸"（图1-12）、"要采新鲜的嫩桑叶"（图1-13）、"盆中炭火持续不灭"，现代多用电炉代替炭火，同时加水，起到加温加湿的作用（图1-14）。这些细节生动地展示了蚕农在收蚁过程中使用的方法和技术要点。例如，《马鸣王》这首蚕歌："当家娘娘有主意，蚕种包好轻轻放被里""快刀切叶金丝片，引出乌娘万万千。"这些歌词同样详细记录了养蚕过程中的重要步骤和技巧。通过这些蚕歌，我们可以清楚地了解到古代蚕农如何将实践经验融入歌谣之中，既便于记忆又利于传承。也使枯燥的劳动过程增添了趣味性和艺术性。这类歌谣不仅是劳动智慧的结晶，也是研究传统蚕桑生产技术和文化的重要资料。

图1-10 蚕具消毒,谢跃锋摄影

图1-11 蚕具晾晒,谢跃锋摄影

图1-12 手持鹅毛轻轻掸,谢跃锋摄影

图1-13 桐乡市洲泉镇小元头村顾家角蚕农采嫩桑叶,张根荣摄影

(a)为蚕宝宝加温

(b)刚刚脱皮的蚕宝宝

图1-14 蚕房中的一眠蚕,谢跃锋摄影

（2）日常生活。该题材蚕歌涉及与蚕桑相关的衣食住行、婚丧嫁娶、待人接物等相关习俗。例如，与蚕桑文化密切相关的日常生活习俗歌谣《撒蚕花铜钿》，尤其在蚕农家迎接新媳妇时演唱。当新娘被迎至家门前尚未入内时，喜娘或乐人会唱起这首蚕歌，并伴随着将"蚕花铜钿"撒向四面八方的动作。歌词中提到："新人来到大门前，诸亲百眷分两边。取出银锣与宝瓶，蚕花铜钿撒四面……田头地横路路熟；东南西北撒得匀，今年要交蚕花运……茧子堆来碰屋顶。"这一仪式不仅为婚礼增添了欢乐气氛，还承载了人们对新人的美好祝愿。通过撒播"蚕花铜钿"，象征着财富和好运的降临，同时也预示着"一年四季福寿洪，蚕花茂盛廿四分"。这里的"廿四分"是蚕农对丰收的最大期望，表达了他们对生活富足和事业兴旺的渴望。这种习俗反映了蚕桑文化如何深深融入浙江地区的日常生活中，成为人们表达情感、传递祝福的重要方式。通过音乐、舞蹈和仪式相结合的形式，不仅丰富了当地的民俗文化，也增强了蚕农之间的凝聚力和认同感。

（3）信仰仪式。旧时浙江蚕农的信仰仪式深刻地反映了他们对自然和神灵的敬畏，特别是在对马鸣王菩萨（图1-15）的崇拜中体现得淋漓尽致。这种信仰不仅是精神上的寄托，更是一种追求丰收、平安与幸福的文化体现。在过去的蚕月来临前，民间的蚕歌歌手会走街串巷，肩挑箩筐，扁担上挂着蚕神画像，或在箩筐中放置木制蚕神像，同时手持小锡锣，边敲边唱："春看龙蚕好，夏保禾苗兴，秋免三灾人吉庆，一到龙洞福寿添。合门人口无灾祸，福也增来寿也添。堂前永保儿孙福，子孙代代做高官。"这些歌词不仅展现了蚕农对丰收的渴望，也体现了他们对生活安定和家族兴旺的美好愿景。还寄托了他们对家庭幸福、子孙昌盛的美好愿望。此外，蚕歌手还会唱道："今年蚕花收成好，全靠马鸣王菩萨到门来。"通过这类信仰仪式，蚕农们期望借助神灵的力量，确保蚕桑生产的顺利进行，并祈求全家平安、免受灾难。这些仪式不仅是蚕农生活中不可或缺的一部分，也体现了他们与自然和谐共处的方式，彰显了对生命和劳动的尊重。从对马鸣王菩萨的崇拜中，能够感受到浙江地区蚕桑文化所蕴含的

图1-15 桐乡六神牌中的蚕神，徐春雷摄影

深厚精神意义和丰富的民俗传统。这种信仰仪式不仅连接了人与自然，也成为维系文化传承的重要纽带。

（4）岁月节令。浙江蚕歌中多有对岁月节令的体现，展现了蚕农如何将蚕桑劳作与自然节气紧密相连，这是蚕农在长期生产实践中积累的智慧结晶。例如，《收蚁》唱道："谷雨收蚕正当时……温和天气来收蚁……"这一句清楚地表明了谷雨时节是收蚁的最佳时机，强调了气候条件对蚕种孵化的重要性。再如《蚕花谣》中的歌词："清明一过谷雨来，谷雨两边要看蚕……"也进一步说明了在清明和谷雨这两个节气之间，是观察和照料蚕的重要时期。此外，《腌种》中提到："腊月十二蚕生日（图1-16），家家腌种不偷闲……十二月十二来腌起，腌到腊月廿四卯时前……"这里明确指出了蚕种腌制的具体时间，反映了蚕农对这一关键步骤的时间安排有着严格的把控。而《看春蚕》则唱道："正二三月勤修桑，四月里来养蚕忙……"这句歌词不仅描绘了春季修整桑树和开始养蚕的情景，还体现了蚕农在不同月份需要进行的不同劳作。最后，《蚕花书》中的"立夏日西南风起，连三朝雾露吓煞……"则揭示了立夏时节气候变化对蚕桑生产的影响，提醒蚕农要注意防范可能发生的自然灾害。通过这些与岁月节令相关的蚕歌，我们可以看到蚕农们如何根据自然规律调整自己的劳作方式，以确保蚕桑生产的顺利进行。这种结合自然节气的生产实践，不仅是蚕农智慧的体现，也是他们与自然和谐相处的重要方式。

（5）缠绵情歌。在浙江的蚕歌中，情歌占据了重要的一席之地。这些情歌生动地展现了蚕乡青年男女在劳作中萌生的爱情，以及他们在桑林中约会的浪漫场景。这种爱情既有田园生活的质朴气息，又饱含真挚的情感，成为蚕乡文化中一道独特的风景线。例如，《采桑歌》唱道："叶箬一只肩上挂，脚底擦油出厅堂。三步并作两步走，来到村外桑园旁。东一张来西一望，望见情郎在挑秧。叶箬挂在桑枝上，手甩包巾招呼打。情郎有心会阿妹，立刻来到妹身旁。三日未成能相见，相隔好似九秋长。"这首歌描绘了一位姑娘急切前往

图1-16 腊月十二蚕生日请蚕神，徐春雷摄影

桑园的情景，只为与心上人相遇。她动作轻快，"三步并作两步"，表现出对情郎的思念之深。当她终于看到情郎时，"手甩包巾招呼打"，而情郎也迅速回应，两人得以相聚。短短几句歌词，将热恋中男女的心动与甜蜜展现得淋漓尽致。另一首《捉叶姐》则写道："姐思情哥心欢喜……二月杏花白似银，捉叶娇娘想郎君……四月蔷薇叶正青，奴采桑叶哥来陪……"这首歌通过描述四季的变化，展现了姑娘对情郎的思念之情。从二月杏花盛开到四月蔷薇葱茏，时光流转间，姑娘始终惦记着自己的情郎。特别是在四月里，她采桑叶时有情郎陪伴，这种场景充满了田园生活的诗意与温馨。这些情歌不仅反映了蚕乡青年男女纯真的爱情，还巧妙地融入了自然风光和劳动场景，使整首歌谣洋溢着浓郁的生活气息。它们既是蚕农情感的真实写照，也是他们丰富精神世界的一部分。透过这些歌谣，我们可以感受到蚕乡人民质朴而又热烈的情感表达方式，以及他们在劳作之余对美好爱情的追求与向往。

（三）水乡地域

俗话说："一方水土养一方人。"浙江水乡地域为蚕桑业的兴起和发展奠定了物质基础，满足了所需的蚕桑养殖河水灌溉及温润的气候特色条件，同时，水运的四通八达，也为蚕桑经济的繁荣锦上添花。至明清时，浙江"桑林遍野"，集镇"蚕丝成市"，城乡"机轴之声不绝"，濮院绸"日产万匹"，王江泾被誉为"衣被天下"。康熙三十八年（1699年）在南巡中途经嘉兴时作《桑赋·序》："朕巡省浙西，桑林遍野，天下丝缕之供，皆在东南，而蚕桑之盛，唯此一区"。乾隆帝下江南，舟过嘉兴，写下"夹岸桑林数十里，果然蚕事此邦多"的诗句。嘉兴丝绸贸易兴盛，万商云集，塞北、岭南、西陲以至琉球、吕宋，无不有嘉兴丝绸的行踪。在经济大流通中，嘉兴扮演了极其重要的角色，被誉为"丝绸之府"。

浙江蚕歌作为一种独特的民俗现象，随着蚕桑业的繁荣，由当地蚕农代代口耳相传。蚕歌的内容与当地的水乡生活紧密相连，其曲调和演唱形式融合了花鼓戏、皮影戏、三跳等地方文艺元素，从而发展出一种具有水乡特色的民歌形式。如蚕歌《经蚕肚肠·收肠》："……粗丝要往杭州装，细丝要往上海摇……"再如《蚕花谣》："……连夜开出两只买叶船……拔出蒿子就开船……敲落丝车把船开，粗丝要往杭州送，细丝要往湖州载……"展现了水上船运的特征，同时也是浙江蚕歌水乡地域特色的反映。

图1-17～图1-20所示体现出浙江蚕乡水运的四通八达，运输方便，不仅表现出利于灌溉桑田和清洗蚕匾、祈祝丰收的场景，也体现出蚕农的亲水性和积极乐观的生活态度，以及对美好生活的向往之情。

图1-17　1977年浪桥茧站售茧场景，李渭钫摄影

图1-18　水乡河港忙运茧❶，方炳华摄影

图1-19　洗蚕匾，张伟中摄影

图1-20　蚕乡泼水祈丰年，吴持平摄影

二、浙江蚕歌的价值

（一）实用价值

1. 口耳相传——劳动经验

《生种❷》："若要看蚕先生种，时刻不停用心计。采落种茧三五日，蛾子钻出怕风寒。别风勿怕怕西南，西南只怕老头蚕。隐得过，遮得瞒，哪怕刮起大西南。蚕种来生好，挂在正东间。尤恐虫鼠来侵损，听我数说莫偷闲。"《饲蚕》："……日间藏被内，夜间焐身边。用心焐介三周时，钻出乌娘万万千。快刀切落金丝叶，鹅毛轻掸棣中间，周围四转要遮瞒，恶风吹过要伤蚕……"

---

❶ 该照片摄于1977年云龙村，于2012年被中国丝绸博物馆收藏。
❷ 生种：生产蚕种。蚕歌源于《马鸣王化龙蚕》，徐春雷采录。

在旧时，浙江蚕乡蚕农识字者不多，家家户户通过蚕歌这一形式传承养蚕的实践经验，方言歌唱的形式易被蚕农接受，虽然当时科学技术很不发达，但蚕农养蚕技艺并不逊色，反而很科学。蚕桑经济繁荣昌盛，蚕歌起到了至关重要的作用。

元代吴兴人娄元礼编撰的《田家五行》一书中，记录了与蚕月晴雨相关的谚语，如："三月初三晴，桑上挂银瓶。三月初三雨，桑叶成苔脯。雨打石头斑，桑叶钱价难。"这表明蚕月适宜晴暖而不宜寒雨，这是蚕农的经验总结。因为蚕宝宝的生长喜好温暖而厌恶潮湿，若蚕月长期下雨，甚至石头上都长出了苔"斑"，就会遇到阴寒天气，导致蚕的生长受到影响，桑叶低价也难以出售。正如明代冯梦龙在《醒世恒言》中所写："做天莫做四月天，蚕要温和麦要寒。秧要日时麻要雨，采桑娘子要晴干。"

2. 生产过程——指导作用

浙江蚕歌内容涉及蚕桑生产的全过程的各个环节，如催青、收蚁、消毒（图1-21）、头眠、二眠、出火（三眠）、大眠、上山、采茧、缫丝等。

《蚕花谣》中写道："……清明一过谷雨来，谷雨两边要看蚕。当家娘娘有主意，蚕种包好轻轻放在被里面。隔了三天看一看，布子上面绿茵茵。当家娘娘手段好，鹅毛轻轻掸介掸……头眠眠得崭崭齐，二眠眠得齐崭崭。火柿开出花捉出火，楝树开花捉大眠……喂蚕好比龙凤起，吃叶好比阵头来……"❶唱词中的大部分内容详细描述了养蚕的过程，有助于蚕农对生产流程进行指导和传播。

《扫蚕花地》中描述："大眠开桑一周时……蚕凳跳板密密麻，龙蚕落到地铺里……"❶描绘的是蚕的最后一眠，即四眠（大眠），在这个时间段里，蚕的生长速度非常快，蚕匾这个"家"已经容不下快速长大的蚕宝宝了，蚕宝宝被蚕农安排在地上，即"落地铺"，为了便于蚕娘喂食蚕宝宝，在"地铺"上搭上几条板子，即"跳板"（图1-22），蚕娘可以在"跳板"上走来走去，不影响饲蚕。歌词

图1-21 给小蚕消毒❷，谢跃锋摄影

---

❶ 桐乡县民间文学集成办公室：《中国民间文学集成：浙江省嘉兴市桐乡县故事、歌谣、谚语卷》，桐乡县民间集成办公室1989年版。

❷ 崇福镇湾里村谢家角蚕农吴敏芬，洒"防病一号"到小蚕身上进行消毒。

中既描述了四眠蚕宝宝的生长场景,也起到了指导生产的作用,蚕农间相互传唱,对蚕桑养殖具有指导作用。

图1-22 桐乡市洲泉镇南庄村文桥北组蚕娘沈珍南在"跳板"上饲养四眠蚕,张根荣摄影

《马鸣王》中写道:"连吃三餐树头鲜,个个喉通小脚边。东山木头西山竹,搭起山棚接连圈。八十公公刷毛柴……"❶描述的场景是蚕宝宝大眠后的一周,此时蚕农需要清理蚕室内的蚕粪。蚕农从东山购买木头、从西山购得竹子,搭建起"山棚",并完成蜈蚣蔟、伞形蔟、塑料折蔟(一般选一种即可)的准备(图1-23~图1-25),供蚕宝宝"上山"结茧之用。这一阶段,蚕宝宝已经成熟并停止进食,其身体变得透明,甚至连每只蚕足都变得透亮(图1-26)。蚕歌不仅对蚕宝宝"上山"前的状态进行了描绘,还记录了这一重要环节。同时也是对生产过程的经验介绍,起到了指导作用。

图1-23 桐乡市凤鸣街道新农村凌家门蜈蚣蔟实物,凌冬梅摄影

图1-24 桐乡市洲泉镇南庄村文桥头河北蚕农沈乐君在理伞形蔟,张根荣摄影

---

❶ 平湖县民间文学集成办公室:《中国民间文学集成:浙江省嘉兴市平湖县故事、歌谣、谚语卷》,平湖县民间文学集成办公室1989年版。

图1-25 塑料折簇，凌冬梅摄影

图1-26 透亮的蚕宝宝（即将吐丝结茧），谢跃锋摄影

（二）精神价值

蚕农的劳作对象是鲜活灵动的蚕宝宝，从孵化成蚁到结茧成蛹，整个过程充满了生命的律动与变化。在这一过程中，饲养方法需根据蚕宝宝不同生长期的特点进行调整，每一步都要求蚕农倾注耐心与细心，悉心呵护这些脆弱而珍贵的小生命。这些具体的饲养技巧，往往不是通过书本学习得来，而是依靠家族间的代代相传或邻里间的口耳相授。这种方式不仅传承了丰富的经验，也凝聚了深厚的情感纽带。蚕宝宝的生长周期如同一条无形的纽带，牵动着蚕农的心弦。他们的情绪随着蚕宝宝的成长阶段而起伏波动：当蚕宝宝顺利进食、健康成长时，他们会满心喜悦；而当遇到病害或其他意外导致蚕宝宝受损时，他们又会陷入深深的悲伤。在日复一日的劳作中，蚕农不仅是在照料蚕宝宝，更是在感悟人生、抒发情感、寄托希望。他们将对生活的热爱、对未来的期盼融入每一次喂养和清理之中。这种独特的心理体验，使得蚕桑生产不仅仅是一种经济活动，更成为一种蕴含深刻文化意义的生命实践。通过这一过程，蚕农们将自己的情感与自然规律紧密结合，谱写了一曲曲关于生命与希望的赞歌。

（1）喜爱之情。《看春蚕》中写道：正二三月忙着修桑，四月里开始养蚕忙碌起来。蚕宝宝长大后会结茧，就如同养育儿女一般……❶《养蚕忙》中描述：到了四月五月天，家家户户都忙着养蚕，无暇休息。即便每日辛勤劳作，也担心蚕因饥饿而无法结茧。桑叶大时需用刀切细，桑叶湿时要用布擦干。即使孩子哭闹也顾不上，一心把蚕当作儿女般照料。经过头眠、二眠到三、四眠，最终吐丝结成又白又鲜的茧子。这些茧子被用来缫丝织绸制作衣物，穿在身上既轻盈又柔软。❷将蚕的成长与人的成长相类比，蚕长大后结茧，就如同儿子长大成才一般。蚕乡人把蚕当作儿女一样精心饲

---

❶ 平湖县民间文学集成办公室：《中国民间文学集成：浙江省嘉兴市平湖县故事、歌谣、谚语卷》，平湖县民间文学集成办公室1989年版。

❷ 吴志琴唱，丁欢庆记，陆殿至：《嘉兴市歌谣、谚语卷》，浙江文艺出版社1991年版。

养。这种比喻体现了对劳动的尊重，更体现了对蚕宝宝的喜爱之情。

（2）祥瑞寓意。《拔蚕花》："留下一朵蚕花好，阿妈戴花朝里走，年纪活到九十九，发财发财……发福发福……"说的是蚕乡蚕农家女儿出嫁临行前，娘家要从女儿头上拔下一朵花，并且由母亲将这朵花摆放在灶台上，寓意蚕花喜气留在娘家，为娘家带来福寿和财运。

（3）家庭和睦。《采茧》："家家要想蚕花兴，弟兄合力石成玉，父子同心土变金……合家采茧忙不停，筐筐要采廿四分。"❶《蚕花谣》唱云："合家老少一起来，茧子采了几十担……"体现的是家和万事兴的道理，蚕农家庭成员要团结一致，共同努力，就能"石成玉""土变金"，获得丰收，这是经验所得，也是阖家幸福的思想情绪的感悟（图1-27）。

图1-27　桐乡市洲泉镇岑山村李炳汉家"老幼上阵"采蚕茧，张根荣摄影

（4）生活富足。蚕歌《蚕娘个个喜洋洋》中写道："每筐五斤十三两，蚕娘个个喜洋洋……今年蚕花强……上山成茧雪墩样……粗丝细丝踏千两，九州四海尽传扬……卖丝银子桶来装。"而蚕歌《蚕花谣》中也有："银两卖了几百两，眉花眼笑回家转……一个存心办嫁妆，一个想要盖楼房……"等歌词表达。体现了蚕农依靠辛勤劳动，换来了富裕的生活，对未来的美好生活充满期待，内心感到无比幸福。

（5）祈福保佑。蚕乡的丧俗中蕴含着独特的文化寓意，《送丧十二个绵兜》便是其中一种表现形式。这首歌以蚕宝宝的生命循环为象征，寄托了人们对逝者的美好祝愿，希望其如同蚕一般经历蜕变，早日实现死而复生，进入另一个世界的新生。另一

---

❶ 苏州市文联：《吴歌新集》，苏州市文联印2000年版。

首《讨蚕花》，则是在死者入殓时演唱的蚕歌。它不仅承载着对逝者的哀思，更表达了后人祈求逝者能够护佑家族的愿望。通过这首歌曲，人们期望逝者在另一个世界安享平静的同时，也能以某种方式庇护后代，带来祥瑞与平安。这种将蚕文化融入丧俗的做法，体现了蚕乡人民对生命的敬畏以及对未来生活的美好期许。这些祈福保佑类的蚕歌，反映了蚕乡社会对生死轮回的独特理解，同时也展现了他们对家庭和谐、生活幸福的追求。在歌声中，生命的意义被不断延展，超越了个体的生死界限，成为集体精神信仰的体现。

（6）蚕神信仰。《马鸣王》中写道："马鸣王菩萨坐于莲台，来到家中保佑养蚕顺利。马鸣王菩萨诞生于何处？诞生于东阳义乌县。"《马鸣王化龙蚕》中亦提到："坛前不供奉其他神仙，只赞马鸣王菩萨化身龙蚕……"在过去，由于科学知识的缺乏，蚕农在养殖蚕宝宝的过程中，面对蚕宝宝突然死亡或各种病害等问题时，常常无法解释，内心感到十分无助。因此，他们希望神灵能保佑蚕宝宝健康成长，祈愿养蚕过程顺利并获得大丰收。在蚕乡地区，蚕农们虔诚地祭祀蚕神，例如马头娘、蚕花娘娘、蚕花三姑、马鸣王菩萨等。

（7）讽喻贪官污吏。《蚕花歌》："敲下新丝三百车，放到明年茶花开。一个客商贩不起，两个客商方开包……铜钿多来派啥用？再给官官造只读书厅，熟读诗书去赶考。南场考来南场进，北场考来北场进，连中三元得头名。头名状元封点啥？封你七省巡按来苏杭，杀尽那班贪官与污吏，永保蚕乡百姓得安康。"这些唱词反映了明清时期蚕乡百姓的思想和愿望，他们渴望蚕花繁茂、财富充裕，同时希望社会没有贪官污吏，国家安定繁荣。

（8）血泪控诉。《蚕娘苦》："春季里来养蚕忙，蚕娘个个到蚕房。日夜勿困多辛苦……蚕娘个个做丝忙。木头丝车笨又重，做得蚕娘手脚痛……蚕娘卖丝到街坊。雪白细丝卖勿起，东讨西逼两手光……清早做到黄昏后，仍旧一身破衣裳。"❶这首蚕歌生动展现了过去蚕娘养蚕的艰难，用血泪控诉了旧社会的阶级压迫，导致蚕娘身心俱疲。《背仔一身"粒半头"❷》："借债买叶上山头，结仔茧子呒人收；一家辛苦呒着落，背仔一身粒半头"❸讲述了蚕农为养蚕借高利贷购买桑叶，然而茧子无人收购的情况。一家人辛勤劳动，却承受着高利贷带来的巨大压力，生活苦不堪言。

---

❶ 吴奎林口述。《双林民间文学三套集成汇编》，双林镇中心文化站 1987 年编印。
❷ 粒半头：旧社会高利贷的一种。指的是借了一粒，利息却要一粒半，本利加在一起两粒半。通常以一年为期限。
❸ 苏州市文学艺术界联合会、江苏省民间视觉工作者协会苏州市分会：《吴歌》，中国民间艺术出版社 1984 年版。

第三节
蚕歌类别分析——丰富多彩

浙江蚕歌种类丰富，大致可归纳分为六大类：养蚕过程习俗类、蚕农日常生活类、民间原始信仰类、儿童游戏童谣类、新中国新蚕歌类、面面俱到综合类。

一、养蚕过程习俗类

养蚕过程习俗类蚕歌主要有《腌种》《收蚁》《采茧》《蚕娘个个喜洋洋》《缫丝姐》《养龙蚕》《采茧歌》《卖茧歌》《十二月花名》等。这一类蚕歌在科学不发达的时期，为古老的蚕桑生产技能的口口传承作出了非常大的贡献。

《腌种》，腌种其实是一种古老的消毒方法，展现了过去腌制蚕种的时间、不同的腌制方法及注意事项：腌蚕种，腊月天，家家都一样。有的人家用石灰腌，有的则用松盐。从十二月十二日开始腌，一直腌到腊月廿四日卯时之前。取出蚕种后掸掉盐分，放入百花汤中轻轻端洗……这种古老的收蚁方式和"杀种"风俗，体现了劳动人民朴素的生产智慧。

《蚕花歌》作为浙江蚕乡广为流传的一首长篇叙事歌谣，以其丰富的内容、生动的情节和深刻的文化内涵，成为研究中国传统农业经济与社会文化的重要资料。这首歌以时间为轴线，详细描绘了蚕生产从选种到卖丝的全过程，展现了蚕乡人民的智慧与勤劳，同时也寄托了他们对美好生活的期许。

《蚕花歌》内容主要包括以下七个方面。①蚕生日与腌蚕种。农历十二月十二日被蚕乡人视为"蚕生日"，这一天家家户户开始为来年的养蚕做准备。通过石灰或盐卤腌制蚕种，确保其健康存活，为新一年的丰收打下基础。这种传统习俗体现了蚕乡人对自然规律的尊重以及对未来生活的重视。②清明谷雨掸花蚕。清明过后进入谷雨时节，这是养蚕的关键时期。人们购买新纸褙（用于粘贴蚕具）、制作蚕掸（驱虫工具），迎接即将孵化的"乌娘"（幼蚕）。这一阶段的工作细致入微，反映出蚕农对蚕宝宝的精心呵护。③养蚕过程。随着季节变化，养蚕工序逐步展开。根据野菜、刺藜花、楝树花等植物的开花时间，依次进行捉头眠、二眠、出火、大眠等步骤。这些工序不仅展示了蚕农丰富的经验，也反映了他们顺应自然规律的智慧。④买桑叶应对困难。在桑叶不足的情况下，夫妻连夜划船前往桐乡和石门湾购买桑叶。尽管市场价格波动，但他们凭借努力最终解决了危机。这一情节既表现了蚕乡人的坚韧不拔，也突出了家庭成员之间的团结协作。⑤上蔟与丰收。搭建簇棚、邀请八十岁公公撒蚕、让七岁孩童端金盘……这些仪式感满满的活动，象征着丰收的节日氛围。簇棚内的蚕茧洁白如雪、云朵般美丽，"前簇望去千堆雪，后簇望去万朵云，当中横里望去金银满天星"的描写，生动地表达了蚕乡人对丰收的喜悦之情。⑥缫丝与财富积累。将收获的茧子制成丝绸，邀请技艺高超的缫丝娘操作丝车，生产出高质量的丝线。这些丝绸不仅为家庭带来了巨大的财富，也成为蚕乡经济繁荣的重要标志。这一环节体现了手工艺传承的重要性，以及劳动人民创造价值的能力。⑦美好生活愿景。歌词的最后升华了情感，展现了蚕乡人对未来的美好憧憬。他们用赚来的钱建造绣花厅和读书厅，希望孩子能够学习诗书、考取功名，甚至成为状元并被封为七省巡按，惩治贪官污吏，保护百姓安康。"杀尽那班贪官与污吏，永保蚕乡百姓得安康"一句，表达了蚕乡人勤劳富足的同时，重视教育，更希望孩子为国家作出贡献，确保国泰民安的美好愿望。

《蚕花歌》的文化意义在于，不仅记录了蚕桑业的发展历程，还传递了劳动人民的智慧结晶和价值观念。它提醒我们要珍惜自然资源、重视手工艺传承，同时也激励人们通过努力奋斗实现个人梦想和推动社会进步。此外，《蚕花歌》作为嘉兴蚕乡新篁地区皮影戏剧团的谢幕曲，更进一步彰显了其在民间艺术中的重要地位。这首长篇叙事歌谣既是蚕乡文化的珍宝，也是中华优秀传统文化的关键部分，值得我们深入探究与传承。

蚕花歌

十二月十二蚕生日，家家户户腌蚕种，
有的人家石灰腌，有的人家盐卤腌，腌得蚕种绿艳艳。
清明过去谷雨来，谷雨两边掸花蚕，

买刀新纸褙❶蚕箪，拔根鸡毛做蚕掸，引出乌娘万万千。

百花节令大蚕时，野菜开花捉头眠，

刺藜花❷开捉二眠，楝树花开捉出火，蔷薇花开捉大眠。

小夫妻俩窃窃窃，"今年眠头做得齐"，

"今年的花蚕看得出""上年的桑叶正好吃""今年看来缺一半"！

连夜开出两只买叶船：

一只开到桐乡县，一只开到石门湾，

走上岸去问问看，今朝的桑叶啥价钿？

昨日两块洋钿掮一掮❸，今朝一块洋钿掮两掮，

歇隔三日只值一包老烟钿，来来来，来来来，你一掮，我一掮。

一掮掮到蚕架边，蚕娘一看喜心间，

忙用清水洒一遍，连夜喂足三铺叶，吃得箪里宝宝韧纤纤。

南山木头北山竹，平湖芦帘硖石麻，

搭起簇棚像戏台，东厅要上余杭种，西厅要上改良种。

八十公公来撒蚕，七岁孩童端金盘，

上簇好比大节日，男女老少忙开怀，上好簇棚不许看。

歇隔三日三夜浪❹簇棚，至亲好友来望簇头，

前簇望去千堆雪，后簇望去万朵云，当中横里望去金银满天星。

采把茧子来看一看，大的做来像鸭蛋，

小的做来像汤团，放个嘴里咬咬看，茧子硬得像石卵。

今年的茧子茧衣厚，采下茧子要做丝，

出门去请做丝娘，张村请到张一娘，李庄请到李二娘。

廿四部丝车排开场，当中留条送茶道，

缫丝娘娘本领强，脚踏车轴吱吱响，金丝银丝像流泉。

敲下新丝三百车，放到明年茶开花，

一个客商贩不起，两个客商方开包，要买七七四十九只大元宝。

铜钿多来派啥用，先给宝宝盖只绣花厅。

---

❶ 褙：粘贴。
❷ 刺藜花：一种白色野蔷薇花。
❸ 掮一掮：清末民初时当地买卖桑叶以掮为单位，一掮大约相当于现在的一担。
❹ 浪：开封透气。

> 描龙绣凤学飞针，绣出凤凰展翅飞，百鸟朝凤满天音。
> 铜钿多来派啥用？再给官官造只读书厅，
> 熟读诗书去赶考，南场考来南场进，北场考来北场进。
> 连中三元得头名，头名状元封点啥？
> 封你七省巡按来苏杭，杀尽那班贪官与污吏，永保蚕乡百姓得安康。❶

《蚕花经》是一首充满生活气息与文化内涵的民谣，它以朴实的语言和生动的细节，完整地讲述了养蚕、缫丝的全过程以及蚕农的生活场景。从华蚕老太讲述蚕经开始，到清明、谷雨时节的繁忙养蚕，再到夫妻俩为买桑叶、喂蚕所付出的辛勤劳作，直至收获茧子、请人缫丝，最后通过卖丝致富再置办家业，展现了江南地区传统蚕桑文化的深厚底蕴。

《蚕花经》内容包括五个方面：①华蚕老太讲蚕经——经验传承。《蚕花经》开篇由华蚕老太讲述"蚕经"，这象征着蚕桑生产中经验的代代相传。老太将自己多年积累的养蚕知识传授给后人，包括选种、孵化、饲养等技巧，这些宝贵的经验是蚕农成功养蚕的基础。这种口耳相传的方式，不仅保存了蚕桑生产的技艺，也是凝聚家族与邻里之间的情感纽带。②清明、谷雨养蚕忙——顺应自然规律。清明、谷雨时节是养蚕的关键时期，此时万物生长，桑树吐绿，正是蚕宝宝孵化和成长的好时机。蚕农们忙碌于准备蚕具、挑选健康蚕种，并密切关注天气变化与植物开花情况。这一阶段的工作体现了蚕农对自然规律的深刻理解和顺应自然的能力。③夫妻辛苦张罗——家庭协作精神。夫妻俩在养蚕过程中扮演了重要角色，他们共同承担起买桑叶、喂蚕等繁重任务。为了确保蚕宝宝有足够的食物，他们甚至连夜划船去外地购买桑叶；在喂蚕时，他们细心呵护，生怕稍有疏忽影响收成。这种夫妻齐心协力的情景，展现了传统农业社会中家庭成员之间的紧密协作精神。④收获茧子请人缫丝——劳动成果的转化。经过蚕月的辛勤努力，蚕农终于迎来了丰收的时刻。洁白如雪的蚕茧堆满了簇棚，这是对他们辛劳付出的最佳回报。随后，请来技艺高超的缫丝匠人，将蚕茧制成光滑细腻的丝线。这一过程不仅是劳动成果的转化，也是手工艺传承的重要体现。⑤卖丝致富置办家业——美好生活的追求。通过卖丝获得财富，蚕农得以改善生活条件，购置田产或建造新房。这种从辛勤劳作到实现富裕的过程，反映了蚕农对美好生活的向往与追求，同时也彰显了蚕桑产业在江南地区经济发展中的重要

---

❶ 徐振甫唱，黄士清、徐俊其记。陆殿奎：《嘉兴市歌谣、谚语卷》，浙江文艺出版社1991年版。

作用。

《蚕花经》的文化意义在于，不仅仅记录了养蚕、缫丝的具体流程，更承载了江南地区传统蚕桑文化的丰富内涵。它展现了蚕农在日常劳作中的智慧与辛劳，表达了他们对丰收的期盼与喜悦，还传递了家庭和睦、邻里互助的传统价值观。同时，这首民谣也提醒我们要珍惜自然资源、尊重传统技艺、传承中华优秀传统文化。

蚕花经

华蚕老太❶能细心，年年出来讲蚕经，百年难遇岁朝春❷，开新年来换新春。
清明过仔谷雨来，谷雨三朝掸花蚕❸。当家婶婶能黠吒❹，引出乌娘蛮齐扎❺。
三日三夜做头眠，两日两夜做二眠。刺蘩花开来做出火，楝树花开来做大眠。
大眠做仔好几担。
当家叔叔细心点，青桑园里转一转。旧年老叶正好吃，今年老叶缺一半。
夫妻两个细商量，连夜要开买叶船，一只开到桐乡县，一只开到石门湾。
吃碗茶来敲管烟，打听老叶啥价钿？昨日每洋挑一肩❻，今朝还要贱一点。
几担老叶都装到，拔起篙子就开船。摇一橹来挪一挪，一路摇到石渡❼边。
毛竹扁担两头尖，肩肩挑到大门前。当家婶婶细心点，啮瓣掌头鞭三鞭。
姑嫂两个来扳叶，一扳扳到蚕植边。接连喂了三铺叶。匾里丝头韧牵牵。
东山木头西山竹，搭起山棚接连牵。八十公公来上蚕，七岁官官掇花盘。
前后厅堂都上到，灶边还有小伙蚕❽。停仔三日望望看，山头浪茧子白漫漫。
大茧做来象汤团，小茧做来象佛圆❾。夫妻两个细商量，连夜要唤做丝娘。
旧年要唤河南李家娘。今年要唤河北李三娘。手段又介好，工钿又介俏❿。
廿四部丝车排两廊，当中出条送茶汤。顺脚踏来凤凰叫，济脚踏来鹦哥叫，

---

❶ 华蚕老太：蚕花娘娘，即蚕神马头娘。
❷ 岁朝春：农历年初一是立春。
❸ 花蚕：刚孵化出来的小蚕，黑色，因像蚂蚁，故称"乌蚁"，又称"乌娘"。
❹ 黠吒：又聪明又能干。
❺ 齐扎：整整齐齐。
❻ 每洋挑一肩：一个银圆可以买回来一担桑叶。
❼ 石渡：河埠石级，由条形石砌成。
❽ 小伙蚕：姑娘、媳妇自己养的私份蚕，收入归自己所有。
❾ 佛圆：旧时斋佛时用的米粉汤圆，较小。
❿ 俏：便宜。

> 敲脱丝来挨到来年桃花红来菜花黄。南京客人未曾晓得，北京客人上门来买。铜钿银子吭啥用，婚男配女买田庄。高田买到南山脚，低田买到太湖浪❶。

《养蚕忙》以鲜活的笔触展现了蚕月期间农户们的辛勤劳作。从细心切碎桑叶、仔细擦干叶片上的水分，再到对蚕宝宝的悉心照料，经历头眠、二眠直至三眠、四眠后，最终收获了洁白鲜亮的茧子，并通过缫丝织绸制成柔软、舒适的衣物。这一过程不仅体现了养蚕与缫丝的艰辛，更寄托了人们对蚕桑丰收的美好憧憬。该歌谣不仅是一首记录劳作场景的民谣，更是一种对传统蚕桑文化的深情礼赞。它传递出人与自然和谐共生的理念，以及对美好生活的不懈追求。

养蚕忙

> 一到四月五月天，家家养蚕不得闲。哪怕日日忙辛苦，只怕蚕饿不结茧。
> 叶大要拿刀切细，叶湿要用布擦干。儿啼女哭顾不得，把蚕当作儿女看。
> 头眠二眠三四眠，结成茧子白又鲜。缫丝织绸制衣服，穿在身上轻又软❷。

《浙江歌谣选集》收录的蚕歌《看春蚕》，该蚕歌详细描绘了植桑过程中的诸多细节，例如为桑树培土、施加基肥、疏通排水沟、清除杂草、修剪枝条并保留树结（俗称"桑树拳头"），以及通过挖洞消灭害虫（如天星牛和蚂蚁）等。这些细致入微的操作，为后续养蚕奠定了基础。歌谣进一步描绘了从农历正月、二月、三月修整桑树到四月进入养蚕高峰期的繁忙场景。从采下鲜嫩的桑叶，到将它们精心铺展喂食蚕宝宝（图1-28），再到耳边传来蚕啃食桑叶时如同细雨降落般沙沙作响的声音，最后是将收获的蚕茧抽丝织成精美丝绸的过程，每一个环节都体现了养蚕人家的勤劳与智慧。此外，歌谣中最后一句"廿多天春蚕不要看，这个媳妇是懒娘"，以风趣幽默的方式表达了对懒惰行为的批评，同时也反映了当时社会对劳动积极性的高度重视。通过这首《看春蚕》，我们不仅看到了江南地区传统蚕桑生产的真实写照，更感受到了其中蕴含的文化价值与生活哲理。

---

❶ 田去囡唱，顾希佳记。顾希佳、袁瑾、丰国需：《运河村落的蚕丝情节》，杭州出版社2018年版。
❷ 吴志琴唱，丁欢庆记。陆殿奎：《嘉兴市歌谣、谚语卷》，浙江文艺出版社1991年版。

看春蚕

正二三月勤修桑，四月里来养蚕忙。
养蚕先要有桑叶，姑娘阿嫂去采桑。
桑叶铺在蚕眠床，绿绿叶，白白蚕，
吃桑好像细雨降。
蚕大要做茧，放在蚕山上，
蚕茧抽丝织丝绸，卖钱又好做衣裳。
廿多天春蚕不要看，这个媳妇是懒娘❶。

图1-28　嘉兴市崇福镇湾里村谢家角蚕农吴敏芬深夜饲蚕，谢跃锋摄影

二、蚕农日常生活类

蚕农日常生活类内容囊括了蚕农家庭、婚姻、丧葬等，还包括与蚕桑相关的日常生活。主要有《三月清明过》《懒蚕娘》《拨蚕花》《拨蚕花》《撒蚕花》《接蚕花盆》《蚕花竹》《蚕花鸡》《赞天蚕》《经蚕肚肠》《织锦条》《讨蚕花》《接蚕花》《上梁歌》《看灯看到养蚕娘》《十个姑娘嫁新郎》《送蚕花》《扫蚕花》《唱绵兜》《望山头》《望蚕讯》《明年头蚕罢》等。这些蚕歌或反映浙江的人生礼俗，或反映浙江的岁时节令习俗。

---

❶ 朱秋枫收集。浙江人民出版社：《浙江歌谣选集》，浙江人民出版社1954年版。

《三月清明过》流传于湖州南浔、双林一带，以幽默风趣的方式讲述了一个关于养蚕的小故事。从三月清明到谷雨时节，正是养蚕季节，妻子因贪杯小酌，不小心把蚕种烘焦了，遭到责骂后回娘家讨要了三张蚕种，最后还带着一丝俏皮地提到回家后要让丈夫讨饶。这首民谣不仅展现了养蚕过程中可能发生的小插曲，更体现了当时人们的生活情趣。同样有一首内容相似的蚕歌《懒蚕娘》，流行于海宁一带，因为蚕娘睡懒觉而导致蚕种被烤焦，其嫂让她祭奠灶神以求保佑，待到明年一定小心孵化蚕蚁。这两首蚕歌里的内容是蚕月里极少出现的现象，但起到了警示作用，也说明饲蚕需精心，来不得半点马虎，所以在浙江蚕乡，一进蚕月便关蚕门，家家户户像呵护自家孩子一样认真养蚕。无论是切叶、喂食，还是调控温度、湿度，每个环节都凝聚着蚕农的心血与智慧。这种对细节的关注和对责任的坚守，也成为传统蚕桑文化中不可或缺的一部分。

三月清明过

三月清明过，霎眼谷雨到，看蚕娘娘嘻嘻笑。

红米饭，还嫌糙，笋烧咸鱼白米饭，外加猪油浇。

男人家，想讨好，红酒里面白糖泡。甜咪咪，辣暴暴，

三杯浑汤嘴里倒；吃得头重脚轻走路晃了晃，

迷迷糊糊我把蚕种上烘灶，青炭加得蛮蛮高，

一个瞌睡，啊呀呀，不得了，眼前蚕种烘得乌焦焦。

男人家又是骂来又是敲，我只有哭哭啼啼娘家走一遭。

爷回话，老子勿管账，你去向俄姆妈要。

还好！还好！娘回话，丫头丫头你来得正凑巧，

家里还有三张种，拿去勿要再啦火里烧。

包一包，塞在腰，走到田埂浪厢哈哈笑。

骂一声"翘辫子"，打我一顿勿怨你，今夜枕头横头一定要你讨个饶[1]。

---

[1] 顾希佳：《东南蚕桑文化》，中国民间文艺出版社1991年版。

懒蚕娘

清明过时谷雨到，看蚕娘娘懒惰嫂。
买仔胡桃买黑枣，
青鳌鱼，当菜咬，白米饭，笋汤淘，
一惚困到鸟儿叫，乌娘头烘得窸窸燥。
男人回来打仔七遭，逃到娘家，碰到阿嫂。
阿嫂叫侬夫妻两人好好交，
做两个糯米团子斋斋灶❶，明年看蚕乖仔好❷。

《扫蚕花》是旧时民间艺人上门乞讨时所唱的蚕歌，它承载着深厚的文化意义与美好的生活愿景。在那个年代，每当春日来临，民间艺人就会手拿用稻草扎成的简陋扫帚，来到蚕农家门口边扫边唱，以此送给主人家美好的祝福，寓意蚕事顺利，蚕花繁茂。借助扫帚扫过各个地方的美好寓意，传达了人们对丰收和富足生活的渴望。从摇车边纺出细密的纱线，到猪棚里养一头如牯牛般的大猪、羊棚里养一只似白马的大羊，再到灶台边飘香的白米饭，最后在蚕房门口采摘二十四分的蚕花。展现了人们对农业、畜牧业以及手工业繁荣兴旺的美好期望。《扫蚕花》不仅记录了当时农村社会的生产生活场景，更反映了人们对未来美好生活的追求。这种通过艺术形式传递情感与愿望的方式，不仅拉近了人与人之间的距离，也使得传统蚕桑文化更加丰富多彩。对于今天的我们来说，《扫蚕花》不仅仅是一首简单的民谣，更是一种文化符号，提醒着我们要珍惜当下的幸福生活，同时不忘传承先辈们的智慧与精神。

扫蚕花

手捏扫帚唱上门，蚕花越扫越茂盛。一扫扫到摇车边，摇出纱来细稠稠。
二扫扫到猪棚头，养只猪罗像牯牛。三扫扫到羊棚头，养只羊，像白马。
四扫扫到灶脚边，白米饭，香喷喷。五扫扫到蚕房门，蚕花要采廿四分❸。

---

❶ 斋灶：祭奠灶神。
❷ 陆殿奎：《嘉兴市歌谣、谚语卷》，浙江文艺出版社1991年版。
❸ 朱春荣（农民）唱，徐春雷记。徐春雷：《桐乡蚕歌》，中国文联出版社2009年版。

《看灯看到养蚕娘》描写了元宵佳节一派喜气洋洋的观灯场景，满堂花灯高挂，人群涌动，男女老少都在忙着赏灯。其中还特别提到了种田郎和养蚕娘从"干柴白米燥砻糠"到"龙蚕结茧细丝长"，表达了劳动人民的朴实无华和充满生活气息的观灯场景。

看灯看到养蚕娘

元宵佳节闹洋洋，百样花灯挂满堂，东西南北人潮涌，男女老少看灯忙。
看灯看到种田郎，干柴白米燥砻糠，看灯看到养蚕娘，龙蚕结茧细丝长❶。

《明年头蚕罢》反映的是蚕乡的另一种风俗：谢蚕神。过去每年农历四月廿八日，蚕乡会有感谢蚕神的习俗。这一天，蚕农们会准备一些酒菜和水果，用猪肉、黄鱼、梅子、枇杷等供奉蚕神，仪式结束后分给孩子们吃。孩子们吃了还想吃，大人们便许诺"等到明年头蚕结束后"再分给他们。这生动地展现了当地的习俗，以及孩子们纯真的童趣。德清也有类似的童谣："枇杷枇杷，隔冬开花，要吃枇杷，明年蚕罢。"

明年头蚕罢

黄鱼软糕肉，梅子加枇杷，
吃了还想要，明年头蚕罢❷。

《织锦条》说的是新婚妻子对丈夫爱的表达，妻子为图吉利，会用108颗蚕茧缫出的丝织一条腰带（即"锦条"），送给丈夫，锁在夫君腰间，锦条闪耀着金光，甚至让阎王小鬼见了都盘算着如何逃避。这不仅体现了蚕丝制品的珍贵与华丽，也反映了人们对美好爱情和家庭幸福的向往。通过这首蚕歌，我们可以感受到当时人们对于蚕丝制品的高度评价以及其在文化中的重要地位。

---

❶ 张金林（三跳艺人）唱，徐春雷记。徐春雷：《桐乡蚕歌》，中国文联出版社2009年版。
❷ 头蚕罢：春蚕饲养结束。沈雪坤（农民）唱，徐春雷记。徐春雷：《桐乡蚕歌》，中国文联出版社2009年版。

织锦条

一百零八颗茧子织锦条，
织出锦条锁夫腰，
锁在身上金光耀，
阎王小鬼见了盘（藏）来盘去逃❶。

三、民间原始信仰类

蚕农蚕桑信仰类蚕歌主要是祈求蚕神保佑养蚕，赐予蚕花廿四分，有《十支香烛》《祈茧谣》《马鸣王》《马鸣王化龙蚕》《马鸣王蚕花》《赞马鸣王》《呼蚕花》《赞蚕花》《扫蚕花地》等。多在春节、清明等祭祀、娱乐活动时由蚕歌手或民间艺人演唱。也有一类祈蚕歌在婚嫁（本书第三章多处涉及）、建屋、丧葬等习俗仪式中演唱或吟诵，以祈求蚕神保佑，蚕花茂盛。民间蚕花胜会上的龙灯船（图1-29）亦表现出蚕乡人对蚕业丰收的美好期望。

《十支香烛》详细描述了蚕农敬奉蚕神的过程，从一支香烛到十支香烛，每一步都有其特定的意义和仪式。这不仅体现了人们对蚕神的崇敬之情，也反映了蚕桑文化在传统社会中的重要地位。通过这些仪式，人们祈求蚕花茂盛、丰收满满。最后提到"颗颗茧子似鸭蛋，蚕花茂盛廿四分"，表达了人们对蚕业丰收的美好祝愿和强烈期盼。

十支香烛

一支香烛一帖经，两根灯草结同心，锡铸蜡台两边摆，八仙桌上放光明。
二支香烛敬观音，二月十九降生辰，大慈大悲善心发，救苦救难度众生。
三支香烛敬孝心，三姑许马救父亲，主人返家生怒气，杀死白马要赖婚。
四支香烛起风云，马皮裹走陈翠仙，三姑尸骨桑园葬，一身白肉化蚕身。
五支香烛敬天庭，腊月十二正凌晨，玉帝御笔来敕点，马鸣王菩萨封蚕神。
六支香烛四月天，蚕娘收蚁敬蚕神，贴身窝种三四夜，孵出乌娘万万千。

---

❶ 陈阿美（女）唱，徐春雷记。徐春雷：《桐乡蚕歌》，中国文联出版社2009年版。

> 七支香烛闹盈盈,三眠出火敬蚕神,一斤出火分一筐,筐筐育出龙蚕身。
> 八支香烛敬八仙,宝宝大眠敬蚕神,日长夜大长得到快,断食脱皮通体明。
> 九支香烛升九天,龙蚕上山敬蚕神,前厅后厅都上满,柴龙铺到灶脚边。
> 十支香烛唱完全,落山采茧谢蚕神,颗颗茧子似鸭蛋,蚕花茂盛廿四分[1]。

图1-29 蚕花胜会上的龙灯船,张根荣摄影

《祈茧谣》流传于诸暨一带,蚕宝宝上山时,会吟唱这首蚕歌,讨个吉祥如意,祝愿蚕业丰收。歌谣内容表达了人们对蚕茧质量的美好期望。"生蚕做硬茧,生铁榔槌敲勿扁",是希望蚕茧坚固耐用;"个个做个坳子茧"则体现了对蚕茧形状规则的追求;"上勿怕天雷勿闪,下勿怕蛇虫百脚"反映了蚕农们希望蚕茧能够抵御自然环境中的各种威胁。同时,还提到了饲蚕娘子的辛苦以及他们对蚕茧品质的影响,比如"茧要做得根固""茧要做得好""茧要做得硬"和"茧要做得光",强调了饲养过程中的细致管理对于获得优质蚕茧的重要性。这些均反映了人们对蚕业生产过程的细节关注,对高品质蚕茧的向往。

祈茧谣

> 生蚕做硬茧,生铁榔槌敲勿扁,个个做个坳子茧,
> 上勿怕天雷勿闪,下勿怕蛇虫百脚。
> 饲蚕娘子辛苦,茧要做得根固;

---

[1] 沈海根(三跳艺人)唱。徐春雷记。徐春雷:《桐乡蚕歌》,中国文联出版社2009年版。

> 饲蚕娘子少件袄，茧要做得好；
> 饲蚕娘子隔壁一个甏，茧要做得硬；
> 饲蚕娘子隔壁一个装，茧要做得光[1]。

《马鸣王蚕花》为长篇蚕歌，徐春雷先生根据吴桂洲提供的民国九年（1920年）手抄本整理而成。详细描述了马鸣王菩萨化龙蚕的故事，以及蚕桑生产的全过程。从最初的敬神祈福到蚕种孵化、饲养管理，再到结茧、缫丝、卖丝等环节，展现了蚕农们对丰收的期盼和辛勤劳动的过程。"坛前勿赞众神仙，单赞马鸣王菩萨化龙蚕……"可见旧时蚕神在浙江蚕乡的地位所在。全篇蚕歌以叙事的形式娓娓道来，讲述了蚕神的由来及蚕乡人的信仰，增添了文化色彩。这些内容不仅反映了蚕桑生产的技术细节，也体现了人们对蚕神的崇敬之情。关于蚕神的由来，情节扣人心弦，跌宕起伏，较《搜神记》中的记载更为丰富，有相似之处，亦有不同，充分体现了蚕乡人的智慧和浓郁的蚕桑情结。

马鸣王蚕花

> 宝香数支入炉拈，银烛双双分两边。
> 主东君，待神天，致意发心间。符官登宝位，拈香接诸天。众朝神，把杯欢，共猜拳，赐福满厅前。
> 歌言今古道佛祖，神也欢来佛也欢，
> 坛前勿赞众神仙，单赞马鸣王菩萨化龙蚕。
> 湖州府，东杨县，却是五台南。家住小姑村，富贵有田园。陈百万，有名传，富长远，刘氏结良缘。
> 一母所生三位女，眉清目秀女婵娟，
> 瑞仙凤仙紧相连，三姐姑娘叫翠仙。
> 大姐姐，配夫官，二姐结良缘。三姐年纪小，未成配姻缘。西番国，养西川，兴兵到，强人落乱搬。
> 神爹思想无摆布，逃灾避难到江南。
> 良洲渡过洞庭川，逃到杭州心喜欢。

---

[1] 吕茶妹唱，傅奕照记。李战：《中国民间文学集成：浙江省绍兴市诸暨县歌谣、谚语卷》，浙江文艺出版社1988年版。

一枝庵，就停船，耽搁有三天。中央寻寓处，西湖隔山南。草房屋，有三间，来居住，苦苦度荒年。

苦度时光三五载，渐渐家私长万年。

湖州府，东杨县，账目未清完。张家三百两，李家一千宽，字号内，五千宽，隆兴典，一万又三千。

待到西番收兵去，万物家基民业存，

去唤人工开账船，顺风一路到家园。

湖州到，进县前，耽搁隆兴典。复又兴兵起。开兵套中原。就破进，东杨县，来围住，呐喊正喧天。

陈公破贼湖州地，围住湖州闹喧天，

陈君闻得作惊然，夫在东杨心也酸。

把香拈，拜神天，救救丈夫官。有人来相救，三姐配团圆。惊动了，上苍天，就差遣，骡子下凡间。

就到后槽投白马，及时作法驾云端。

勿怕兵多共将官，踏死番兵人万千。

见陈公，把头颠，百万喜心欢，豁上高头马，顷刻转家园。忙下马，进前厅，夫人见，大悦喜心欢。

夫人一一从头说，再把香烛谢上天，

再说白马养后园，三姐长大在房前。

那马儿，在棚间，思想配姻缘。三姐棚前过，白马吐真言。三姐姐，命忧煎，泪涟涟，怎陪畜牲眠。

百万闻知心大怒，手执铜锤到后园，

连打铜锤共脚尖，打死白马在棚前。

剥马皮，挂厅前。三姐姐，步金莲，往外行，见是心内寒。

马皮剥落碰着地，飞来裹住女婵娟，

周身裹住勿松宽，众人一见尽惊寒。

三姐姐，命应煎，命犯恶星缠。判官勾陈簿，表问尽来传。逢绝症，赴黄泉，忙冥府，葬来桑树边。

太白星君闻知得，将身火速下凡间，

来到南山桑树边，要度三姐化龙蚕。

诵灵文，念真经，妙法广无边。霹雳三声响，顷刻现婵娟。忙作法，念真言，就化出，龙蚕万万千。

轻轻引上青桑树，分头吃叶闹喧天，

树上花蚕有万千，八脚六翅尾巴团。

三眠子，四眠蚕，还有头二眠。三蚕并四蚕，搭来是五蚕。花蚕种，白皮蚕，多丝茧，上好石小罐。

树上还有天蚕种，灰体灰搭叫花蚕，

金身变化叫龙蚕，树上吃叶号鲜鲜。

三周时，就头眠，六日二眠蚕。九日捉出火，十四大眠蚕。五周时，有丝绵，勿吃叶，做茧白漫漫。

凡人不晓其中意，未晓丝绵做衣穿，

观音闻得喜心欢，一封朝奏九重天。

杭州府，仁和县，西河隔山南。村中陈三姐，白肉化龙蚕。吃桑叶，做成茧，吐丝绵，可织绫罗缎。

凡人不晓珍和宝，无人看养好花蚕，

玉皇闻得也心欢，当殿欢然问众仙。

谁人去，到凡间，指点看花蚕。太白忙起奏，小臣下凡间。玉皇帝，喜心欢，又差遣，通灵太极仙。

封你蚕王为天子，劳卿下界去分蚕，

二仙领旨喜心欢，腾云驾雾下江南。

杭州府，分七县，处处有花蚕。嘉兴分七县，湖州尽完全。南为界，到河边，北面到，相近太湖边。

松江未有花蚕种，富阳西首少花蚕，

起首分二斤一筐蚕，分到桐乡也心欢。

分斤半，一筐蚕，也采廿分宽。分到塘北去，一样少花蚕。大朝神，细细牵，无摆布，一斤一筐蚕。

一两出火斤半茧，一样收成总是欢，

看看相近洞庭川，分到湖边才分完。

蚕分到，喜心欢，火速到朝前。托梦西陵氏，黄天赐福全。在民间，桑树前，做成茧，可织绫罗缎。

要你教导民间女，收为布种看花蚕，

百样花蚕说完全，各仙驾雾上青天。

娘娘醒，记完全，得梦喜心欢。五更朝金阙，三呼奏金殿。太白仙，下凡间，降龙蚕，口内有丝绵。

缫丝织绸绫罗缎，与民同乐做衣穿，

君皇见奏喜心欢，谁人教导养花蚕。

原娘娘，奏朝前，吾教看花蚕。吾皇来传旨，令吾教人缘。忙准奏，把旨传，排銮驾，落乡技艺传。

民间妇女休回避，听娘娘教导看花蚕，

满朝文武喜心欢，奉行圣旨各省传。

杭嘉湖，念四县，处处落乡间。百姓闻知得，男女喜心欢。众家人，一天欢，皇太后，奉旨到乡间。

九里三塘排宫院，挂灯结彩闹喧天，

专等娘娘到此间，拈香接驾礼当然。

梳梳头，澡澡面，耳边挂珠圈。插只描金凤，衣衫换新鲜。红菱脚，三寸尖，礼行香，移驾出朝参。

勿说娘娘多周备，再表娘娘起驾出朝参，

龙车凤辇把名安，宫娥彩女两旁边。

前行道，是太监，起驾出宫前。文官并武将，贺驾出朝前。前开道，地坊官，落乡间，女子尽来参。

驾住乡村登宫院，娘娘有旨便传宣，

宫娥领旨外边传，太监领进女婵娟。

众住家，喜心欢，一齐上前参，千岁千岁千千岁。宫娥就开言，听娘娘，说言端。你领旨，待立两旁边。

娘娘当下开金口，众人听吾说因缘，

天堂赐福降龙蚕，替行天道到乡间。

林间树，白漫漫，就是好丝绵。黄天降龙蚕，口吐好丝绵。吃桑叶，做成茧，吐丝绵，可织绫罗缎。

万国九州无此宝，吾朝洪福有丝绵，

家家户户用心计，收回布种看花蚕。

回家去，先采茧，拗落茧红绵。放来蚕簇内，不可茧重茧。若要有，好花蚕，先生种，也要用心计。

采茧以后三五日，蚕蛾出种怕风寒，

各风勿怕怕西南，西南风只怕老头蚕。

围得好，连得瞒，勿怕大西南。北风无价宝，西风要连瞒。生蚕种，用心计，绵虫撑，蟑螂老鼠撑。

烟子大腊齐要忌，谨遵教导莫偷闲，

女人个个把头点，娘娘教导悉记心。

腌蚕种，腊月天，家家一般然。也有石灰腌，也有用松盐。或者是，卤里端。天腌种，放来屋上檐。

十二月十二子时来腌起，腌到腊月廿四卯时前，

收落蚕种打落盐，百花果子把汤煎。

清明日，谷雨边，决顶用心计。天开危风日，蚕种要牵瞒。日安被，夜安边，三周时，花蚕万万千。

快刀切落金丝叶，引出乌娘万万千，

周围四转要遮瞒，恶风吹过要伤蚕。

不可热，不可寒，温和最为先。心宽凉饥种，性急火上蚕。饲花蚕，接连牵，常防饿，饿坏罪万千。

万语千言轻轻说，高声出口要冲蚕，

生人走到稻场边，勿采勿理勿冲蚕。

看花蚕，非为闲，多少一般然。花蚕妇女看，怕热怕风寒。糟蹋蚕，罪万千，大是天，总要爱惜点。

三日头眠蚕眠到，二眠出火一般然，

出火饲叶到大眠，蚕台勿可去遮瞒。

只怕热，勿怕寒，凉少正为先。饲叶三周时，开体正当前。五周时，要上蚕，照照看，通到小脚边。

搭好山棚高三尺，竹竿上面放芦帘，

胡帚把笃来接连牵，一批帚子一批蚕。

下把火，上凉山，周围勿遮瞒。上山三周时，茧子白漫漫。忙开山，就采茧，做丝绵，可织绫罗缎。

娘娘教导方完毕，万民女子喜心欢，

齐称圣授口中言，二十四拜谢朝参。

忙起马，就登辇，娘娘转宫前。勿说回宫殿，再谈女婵娟。姑娘说，嫂嫂言，皇后娘，容貌赛天仙。

勿教吾拉长勿教吾拉短，单教吾拉看花蚕。

娘娘跟是丈夫官，尽到南山桑树边。

抬头看，白漫漫，茧子接连牵。家家采种茧，拗落茧红绵。拿一只，蚕筐匾，郎郎安，宝叶盖几片。

急忙买张蚕生纸，百花果子把汤煎，

茧子五色彩新鲜，轻轻挂起正厅前。

夏季里，秋凉天，腊月是大寒，十二蚕生日，斋佛供神天，腌蚕种，石灰腌，撒松盐，清水漂晒干。

还有人家天过腌，霜白鹤鹤在廊檐，

花汤过浴不需言，预先高挂正厅前。

送灶君，早打算，赤豆一斗宽，搭是白糯米，糖多越介甜。斋是灶，送上天，合家欢，吃得笑笑连连。

十二月廿八桑生日，挑担肥用壅桑园，

看看相近年夜边，杀鸡宰鸭过新年。

到街坊，买完全，端正做团圆，寿桃斋是佛，荤鲜献神天。放炮仗，闹喧天，小官官，聚众人万千。

七八样吃是年夜饭，年宵锣鼓闹喧天，

年初一衣服换新鲜，开门炮仗放得震连天。

拜年忏，是老年，后生请神拳。还有敲锣鼓，高兴扯空拳，小囡大，年兴点，扯百搭，也有打秋千。

也有场南打白果，摸盲抢七连连牵，

初一初二接时间，初三接灶五更天。

小兄弟，话拜年，打扮大体面，马衣并领褂，手里但烟管。话拜年，客气点，连声说请转。

顿首身身四个揖，请坐吃烟讲勿完，

厨房备办烧完全，也有领个小官官。

小囡大，勿体面，趴来台子边。只讲要吃鱼，精肉尽拆完。拿牢是粉皮碗，尽捞干，拖是半饭碗。

吾拉小囡也要吃，也有鱼碗才吃完，

年兴勿可扯长篇，还有落乡算命并关仙。

娘娘拉，要看蚕，总要算算看。论论白虎星，胆大放心宽，先生论，话多言，你今年，轮着年夜边。

今年新交蚕花运，包票竟写廿八分，

日暖风和二月天，莺啼鸟叫百花鲜。

过清明，二月天，磨粉做团圆。大户裏粽子，圆子做两盘。到街坊，买完全，买三牲，端正献神天。

堂前拜过蚕花佛，家家户户待蚕官。

中等人家倒禁烟，短肋空腔献圣贤。

有人家，也心酸，无米又无钱。勿买鱼和肉，也勿做团圆。三灯烛，插灶前，也勿去，祭扫祖坟前。

十指生来有长短，几家忧愁几家欢，

一样清明几样看，家家插柳一般然。

清明日，古流传，尽说是禁烟。烟火也勿动，鬼中不来传。拿圆子，当小食，娘娘拉，要去看快船。

三岁孩儿随娘走，闲心齐插百花仙，

踏青看到菜花仙，家花勿比野花鲜。

三月春，讲游园，烧香拜神天。也有杭州去，天竺还香愿。小弟兄，合淘伴，同开船，有兴闹热点。

娘娘拉要到硖石去，要合几个会摇船，

硖石景致不谈言，门前桑树绿茵茵。

包蚕种，枕头边，转乌绿隐隐。磨快切叶刀，棚荐拿一扇。蚕台边，滚一转，糊窗爿，防风挂门帘。

头眠二眠无话失，九日三眠出火蚕，

眠得齐来霎时间，今年多看百斤宽。

主东君，早打算，贱叶买几千。送叶三周时，顷刻捉大眠。一斤捉，六斤宽，喜心欢，买肉请神天。

虔诚齐请蚕花佛，家家户户待神官，

唤人相帮捉大眠，开筐过体合家欢。

三周时，要提蚕，一匾开两匾。出门唤采叶，一担一百钱。采得早，树头鲜，喜心欢，挏去喂龙蚕。

百无禁忌无冲破，小脚通来要上蚕。

搭好山棚围好帘，欢乐同心尽提蚕。

先要上，大伙蚕，上来正厅前。前厅多丝种，后厅石小罐。后川堂，小伙蚕，都上到，门窗两边安。

凉山把火三周时，开山茧子白漫漫，
刺梨花开一般然，胜比梨花共雪团。

忙开山，就采茧，采是万斤宽。丝车来排好，行灶尽完全。做丝娘，好手段，眼睛尖，踏得滴溜圆。

东边踏起鹦哥叫，西边踏起凤凰鸣，
细丝做是千斤宽，粗丝踏是万斤宽。

卖新丝，行情贱，搁置到冬天。冬里不去卖，开春涨价钱。京商客，到厅前，买丝绵，银子共洋钱。

价钱东君自己说，要卖顶价宽介点，
初分天地无根源，轩辕黄幔起丝绵。

绣宝盖，共幡连，神幔是丝绵。龙袍旗和伞，尽讲做衣穿。织绫罗，并绸缎，做衣穿，万民喜心欢。

万国九州无此宝，杭嘉湖三府有名传，
君皇殿上喜心欢，高提龙笔重封官。

马鸣王，蚕室仙，三姑女婵娟。蚕官并蚕命，看蚕喂蚕仙。汤火童，送丝仙，尽封官，吩咐众官员。

北方禁忌灵候圣，齐来侍奉大神仙，
东君致意侍神天，祈求马鸣王菩萨有灵验。

保东君，每年间，看养好花蚕。四眠多胜意，每筐廿分宽。龙蚕胜，喜心欢，夏平安，四季福寿全。

堂前保佑儿孙福，衣服金银代代欢，
此本神歌赞完全，炉内装香几支宽。

此神歌，是新编，改旧换新鲜。老本唐阳韵，时调换新鲜。用心血，唱完全，梅花调，此殿是新编。

赞得灵神心欢喜，要保东君福寿全。
手提银壶敬神天，宽袍慢坐受香愿[1]。

---

[1] 徐春雷根据吴桂洲提供的民国九年（1920年）手抄本整理。徐春雷：《桐乡蚕歌》，中国文联出版社2009年版

四、儿童游戏童谣类

在浙江的蚕乡，儿童游戏和童谣中常常融入蚕桑习俗，这与当地的蚕桑文化息息相关。例如，在湖州，大年三十晚上，孩子们吃过年夜饭后，便会聚在一起，手提各式灯笼，边跑边唱："猫也来，狗也来，搭个蚕花娘子一道来。"这就是除夕夜中"点蚕花灯"的习俗。这一活动表达了蚕乡百姓希望将蚕花娘子（蚕神）请到自家，寄托了祈福的美好愿望。

蚕乡的娃娃们从小耳濡目染看到蚕宝宝的生长过程，见到家中雌蛾产卵后即将死去，他们没有伤感，常常会把雌蛾放入水盆，为其"送行"，唱起童谣："阿蛾转团团，今年去了来明年。"这是蚕乡的孩子们对蚕宝宝生命周而复始的认知表现。

在浙北，流传着一种连环问答的形式叙述的童谣，具有想象力和趣味性。从"兜个火"开始，通过一系列看似无厘头却又环环相扣的问题与答案，最终引申到蚕桑文化和日常生活场景中。特别是最后提到"蚕宝宝""茧子""丝""绸"，巧妙地将整个故事与丝绸生产联系起来，体现了深厚的蚕桑文化背景。这首童谣不仅展示了传统手工艺流程（如劈篾、做淘箩等），还融入了地方特色和幽默感，比如用眼泪当茶、鼻涕当粥吃等夸张表达方式。同时，它也反映了当时社会生活中的一些细节，例如染坊、裁缝铺等手工业者的工作内容。

童谣

敲敲门。

啥人？隔壁张大。

来做啥？兜个火❶。

兜个火做啥？寻引线❷。

寻引线做啥？吊叉袋❸。

吊叉袋做啥？括石卵子。

括石卵子做啥？磨刀。

磨刀来做啥？劈篾。

---

❶ 兜个火：讨要个火。
❷ 引线：缝针。
❸ 吊：缝补。叉袋：麻袋。

劈篾片做啥？做淘箩。

做淘箩来做啥？量米。

量米来做啥？淘米。

淘米来做啥？牵磨。

牵磨来做啥？做粑粑。

做粑粑来做啥？到天上外婆拉❶去。

哪哈❷跑上去？三部风车摇上去。

哪哈跑脱来？三根红绿丝线挂落来。

天上外婆给点啥倷❸？给根花花扁担。

花花扁担给我看，撑门撑断哩。

断扁担让我看看。炖茶炖掉哩。

拿点灰我看看。下在桑树上哩。

桑树上采张桑叶给我看看。给蚕宝宝吃去哩。

蚕宝宝捉来让我看看。做茧子哩。

茧子给我看看。做丝哩。

丝给我看看。做绸哩。

绸给我看看。染坊师傅染去哩。

同我到染坊师傅搭❹去看看。给裁衣师傅做去哩。

同我到裁衣师傅搭去看看。给新娘子着去哩。

同我到新娘子搭去看看。新娘子淘米拎水跌在河里哩。

提桶汆在啊里❺？木排头。

淘箩汆在啊里？竹棚头。

死尸汆在啊里？娘家河桥头❻。

啥人见？黄狗啰啰见。

啥人哭？黄狗啰啰哭。

哪哈哭？吁哩吁哩哭。

---

❶ 外婆拉：外婆家里，外婆那里。

❷ 哪哈：怎样。

❸ 倷：你。

❹ 搭：哪里。

❺ 啊里：哪里。

❻ 河桥头：河埠头。

> 眼泪哭脱几钵头？两钵头。
> 鼻涕哭脱几钵头？三钵头。
> 眼泪当茶吃，鼻涕当粥吃❶。

流行于余杭一带的童谣蚕歌《大架儿》亦以问答的形式展现，体现出蚕乡孩子对养蚕业的神秘之感的想象，对蚕花茂盛，祈求丰收的心情。

《大架儿》生动有趣，展现了传统蚕桑文化的另一面。通过"大架儿，小架儿"开篇，逐渐展开故事情节，最后以祝福"宝宝蚕花十二分"结束，充满了对丰收和美好的期盼。特别是其中提到的"蚕子笪蚕"，反映了养蚕过程中重要的环节，也体现了蚕乡对蚕桑活动的重视。

大架儿

> 大架儿，小架儿，做到馒头做到果儿。
> 做到哪里去？做到外婆家里去。
> 你们外婆家住在哪里？我们外婆家住在天上。
> 如何上去？用了花线扁担挂上去。
> 如何下来？用了花线扁担挂下来。
> 拿点什么来？拿点蚕子来。
> 蚕子做什么？蚕子笪蚕的。
> 让我看一看。日后笪好了给你看。
> 笪好勿咧？笪好咧。
> 祝你们的宝宝蚕花十二分❷。

五、新蚕歌类

1949年，中华人民共和国成立，浙江蚕农的美好生活和全国各族人民一样，翻开了新的一页。浙江蚕歌主要用来歌颂伟大领袖毛主席，表达成为国家的主人后的喜悦

---

❶ 方梓珏讲述，张永尧记录。顾希佳，袁瑾，丰国需等：《运河村落的蚕丝情节》，杭州出版社2018年版。
❷ 沈承周采集。《民俗》第四十九、第五十期合刊《从上海民众日报得到民间歌谣暨歌谣故事》。

之情，同时赞美劳动。全体蚕农以积极热情的态度投入劳动生产中，"人人心向共产党""人人干劲冲云天""迎朝霞，破碧浪，锦绣前程长又长"。这一时期的蚕歌创作独具特色。表达出蚕乡人民心向党，热爱祖国，热爱社会主义的情感。如《来了亲人毛主席》："来了亲人毛泽东，身穿细布暖烘烘"。又如《将毛主席像挂起》："扳倒地主和恶霸，分到田地和耕牛"❶。

《蚕歌（一）》描绘了一幅充满生机与活力的蚕桑生活画面。"东风吹醒百里桑"形象地写出了春天到来时，桑树在春风中苏醒、发芽的景象；"欢乐歌声传四方"则表达了人们因丰收而喜悦的心情；"如今年年养龙蚕，姑娘日夜蚕桑忙"更是具体展现了养蚕姑娘们辛勤劳动的状态。从这些唱词中，我们可以感受到传统蚕桑文化给当地带来的繁荣以及人们对美好生活的向往。

《蚕歌（二）》将蚕花与人们的喜悦之情以及对共产党的拥护之心紧密相连。"手捧蚕花红满堂"描绘出一幅丰收后人们手捧蚕花、满堂红火的美好场景；"姑娘脸上闪红光"表现出姑娘们的喜悦和自豪感；"朵朵红花迎太阳，人人心向共产党"则升华了主题，表达了人们对党的领导的衷心拥护和感恩之情。这种将传统蚕桑文化与现代情感相结合的方式，使得唱词既有浓厚的地方特色，又富有时代精神。

《蚕花姑娘心向党》通过生动的语言和形象的比喻，全面展现了蚕桑生产与人们生活的密切联系，以及在那个时代背景下劳动人民的精神面貌。"鱼米乡，水成网，两岸青青万株桑"描绘了江南水乡独特的自然风光；"满船银茧闪亮光，照得姑娘心欢畅"体现了丰收时人们的喜悦心情；"一把青桑一把汗，一条蚕儿一颗茧。蚕儿肥壮人辛苦，换得丰收心里甜"真实地反映了养蚕过程中的辛勤付出与收获后的甜蜜；"今年粮桑双丰收，人人干劲冲云天"则表达了人们对美好生活的追求和奋斗的决心；最后"心红手巧为集体，红心颗颗向着党"更是直接抒发了对党的热爱和忠诚。整首蚕歌充满了正能量，既赞美了劳动的美好，也歌颂了党的领导下的幸福生活（图1-30）。

蚕歌（一）

东风吹醒百里桑，欢乐歌声传四方，
如今年年养龙蚕，姑娘日夜蚕桑忙。

---

❶ 浙江人民出版社：《浙江歌谣选集》，浙江人民出版社1954年版。

蚕歌（二）

手捧蚕花红满堂，姑娘脸上闪红光，
朵朵红花迎太阳，人人心向共产党。

蚕花姑娘心向党

鱼米乡，水成网，两岸青青万株桑。满船银茧闪亮光，照得姑娘心欢畅，
一把青桑一把汗，一条蚕儿一颗茧。蚕儿肥壮人辛苦，换得丰收心里甜。
满河小船忙运茧，好像白云飘水面。今年粮桑双丰收，人人干劲冲云天。
迎朝霞，破碧浪，锦绣前程长又长。心红手巧为集体，红心颗颗向着党❶。

图1-30 蚕花茂盛，龚德康剪

六、面面俱到综合类

有一首清末长篇叙事骚子歌《蚕花书》，经过了不断修改和增补，其内容涉及养蚕较为全面的过程，以丰富的故事情节和生动的语言，讲述了郑百万一家因白马救夫

---

❶ 史宁：《杭嘉湖蚕歌史话》，浙江工商大学出版社2021版。《蚕花姑娘心向党》：顾锡东作词，黄准作曲。顾锡东：电影文学剧本《蚕花姑娘》，中国电影出版社1965年版。

而引发的一系列传奇事件，最终白马化为蚕神，保佑人们养蚕丰收。故事融合了神话、历史和现实生活，既体现了人们对蚕桑文化的崇拜，也反映了当时社会的价值观和生活方式。从诗中可以看到，白马被封为"马鸣蚕室"和"神蚕皇老太"，成为蚕神受到人们的供奉。这说明在古代，人们将蚕的繁衍与丰收归功于神灵的庇护，形成了独特的蚕桑信仰文化。同时，蚕歌还详细描述了养蚕的过程、注意事项以及买卖桑叶、缫丝的情景，展现了蚕农们辛勤劳动的画面。

《蚕花书》中还阐述了诸多养蚕禁忌及蚕神传说等内容，可以说面面俱到，只是对蚕神的传说与《搜神记》中蚕神马头娘的传说不是很一致，但也作为蚕神起源的另一个版本在浙江蚕乡广为流传，即父亲是从军后被困，其母做主，将三女儿许配给能救回其父之人，"若有人救得夫君，许三女终身结发"。与《搜神记》中所述父亲外出办事，唯一的女儿自己许诺不同。另外，"有日棚中马作法，口吐人言叫员外"也不同于《搜神记》，《搜神记》中没有体现白马"吐人言"。

蚕花书

神爹有名郑百万，神母施氏配结发。西番国兴兵作乱，出皇榜广招兵马。
郑百万闻知晓得，去投军领兵保驾。就来到西番国内，番兵将蛮力巨大。
难抵敌团团围住，无救兵不得回家。郑公不生男儿子，单生三位女裙钗。
大姐二姐配夫家，三姐还小未出帖。院君娘闻知晓得，忙祷告天地菩萨。
若有人救得夫君，许三女终身结发。白马儿闻知欢喜，救家主马儿作法。
就来到西番国内，把番兵尽行踏杀。员外归家心欢喜，赞扬马儿功劳大。
有日棚中马作法，口吐人言叫员外：三小姐许我婚配，貌堂堂现已长大。
马儿想洞房花烛，百万他人倒气煞。怒冲冲开言就骂，贼畜生休得作法！
千思想别无计较，把铜棍手里来捏。打死马儿归阴去，有功无赏屈拉拉。
三姐出厅看明白，马皮高挂来作法。见马皮裹住三姐，起狂风不分昼夜。
就飞到南庄地面，桑园里殡葬安埋。变花蚕青桑吃尽，结成茧如霜雪白。
就做成绫罗缎匹，各州县处处去卖。观音佛母闻知得，急驾祥云奏上驾。
玉帝见奏笑哈哈，高提龙笔就封她。就敕封马鸣蚕室，又封神蚕皇老太。
浙江省普天世界，天圣帝二年到。乡下人净种青桑，遍地里农夫垦削。
杭嘉湖二十三县，全靠得吃用穿着。凡民全靠神护福，天降蚕花做人家。

门前桑叶大得快，千家万户尽想着。忙搁起摇车布机，落蚕户就糊蚕筳❶。
收蚕收到好日脚，不怕阴阳小疙瘩。捂蚕子需要小心，钻得来齐齐扎扎。
连忙去煨足斑糠，蚕出透不可过夜。东南风天公最好，收花蚕早晨到夜。
三脚树中央摆起，冲火缸就用桑柴。用火人家忙碌碌，夜里不用坐起化。
也有顾管小人拉，只管花蚕不游野。都说到晒蚕好看，摆得来七碗八碟。
人来往百无禁忌，早晨头晒到伊夜。最怕得天公落雨，收进来罩只朝筳。
水渍干连忙采叶，捉空来地上垦削。三餐茶饭无早晏，勤谨人家无昼夜。
懒惰娘娘不巴家，只去上村管闲着。不见伊忙忙碌碌，话起来逗能點咜。
不想着财帛进门，也不肯糊只蚕筳。管别家长三短四，吃了饭就到别家。
有人见问伊做啥？假做去寻把野柴。东家进来西家出，一日相骂十八家。
还有人家最恶赖，话起实在要笑煞。桃树桩敲了无数，左手绳经了几道。
陌生人走到场上，看见了气来吓煞。门前过只做不见，叫应时嘴倒不答。
无啥话扒个八扒，旋转身眼睛眏眏。当面堂皇不敢念，眼睛背后嘴巴歪。
用火看蚕果然快，九日三眠不觉着。最怕得天公落雨，见桑叶采来过夜。
因出火齐齐全全，捉得出全靠菩萨。日茫茫西南风起，空心蚕最怕吹怀。
看蚕娘忙忙碌碌，蚕树上齐齐扎扎。东北风吹起连夜雨，花蚕齐巧眠起拉。
看蚕生活不容易，提心吊胆过日脚。立夏日西南风起，连三朝雾露吓煞。
都说到桑叶要贵，一担叶换担米价。看花蚕并无商量，全靠得天地菩萨。
有运气有说有笑，无运气打算不着。因大眠东南风起，一斤捉五斤余外。
常年规矩家家有，买鱼买肉请菩萨。五更金鸡叫嘎嘎，夫妻商量细安排。
到叶行抬头观看，坐起拉都是买客。主人说七百连佣，卖客人争要八百。
三四个人坐在一道，就打听别处去买。端正好洋钿钞票，圈棚船寻介一只。
连夜开船不耽搁，摇船都是后生家。摇一橹来挪一挪，一路打听问叶价。
闻知着停船上岸，叶行情日日涨价。朱介桥话道相巧，早晨头五百发客。
周王庙话道相巧，也有话袁化平价。大河港叶船来去，硖径头船都挤坏。
海宁城东都采尽，城西叶采得光塌塌。买来买去无处买，长安坝上不停塌，
一班索背到许村，投叶行就寻卖客。主人说七百连佣，卖客念只要六百。
春河坝连夜就落，到屋里东方发白。叶船到连忙上岸，吃酒饭就打哈哈。
叶贱年成无人要，叶贵年成无处买。三朝开体无落脚，匾头清静好其扎。

---

❶ 筳：读 dài，用竹子制成的蚕用器具。

看蚕身撩脚丝起，看体子铺铺塌塌。买芦帘蚕炭火盆，忙端正山棚就搭。
少对手忙忙碌碌，捉栲子双手乱抓。大家蚕灶厅上到，小伙蚕羊棚调排。
前厅后垦都上到，上得屋里无空垦。别①山火盆就生着，吃了早饭别到夜。
黄昏头别到明天，连别了二日二夜。开山棚门窗掇落，山头上茧子雪白。
客人到欢天喜地，孙姑娘望望奶奶。一家门哈哈大笑，采茧子空头白嚼。
都说今年蛾头短，沿村去央做丝客。湖州丝车两边排，话道平车用不着。
做丝娘都有手段，手头勤再无疙瘩。打结头轻轻脱脱，搭上去果然手快。
踏班正三寸半把，踏罗经要踏一石。踏布经四个半把，无底面通手好卖。
细丝经足无其数，粗丝经来做绢着。上年搁着涨了价，今年摆到开春卖。
卖丝银锭锭蛮大，兑铜钿个个托白。看花蚕一朝发财，就买田地置四界。
做官好读书辛苦，看文章起早落夜。开店好讨债葱厌，做商客算盘打煞。
种田总要六个月，日脚拖长赶勿着。只有花蚕果然快，见了如同变戏法。
廿八日花蚕成茧，做成丝谢谢菩萨②。

---

❶ 别：寻找，《浙江省民间文学集成：嘉兴市歌谣、谚语卷》为"蹩"。
❷ 海盐县民间文学集成办公室：《中国民间文学集成：浙江省嘉兴市海盐县故事、歌谣、谚语卷》，海盐县民间文学集成办公室1989年版。部分歌词又见顾希佳：《祭坛古歌与中国文化——吴越神歌研究》，人民出版社2000年版；刘旭青：《蚕神信仰及其民间习俗——以太湖流域蚕桑谣谚为例》，《湖州师范学院学报》，2021年第43卷第5期第18到第25页。

第二章

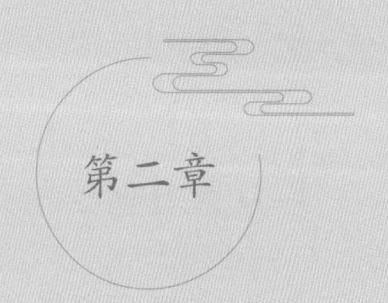

辛勤劳作——生活富足

第一节
从采桑到织布——环环相扣

一、采桑

桑叶是蚕宝宝的口粮，像母乳是婴儿的口粮一样，桑叶的数量和质量直接关系到蚕业的好坏。桑树从培育到种植都要付出体力和脑力，既要对桑园产量进行预估，也要根据桑园产量决定养蚕的规模，还要预设桑叶调配办法。值得一提的是采桑也是个技术活动，不能想怎么采就怎么采。清代卫杰在《采桑》一诗中写道："初番采叶待商量，先剪旁枝后女桑。留得正枝添茂叶，摘来盈掬更盈筐。"其意为，在首次采摘桑叶时需要仔细斟酌，先修剪侧枝再采摘主枝上的叶子。这样可以让主枝上的桑叶更加繁茂，采摘时能装满双手、填满竹筐。这体现了古人对采桑技艺的讲究以及对自然规律的尊重。

采桑歌中内容颇丰，如《桑园劳动歌》将桑园劳作的全过程进行了详细的描写，既展现了不同时节桑园劳作的重点，也体现了蚕乡劳动人民的勤劳及智慧；《进桑园》描写的是桑园内一派生机勃勃的场景；《采桑曲》《小麦青》《采桑娘子歌》等则反映了旧时蚕农们遭遇到的悲惨生活境遇，令人怜惜和愤恨；《采桑情歌》《采桑度》《捉叶姐》《采桑姐》均为采桑女将劳作与思想情感相融合，属于情歌范畴。

《桑园劳动歌》全面且详细地描述了在每一个节气下，桑园管理和蚕丝生产的具体操作和注意事项。它不仅体现了古代农民依据自然规律进行农业生产的生活智慧，也反映了蚕桑业在中国传统农业中的重要地位。从农历正月到十二月，每个月份对应的两个节气都有特定的桑园管理工作，即春季：主要围绕施肥、除草、嫁接新桑苗展开，为新一年的生长做准备。夏季：重点在于采桑叶养蚕，同时注意去除不健康的叶子，并防治害虫。秋季：继续忙于秋蚕养殖，同时开始清理害虫并种植绿肥以养护土地。冬季：虽然田间工作减少，但桑园的修剪、深耕翻地以及防寒措施仍然不可或缺。整首歌谣通过具体的农事活动安排，展示了人与自然和谐相处的理念，同时也强调了每个环节的重要性，以确保来年的丰收。这种基于二十四节气的农业生产方式，是中国传统文化的重要组成部分，体现了古人对自然规律的深刻理解和尊重（图2-1～图2-11）。

桑园劳动歌

正月立春和雨水，桑园正要施春肥。猪灰羊灰❶加河泥，好比人要补身体。
二月惊蛰和春分，桑园野草要翻垦。除掉野草桑树旺，树旺才能桑叶嫩。
三月清明和谷雨，桑芽雀口❷笑嘻嘻。要想寒里种新桑，嫁接桑苗正当季。
四月立夏和小满，家家户户看春蚕。采回桑叶忙剪条，剪条还须多补拳。
五月芒种和夏至，桑园要垦产褥地❸。浅耕细垦巧用肥，好比产妇要休息。
六月小暑和大暑，钻进桑园汗如雨。桑树新芽尺把长，夏蚕还要删二叶❹。
七月立秋和处暑，天蚕毛虫❺要捉起。削草要抢晴正天，桑叶正好换力气。
八月白露和秋分，秋风秋雨一阵阵。农家秋蚕正忙煞，捕捉羊夹❻要认真。
九月寒露和霜降，卖掉茧子喜洋洋，桑树里桑虫用钩扎，绿肥下种正当忙。
十月立冬和小雪，田里忙好莫贪逸。手拿锯子去修拳，桑拳光洁桑条齐。
十一月大雪和冬至，桑园里要垦冻地。垄得大来翻得深，地冻松来虫也死。
十二月小寒和大寒，桑园里生活勿曾完。施肥开沟刮岸草，低地区还要做圩岸❼。

《进桑园》句式工整，语言通俗，形象生动地描绘出了蚕月桑园万物复苏、花团锦簇、生机勃勃的美好景象。"双手打开两扇门"可以理解为一种象征性的动作，意

---

❶ 猪灰、羊灰：猪羊粪肥。
❷ 雀口：桑芽初萌，如同麻雀嘴。
❸ 产褥地：春叶采完，桑园地就像产妇般脆弱，同样得休息和滋养。
❹ 删二叶：将细小的、不健康新芽去除掉。
❺ 天蚕、毛虫：桑园中多见的害虫。
❻ 羊夹：桑园中多见的害虫。
❼ 鲍林鸣记。顾希佳，袁瑾，丰国需等：《运河村落的蚕丝情节》，杭州出版社2018年版；陈永昊，余连祥，张传峰：《中国丝绸文化》，浙江摄影出版社1995年版；顾希佳：《浙江民俗大典》，浙江大学出版社2018年版。

味着打开视野或者心灵之门,去探索和欣赏大自然中的美丽景色。"百样花儿观得清"表示一旦门被打开,就可以清晰地看到各种各样美丽的花朵。此首歌谣还分别描述了不同颜色的花朵,如红色的花像火一样热烈,黄色的花金灿灿,如同阳光,而白色的花则洁白如银。这些描述生动形象地展现了大自然中花卉的多样性和美丽。

总之,《进桑园》歌谣表达了人们对大自然美景的热爱和赞美之情,通过简单的语言和鲜明的色彩对比,让人感受到一个充满生机与活力的花卉世界。同时,它激励人们以开放的心态去发现和欣赏生活中的美好事物。

进桑园

双手打开两扇门,百样花儿观得清。
观得红花红似火,观得黄花金灿灿。
百样花儿看不尽,观得白花白如银。

唐宋时期,浙江蚕桑生产已具相当规模,《采桑曲》为南宋郑起❶所作,描写了南宋时临安采桑养蚕情景和蚕姑的生活状态,广为流传。蚕农们风雨无阻地采桑养蚕,辛勤劳作,每家每户忙得不亦乐乎,喜获丰收。歌谣上半部分押韵,节奏感强,下半部分却描写蚕姑生活艰苦,虽然蚕花茂盛,养蚕人却穿不起丝绸锦缎,只能麻衣蔽体,体现了当时不公平的社会现实,即蚕农肩负重税及高利贷"两座大山",虽辛勤劳作和蚕业丰收,但却生活依然窘迫,上下两联情感形成鲜明对比。

《采桑曲》描绘了养蚕人家忙碌的景象以及蚕姑朴素的生活状态。"晴采桑,雨采桑,田头陌上家家忙"生动地展现了无论天气如何,人们都在忙着采桑叶的情景;"去年养蚕十分熟,蚕姑只着麻衣裳"则通过对比手法,说明即使去年养蚕取得了很好的收成,但蚕姑依然穿着朴素的麻衣,体现了她们勤劳简朴的美好品质。这种生活场景反映了古代劳动人民的真实生活状况和精神风貌。歌谣不仅描述了一幅典型的宋代农村生活画卷,还隐约触及了社会经济现实,体现了古代文人对民生疾苦的关注。

---

❶ 郑起:(1199—1262),原名郑震,字叔起,号菊山,福建连江人。客居临安(今浙江杭州)30余年,后徙居苏州,逝后葬于甑山西陇。元代的仇远选其诗四十首辑为《清隽集》。

采桑曲

晴采桑，雨采桑，田头陌上家家忙。
去年养蚕十分熟，蚕姑只着麻衣裳❶。

《采桑娘子歌》深刻地描绘了采桑姑娘们艰辛的劳动场景。"蚕山洞流水白洋洋，两边才是采桑娘"形象地勾勒出一幅美丽的自然画卷，而"从早采到满天星呀，十指尖尖鲜血淌"则真实地反映了采桑工作的辛劳与不易，强调了她们劳动时间长以及付出的巨大代价。"小麦青青大麦黄，姑娘双双去采桑，桑篮挂在桑枝上，一把眼泪一把桑"进一步通过具体的动作和情感描写，表达了采桑姑娘们在繁重劳动中的悲伤情绪。整首歌谣既歌颂了劳动人民的辛勤付出，同时也揭示了他们生活的不易。

采桑娘子歌

蚕山洞流水白洋洋，两边才是采桑娘，
从早采到满天星呀，十指尖尖鲜血淌。
小麦青青大麦黄，姑娘双双去采桑，
桑篮挂在桑枝上，一把眼泪一把桑❷。

与《采桑娘子歌》情绪相似的蚕歌还有流行于缙云的《小麦青》，也同样描述了那段岁月蚕农们的辛酸。生动地展现了养蚕人家忙碌而又辛苦的生活。"小麦青，大麦黄，姑姑嫂嫂养蚕忙"描绘了在农作物生长的季节里，家中的女性成员都在忙着养蚕的情景；"日间饲蚕到夜晚，夜间缫丝到天亮"则具体描述了她们不分昼夜辛勤劳作的状态，体现了劳动人民的勤劳与坚韧；"初五二十曲卖丝，卖丝归来泪汪汪"揭示了她们即使付出巨大努力，也可能因为市场或其他原因导致收入不佳，从而流露出悲伤情绪。整首歌谣反映了当时社会中劳动人民的真实生活状况和他们面对困境时的态度。

---

❶ 李西林：《唐代音乐文化研究》，文化艺术出版社 2014 年版。
❷ 苏州市文学艺术界联合会、江苏省民间视觉工作者协会苏州市分会：《吴歌》，中国民间文艺出版社 1984 年版；林锡旦：《太湖蚕俗》，苏州大学出版社 2006 年版。

小麦青

小麦青，大麦黄，姑姑嫂嫂养蚕忙。
日间饲蚕到夜晚，夜间缫丝到天亮。
初五二十曲卖丝，卖丝归来泪汪汪[1]。

《采桑情歌》通过细腻的笔触，展现了三月清明时节养蚕繁忙的景象以及一位少女在劳动中的情感世界。"三月清明养蚕忙，嫂嫂双双去采桑；桑篮挂在桑枝上，口唱山歌手采桑"生动地描绘了人们忙碌于采桑劳作的同时，还享受着歌唱的乐趣。"紫燕做巢成双对，飞来飞去都做队；小妹独自只一人，吤人替我去做媒？"用紫燕成双的意象衬托出小妹孤单的心情，并引出了她渴望有人为她做媒的心愿。"美貌小哥到处有，呒人牵线难开口；我看人品蛮中意，媒人呒有怎好求？难开口来难开口，我心焦急真发愁；奴家心情吤人晓？只怪嫂嫂不提头。"这部分深入刻画了小妹心仪一位小伙子却因缺乏媒人而难以启齿的困扰，以及对嫂嫂未能主动提及此事的些许埋怨。整首歌谣将劳动场景与个人情感巧妙结合，既体现了劳动人民的生活状态，又表达了他们对美好爱情的向往和追求。

采桑情歌

三月清明养蚕忙，嫂嫂双双去采桑；
桑篮挂在桑枝上，口唱山歌手采桑。
紫燕做巢成双对，飞来飞去都做队；
小妹独自只一人，吤人替我去做媒？
美貌小哥到处有，呒人牵线难开口；
我看人品蛮中意，媒人呒有怎好求？
难开口来难开口，我心焦急真发愁；
奴家心情吤人晓？只怪嫂嫂不提头[2]。

---

[1] 马成生收集。浙江人民出版社：《浙江歌谣选集》，浙江人民出版社1954年版。
[2] 周玉波，张映丽：《大运河民歌及其整理研究刍议》，《淮阴师范学院学报》（哲学社会科学版）2022年第44卷第1期，第54到第65页，第108页。

《采桑度》表达的是江南少女采桑劳作的情景及细腻的恋情心理状态,它以蚕桑为主题,通过丰富的意象和生动的描写,展现了采桑女子的生活与情感。描绘了春天里生机勃勃的景象,以及采桑女们一边劳动一边歌唱的美好画面。"冶游采桑女,尽有芳春色。姿容应春媚,粉黛不加饰"着重刻画了采桑女们的自然之美,她们无须过多装饰,便已显得格外妩媚动人;"系条采春桑,采叶何纷纷。采桑不装钩,牵坏紫罗裙"形象地描述了采桑女采桑过程中的一些细节,包括因忙碌而损坏衣物的情景;"语欢稍养蚕,一头养百塸。奈当黑瘦尽,桑叶常不周"体现了采桑女养蚕过程中的艰辛以及潜在的挑战;"春月采桑时,林下与欢俱。养蚕不满百,那得罗绣襦"❶ 表达了采桑女对美好生活的向往以及现实条件下的无奈;"采桑盛阳月,绿叶何翩翩。攀条上树表,牵坏紫罗裙"❷ 再次强调了采桑活动的具体场景和可能带来的不便;"伪蚕化作茧,烂熳不成丝。徒劳无所获,养蚕持底为?"这部分则以一种讽刺的口吻,提出了如果养蚕不能得到预期成果,那么养蚕的意义何在的问题。

整首歌谣通过对采桑、养蚕过程的详细描写,反映了当时养蚕人的生活状态,巧妙地将劳动、爱情、生活融为一体,以及他们对于生活意义的思考。

采桑度

蚕生春三月,春桑正含绿。女儿采春桑,歌吹当春曲。
冶游采桑女,尽有芳春色。姿容应春媚,粉黛不加饰。
系条采春桑,采叶何纷纷。采桑不装钩,牵坏紫罗裙。
语欢稍养蚕,一头养百塸。奈当黑瘦尽,桑叶常不周。
春月采桑时,林下与欢❸俱。养蚕不满百,那得罗绣襦。
采桑盛阳月,绿叶何翩翩。攀条上树表,牵坏紫罗裙。
伪蚕化作茧,烂熳不成丝。徒劳无所获,养蚕持底为❹?

---

❶ 金翠华:《中国纺织文学作品选》,济南出版社1991年版。
❷ 陈永昊,佘连祥,张传峰:《中国丝绸文化》,浙江摄影出版社1995年版。
❸ "欢":在南朝乐府民歌中,是女子对情人的爱称。
❹ 南朝乐府民歌。它们大多反映了当时民众的生活、情感、风俗等多方面的内容。陈永昊,佘连祥,张传峰:《中国丝绸文化》,浙江摄影出版社1995年版。

图2-1 收购广秧（野桑苗，需要它的根部，用于嫁接），谢跃锋摄影

图2-2 桐乡市凤鸣街道新农村俞家桥蚕农姜文标、姚仁仙夫妇嫁接桑苗，谢跃锋摄影

图2-3 嫁接好后待下地的小桑苗包在薄膜里催芽，谢跃锋摄影

图2-4 嫁接后的当年生的小桑苗，谢跃锋摄影

（a）蚕农田间劳作场景　　（b）种植到田地里的嫁接桑苗

图2-5 桐乡市凤鸣街道新农村俞家桥蚕农姜文标把嫁接好的小桑苗种植到田地里，谢跃锋摄影

图2-6 已修剪的未发芽的拳桑头上的枝条，谢跃锋摄影

图2-7 蚕农吴金林给桑树喷药除虫，张根荣摄影

图2-8 采桑完后赶回蚕室饲蚕，谢跃锋摄影

图2-9 桐乡市洲泉镇南庄村转水河蚕农范明南采桑叶，张根荣摄影

图2-10 桐乡市洲泉镇众安村孙家埭蚕农晾桑叶，张根荣摄影

图2-11 采桑舞，李语柔摄影

二、腌种

据浙北蚕农介绍，旧时养蚕，蚕种都是自家留种孵化、催青。现在这一环节多集中在当地蚕种场完成，再由村委会统一发放给蚕农（图2-12、图2-13），大大提高了劳动效率和质量。每年孵化小蚕前，蚕农都要举行一次"杀种"仪式（即腌蚕种，简称腌种）。据说，经过"杀种"以后，蚕儿不会发蚕病。这一仪式要在农历十二月十二日举行，传说这一天是蚕的生日，这也体现了蚕神信仰在当地的影响深远。

《腌种》详细描述了腊月十二蚕生日时，家家户户忙碌腌种的情景。"腊月十二蚕生日，家家腌种不偷闲"点明了时间以及人们对此事的重视程度；"有的人家石灰洒，有的人家松盐腌。还有人家天腌种，高高挂在屋廊檐，通风透气防鼠剥，不怕日晒不怕寒"具体介绍了不同家庭腌种的方式和注意事项，展现了丰富的民间智慧和经验；"十二日子时来腌起，腊月廿四卯时收，收落蚕种掸落盐，轻轻放在埭里面"精确记录了腌种的时间安排和操作步骤；"提来一桶春雨水，百花汤里端介端，切忌外面日头晒，半阴半凉自然干"则进一步说明了后续处理的过程，强调了环境条件对腌种效果的影响。

整首歌谣通过详细的描写，不仅反映了当时蚕农的生活习惯和劳动技能，也体现了他们对自然规律的理解和应用。

腌种

腊月十二蚕生日，家家腌种不偷闲，
有的人家石灰洒，有的人家松盐腌。
还有人家天腌种，高高挂在屋廊檐，
通风透气防鼠剥，不怕日晒不怕寒。
十二日子时来腌起，腊月廿四卯时收，
收落蚕种掸落盐，轻轻放在埭里面。
提来一桶春雨水，百花汤里端介端，
切忌外面日头晒，半阴半凉自然干。[1]

---

[1] 李德荣（神歌艺人）唱，徐春雷记。徐春雷：《桐乡蚕歌》，中国文联出版社2009年版。

图2-12　海宁市蚕种场催青室——原蚕种催青，王深摄影

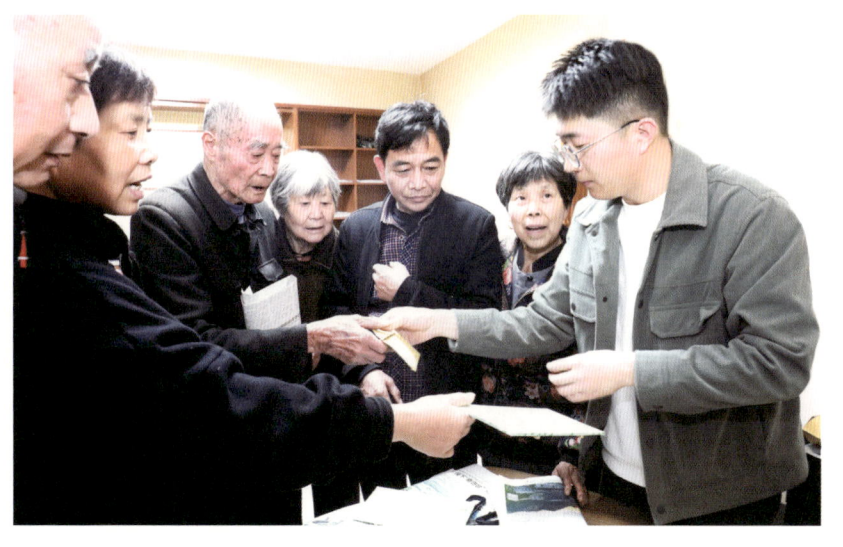

图2-13　2023年4月26日桐乡市洲泉镇南庄村为村民发放蚕种，张根荣摄影

三、收蚁

收蚁其实是收蚕宝宝，将蚕比作蚂蚁，体现了蚕在幼虫阶段的形态特征。

《收蚁》这首歌谣描绘了谷雨时节家家户户忙碌收蚕的情景，每句歌词都体现出蚕农照顾蚕宝宝的精心、细致。"谷雨收蚕正当时，家家布子裹棉衣，三天三夜不离身，捂出乌娘千万计"形象地描述了人们为了保证蚕种孵化而精心照料的场景，强调了时间的重要性以及人们的辛勤付出；"蚕室蚕房并蚕具，蚕架蚕扁备周齐，手持鹅毛轻轻掸，温和天气来收蚁"这几句歌谣详细描述了蚕农收蚁所需的准备工作及具体操作方法；"小小宝宝似蚂蚁，嘴嫩体弱步难移，要采新鲜嫩桑叶，快刀切叶细如丝"生动描绘了小蚕孵化后的娇嫩状态以及喂养时对桑叶的要求；"收蚁之后寸不移，盆中炭火不断熄，准时送叶用心计，夜里安眠不脱衣"进一步凸显了收蚁后蚕农对小蚕持续关注与精心照料的重要性（图2-14）。

整首歌谣通过对收蚁过程的详尽描写，不仅展现了劳动人民的智慧和辛劳，也体现了他们对自然规律的尊重和顺应。

收蚁

谷雨收蚕正当时，家家布子裹棉衣，三天三夜不离身，捂出乌娘千万计。
蚕室蚕房并蚕具，蚕架蚕扁备周齐，手持鹅毛轻轻掸，温和天气来收蚁。
小小宝宝似蚂蚁，嘴嫩体弱步难移，要采新鲜嫩桑叶，快刀切叶细如丝。
收蚁之后寸不移，盆中炭火不断熄，准时送叶用心计，夜里安眠不脱衣。[1]

（a）蚕种盒[2]　　（b）轻轻将蚕抖出　　（c）放上竹筷防止出卵后蚕蚁爬出来

---

[1] 李德荣（神歌艺人）唱，徐春雷记。徐春雷：《桐乡蚕歌》，中国文联出版社2009年版。
[2] 蚕种盒，内置一张种量的蚕蚁，"华康2号"是品种。

(d) 用鹅毛轻掸，让蚕卵分布更均匀 　　(e) 蚕卵未出蚁，盖上匾遮光 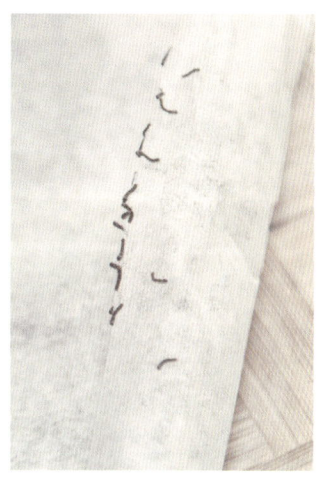　　(f) 破卵而出的蚕蚁

图 2-14　收蚁，谢跃锋摄影

四、养蚕

《养蚕歌（一）》以生动的语言和形象的比喻，描绘了养蚕过程中的种种艰辛。"一只蚕匾圆溜溜，十只蚕匾十层楼"通过简单的描述，让我们能够想象到养蚕人家中层层叠叠摆放的蚕匾；"三眠蚕起吃大叶，养蚕娘子日夜愁"则进一步强调了随着蚕的成长，所需桑叶量的增加以及养蚕人的忧虑与辛劳。"……侍候蚕宝宝勿眠，刮掉蚕娘一身肉……"深刻反映了养蚕人为了保证蚕的生长而不辞辛劳的工作状态，同时也指出了可能面临的收成不佳的情况。尽管付出了巨大的努力，但最终的收获却可能不尽如人意；"穿绸哪知养蚕苦呀，我梳得头来脚上脏"这部分通过对比，表达了养蚕人辛勤劳动与穿着丝绸的人之间的差距，揭示了社会生活中的一种不平等现象；最后，"白龙白弄一场空"，形象地描述了蚕儿上簇结茧后的景象，同时又以一种无奈的口吻，诉说了养蚕人忙碌之后可能一无所获的悲凉。

整首歌谣通过对养蚕劳动的细致描写，描绘出蚕月里蚕娘的艰辛和心理活动，体现出劳动成果来之不易，以及劳动人民坚韧的性格和品质，也反映了他们对生活的深刻感悟。

养蚕歌（一）

一只蚕匾圆溜溜，十只蚕匾十层楼❶，三眠蚕起吃大叶，养蚕娘子日夜愁。
背箩采桑桑叶歉，侍候蚕宝宝勿眠，刮掉蚕娘一身肉，结着半簇薄皮茧。
蚕吃桑叶沙沙响，四月里来养蚕忙，穿绸哪知养蚕苦呀，我梳得头来脚上脏。
白龙龙❷，白龙龙，条条茧龙白弄弄，手勿空，脚勿空，白龙白弄一场空❸。

《养蚕歌（二）》生动地描绘了农历四月、五月繁忙的养蚕时节，展现了从喂蚕时对桑叶的处理到最后缫丝制衣的过程，表明了养蚕的时间和人们的辛勤付出。"叶大要拿刀切细（图2-15），湿叶要用布擦干"具体说明了喂养蚕时对桑叶处理的细致要求，展现了养蚕人的精心照料；"儿啼女哭顾不得，蚕儿当作儿女看"形象地表达了养蚕人对养蚕的重视程度，就像对待子女一样；"头眠二眠三四眠，结成茧子白又鲜。缫丝织绸制衣服，穿在身上轻又软"则描述了蚕从成长到结茧，再到最终被用来制作丝绸的过程，反映了蚕丝制品的珍贵以及养蚕劳动的价值。

图2-15 蚕农切三角叶喂小蚕，张根荣摄影

整首歌谣通过对养蚕过程的详尽描写，不仅体现了养蚕人的辛勤劳作（图2-16～图2-20），也展示了蚕丝制品带来的美好体验。

---

❶ 十层楼：形容蚕匾叠在层层的架子上。
❷ 白龙龙：用稻草做成，蚕儿上簇结茧后像条白龙。
❸ 苏州市文学艺术界联合会、江苏省民间视觉工作者协会苏州市分会：《吴歌》，中国民间文艺出版社1984年版；陈永昊、余连祥、张传峰：《中国丝绸文化》，浙江摄影出版社1995年版。

养蚕歌（二）

四月五月天，家养蚕不得闲。哪怕日日忙辛苦，怕蚕饿不结茧。

叶大要拿刀切细，湿叶要用布擦干。儿啼女哭顾不得，蚕儿当作儿女看。

头眠二眠三四眠，结成茧子白又鲜。缫丝织绸制衣服，穿在身上轻又软。

（a）切碎嫩桑叶　　　　　　　　　　　（b）轻撒细小嫩桑叶

图2-16　蚕农吴敏芬正在给小蚕喂切碎后的嫩桑叶，谢跃锋摄影

图2-17　桐乡市洲泉镇小元头村小蚕期三龄桑叶保鲜，张根荣摄影　　　图2-18　四眠蚕，谢跃锋摄影

图2-19 蚕宝宝"上山"做茧，稻柴做的禾帚把，谢跃锋摄影

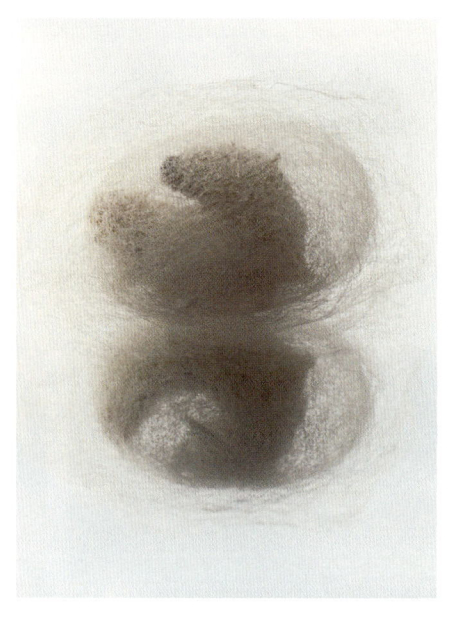

图2-20 吐丝做茧中的蚕宝宝（放置在镜面上），谢跃锋摄影

《养蚕歌（三）》以生动的比喻和夸张的手法，描绘了蚕结茧的情景以及蚕丝丰收后的壮观景象。"蚕婆婆，勤做活，做个茧儿像铁壳"运用拟人手法，将蚕比作蚕婆婆，不知辛勤地吐丝劳作，并把茧形容成坚固的铁壳，形象地表现了蚕结茧的辛勤劳动和结实成果；"黄桶这么大，扁担这么长，黄丝压弯称号梁"则运用夸张的手法，描绘了收获的蚕丝之多，以至于可以用大黄桶来装，用长扁担来挑，甚至压弯了称号梁。这种夸张的描述不仅增添了童谣的趣味性，也反映了人们对蚕丝丰收的美好期待和喜悦心情。

养蚕歌（三）

蚕婆婆，勤做活，做个茧儿像铁壳。
黄桶这么大，扁担这么长，黄丝压弯称号梁[1]。

《蚕姑娘》用词活泼俏皮，妙趣无尽。将蚕宝宝比作蚕姑娘，将结蚕蛹比作造新房，生动地描绘了蚕结茧化蛹再变成蛾的过程。"蚕姑娘，造新房，新房不开门和窗"

---

[1] 裘樟鑫，《新农村歌谣集锦》，浙江工商大学出版社2012年版。

将蚕结茧比喻成建造一座没有门窗的新房，形象地表现了蚕在结茧时的封闭状态；"关在屋里巧打扮，出来变个娥姑娘"则通过"巧打扮"的拟人化描写，巧妙地把蚕在茧中化蛹的过程比作是在房间里打扮自己，最后从房间里出来变成了蛾姑娘。这种拟人化的表达方式不仅让童谣更加生动有趣，也帮助孩子们更容易理解蚕的生命循环过程。

蚕姑娘

蚕姑娘，造新房，新房不开门和窗，
关在屋里巧打扮，出来变个娥姑娘。

综上所述，浙江蚕农主要以养四眠蚕为主，所谓四眠，即头眠、二眠、三眠和大眠。四眠过程在《中国丝绸的文化》一书已经有较详细的记述：

> 头眠：从乌蚁孵化开始，大约经过三天三夜，称为一龄期。蚕进入休眠状态，被称为"头眠"。处于休眠状态的蚕被叫做"眠头"。休眠大约持续一昼夜，之后蚕醒来，被称为"起娘"。
>
> 二眠：蚕苏醒后开始吃桑叶，经过三天三夜，进入二龄期，随后再次进入休眠状态，持续约一昼夜。
>
> 三眠：俗称"出火"。从二眠苏醒后，蚕再经过三四天，第三次进入休眠。此时，蚕的体型逐渐增大，气温也逐渐升高，通常会取消炭盆加热，因此被称为"出火"。
>
> 大眠：三眠之后，继续喂养四五天，进入四龄期，随后蚕进行第四次休眠，俗称"大眠"。这次休眠时间较长，约为一昼夜半到两昼夜。休眠结束后称为"大眠开爽"，蚕进入食叶最旺盛的阶段，称为"晌食"。连续喂养七八天后，蚕体逐渐成熟，身体晶莹剔透，如同透明，不再进食也不再休眠，这种状态被称为"缭娘"。这时，蚕农需要将熟蚕放置在蔟上，俗称"上山"。
>
> 在四眠过程中，细节至关重要。例如，如果蚕食用湿叶，容易患上腹泻病；食用热叶则可能导致腹结、头大、尾尖等问题。若被热气熏蒸，后期可能会出现白僵现象；突然开门导致大风侵入，则可能引发红僵。由于蚕无法言语表达需求，而旧时科技又较为落后，养蚕完全依赖蚕妇对技巧的掌握和细心照料，如同养育孩子一般。因此，蚕妇被亲切地称为"蚕娘"。

《太湖备考·集诗二》记叙了蚕娘辛劳：

> 戴胜降桑鸠拂羽，春蚕三眠更三起，子规惊梦劳蚕女。蚕不起，仍不眠。陌上桑，叶翻翻。谚有言，无春莫养蚕。人言立夏日，不宜风西南。斧斨闲，曲薄刺，石壕吏，虎其目，未五月，粜新穀。女红蚕绩将何支？陌上桑，狝滩枝，吁嗟乐子之无知。

可见，蚕农养蚕过程是非常辛苦的。如果再加上桑叶不充足，那真是雪上加霜，正如《养蚕阿婶日夜愁》中所唱："大眠三朝吃大叶，养蚕阿婶日夜愁……蚕呒牙齿要吃三间房……"

五、采茧

《采茧》这首歌谣详细描述了从清明到谷雨时节，家家户户期望蚕花兴旺的情景。"弟兄合力石成玉，父子同心土变金"强调了家庭成员齐心协力的重要性，只有大家共同努力才能收获好的成果；"头眠眠得齐整整，二眠眠得匀称称，大眠捉是几百斤，并无一个来落沉"具体描述了蚕在不同阶段的生长情况以及丰收时的情景，展现了养蚕人家的喜悦心情；"芦帘山棚来搭成，宝宝上山白似银，三朝一过赛雪墩，落山采茧硬丁丁"则形象地描绘了蚕结茧的过程和收获时的景象，通过"白似银""赛雪墩"等比喻，生动地表现了蚕茧的洁白和丰满；"合家采茧忙不停"描述了全家一起采茧的忙碌场景，表达出蚕农对大好收成的满足感，同时描写出了蚕农丰收时的忙碌和喜悦之情（图2-21、图2-22）。

整首歌谣通过对养蚕过程和丰收景象的详尽描写，体现了养蚕人的辛勤付出。

采茧

清明一过谷雨临，家家要想蚕花兴，弟兄合力石成玉，父子同心土变金。
头眠眠得齐整整，二眠眠得匀称称，大眠捉是几百斤，并无一个来落沉。
芦帘山棚来搭成，宝宝上山白似银，三朝一过赛雪墩，落山采茧硬丁丁。
细茧个个鸭蛋形，大茧犹如白天灯，合家采茧忙不停，筐筐要采廿四分❶。

---

❶ 朱高生（神歌艺人）唱，徐春雷记。徐春雷：《桐乡蚕歌》，中国文联出版社2009年版。

图2-21 桐乡新农村凌建洪家采蚕茧，凌冬梅摄影

图2-22 采茧，中国江南蚕俗文化博物馆收藏，张根荣摄影

六、缫丝

《缫丝娘》这首歌谣生动描绘了东南风起时，村中缫丝娘忙碌劳作的场景。"脚踏丝车团团转，索帚捞绪丝头长"形象地展现了缫丝娘操作丝车的熟练技巧和辛勤劳动；"几颗茧子一根丝，粗细心里拿主张"说明了缫丝过程中对丝线粗细的控制需要依靠缫丝娘的经验和判断力；"手脚并用眼睛快，全凭索帚功夫强"则强调了缫丝娘在工作中需要手脚眼并用，展现了她们高超的技艺。

整首歌谣通过细致的描写，不仅展示了缫丝娘的辛勤劳动和精湛技艺，体现劳动人民的生产智慧，也赞美了传统手工艺的独特魅力（图2-23～图2-25）。

缫丝娘

东南风起自然凉，村中忙坏缫丝娘，脚踏丝车团团转，索帚捞绪丝头长。
几颗茧子一根丝，粗细心里拿主张，手脚并用眼睛快，全凭索帚功夫强[1]。

---

[1] 张金林（三跳艺人）唱，徐春雷记。徐春雷：《桐乡蚕歌》，中国文联出版社2009年版。

图2-23　缫丝娘，张根荣摄影

图2-24　手工剥绵兜，谢跃锋摄影

图2-25　晾晒绵兜❶，谢跃锋摄影

《湖丝阿姐》❷描绘了旧时缫丝女工的日常生活、劳动场景及社会交往，与现代缫丝工厂情景相似（图2-26～图2-29）。歌谣注重细节刻画，生动且融入了本土口语，把口语对话结合到劳作过程中。内容主要涵盖以下六个方面：首先，开篇提到"月落西山天明了，湖丝阿姐起得早，喊娘亲先把饭烧"，勾勒出一幅清晨湖丝阿姐一早起床为一天的劳作作准备，同时提醒母亲先做饭的景象，体现了家庭中的亲情互动与责任分工。其次，姐妹们相聚上工。"忽听头波罗唠唠叫，来了姐妹一大淘"当工厂汽笛响起时，众多缫丝女工聚集在一起前往工作地点。这句既反映了集体劳动的特点，也表现出姐妹间的亲密关系。"左手拿把文明伞，右手提只小饭篮，在路上说说谈谈"则进一步刻画了她们在路上轻松交谈的情景，为单调的劳动生活增添了些许乐趣。再次，不同地域阿姐的生活对比。歌谣中提到"江北阿姐真苦恼，天天冷饭开水泡"与"上海阿姐本领高，打盆做丝称头挑，着衣裳真正时髦"，通过对比不同地区缫丝女工的生活条件和经济状况，凸显出社会阶层差异及地域发展不平衡带来的影响。最后，社会交往与抗争精神。"苏州阿姐路上跑，滑头麻子来盯梢，骂一声杀侬千刀"描述了女性在公共场合遭受不尊重时敢于反抗的态度；而"杭州阿姐买相好，管车先生膀子吊，小房子借在旱桥"揭示了一些女性为了改善生活可能选择特殊方式维持生计的现象。

---

❶ 晒干后的绵兜可以直接拉蚕丝被。
❷ 因湖州缫丝工厂数量多、女工多，故浙江习惯将"缫丝女工"称为"湖丝阿姐"。

总之，整首歌谣不仅记录了旧时缫丝女工辛勤工作的场景，还涉及她们的情感世界、社会地位以及面对困境时的应对策略等多个方面，是研究当时社会文化和劳动者生活状态的重要资料。

湖丝阿姐

月落西山天明了，湖丝阿姐起得早，喊娘亲先把饭烧，
嗳唷，嗳唷，喊娘亲先把饭烧。
忽听头波罗❶唠唠叫，来了姐妹一大淘，金弟姐你也来了，
嗳唷，嗳唷，金弟姐你也来了。
看看钟头五点过，又听叫了二波罗，姐妹们都去上工，
嗳唷，嗳唷，姐妹们都去上工。
左手拿把文明伞，右手提只小饭篮，在路上说说谈谈，
嗳唷，嗳唷，在路上说说谈谈。
老小进了湖丝栈，打盆做丝茧子拣，十二点钟放工吃饭，
嗳唷，嗳唷，十二点钟放工吃饭。
江北阿姐真苦恼，天天冷饭开水泡，好小菜一根油条，
嗳唷，嗳唷，好小菜一根油条。
上海阿姐本领高，打盆做丝称头挑，着衣裳真正时髦，
嗳唷，嗳唷，着衣裳真正时髦。
苏州阿姐路上跑，滑头麻子❷来盯梢，骂一声杀侬千刀。
你看穷爷啥路道，瞎脱眼睛来胡调，恨起来打你耳光，
嗳唷，嗳唷，恨起来打你耳光。滑头麻子哈哈笑，
叫声阿姐休烦恼，我有事告你知晓，
嗳唷，嗳唷，我有事告你知晓。
杭州阿姐买相好，管车先生膀子吊❸，小房子借在旱桥，
嗳唷，嗳唷，小房子借在旱桥❹。

---

❶ 头波罗：指丝厂的汽笛鸣叫声。
❷ 滑头麻子：指油滑不老实的人。
❸ 膀子吊：调情的意思。
❹ 庄中廷（农民）唱，徐春雷记。徐春雷：《桐乡蚕歌》，中国文联出版社2009年版。

图 2-26 人工挑茧，谢跃锋摄影

图 2-27 缫丝机上烧熟出丝中的茧子，谢跃锋摄影　　图 2-28 新一代缫丝机前的女工，谢跃锋摄影

（a）丝厂车间　　　　（b）丝厂生产的生丝（白厂丝）

图 2-29 丝厂车间及丝厂生产的生丝（白厂丝），谢跃锋摄影

七、织造

浙江蚕乡往往独立完成从采桑到织造的全部生产过程，如上所述，勤劳聪慧的蚕农在蚕月经历了蚕桑→腌种→收蚁→养蚕→采茧→缫丝→织造（图2-30、图2-31）等过程，在蚕农家中的织造劳作生产规模较小，通常自给自足，而市井中出现大量专门从事织造的手工业者。由于浙江蚕桑经济的繁荣，带动了织造业从农村走向城镇，民办及官办机坊（手工作坊）较为普遍。

蚕歌中的机歌应运而生，机歌亦称织歌。明代时，湖州双林地区的"双林织歌"就已远近闻名。双林织歌的独特之处在于以两人对唱的形式进行，还发展为同业公会组织的对歌比赛。

关于织歌，内容多反映机坊劳作场景，诉说工人的艰辛。在旧社会，杭州地区的织工常遭受剥削，每日工作时间超12小时，收入却极低，生活困苦。如："机坊老板黑心肠……逼得工人无路走……"❶"牛落磨坊，人落机房。织的绫罗缎，穿的破烂衫。"❷"劝君莫要学机房，机房好比坐班房……"❸

流传于杭州一带的《机坊叹五更》歌谣更是将织工的艰辛生活和工作状况描写得淋漓尽致。"一更一点下苏杭，说起轩辕王，起造绸缎庄"讲述了绸缎庄的起源和发展；"二更二点月似霜，轮着出皇差，又是苦日脚"描述了工人被迫完成紧急任务的压力和辛苦；"三更三点饥荒年，一歇无饭钱，顿时要豁边"揭示了在经济困难时期，工人面临的饥饿和贫困的困境；"四更四点月西沉，满锻蛮起劲，交缎难过门"则表现了工人在完成工作后，面对苛刻检查时的无奈和焦虑；"五更五点行行薄，机房也勿局。六月里汗水多，还怕出次货"进一步强调了即使在炎热的夏天，工人们也必须努力工作以避免生产次品；最后提到"再有十二月，夜作做到起码半夜里，薄汤也无呷一口"，更是生动地描绘了工人们全年无休、日夜辛劳的工作和生活状态。

整首歌谣通过对机房工人一天到晚工作的详细描写，深刻地体现了他们的苦难生活境况和对美好生活的渴望。

---

❶ 华士明搜集，流传于江苏。民间文学杂志社：《民间文学》，人民文学出版社1980年第5期。
❷ 同❶。
❸ 朱新予：《浙江的丝绸》，《地理知识》1960年第1期。这首歌谣流行于中华人民共和国成立前的杭州一带。

机坊叹五更

一更一点下苏杭，说起轩辕王，起造绸缎庄，城里马上开账户，承揽折子中人做"横档"，先套"翻头""机范"杠❶。

二更二点月似霜，轮着出皇差，又是苦日脚，造出来格绸子像麻布筛，急得无数目，无论好坏单叫日脚快❷。

三更三点机荒年，一歇无饭钱，顿时要豁边，身浪厢格短裤送到典当里，无柴无米连带少油盐，弄得"活七牵"❸。

四更四点月西沉，满锻蛮起劲，交缎难过门，看生活格人眼睛像铜铃，再用放大镜，横向竖看小毛病，罚工勿歇算时运❹。

五更五点行行薄，机房也勿局。六月里汗水多，还怕出次货。再有十二月，夜作做到起码半夜里，薄汤也无呷一口❺。

湖州一带广泛流传的《叹五更》《十个瞌睡》歌谣更是体现出机房工人每日熬夜、苦不堪言的生活和工作场景。

《叹五更》歌谣深刻反映了旧时机房学徒和工人的艰苦生活与内心痛苦。"一更一哭机房苦，想起前情泪簌簌，爹娘早死田产无，只好挽亲托眷拜师父"❻描绘了学徒因家境贫寒而被迫拜师学习织布技艺的无奈；"二更二哭机房苦，脚踏牵板吭记数，梭子掼得手骨酸，肚饥渴口咸菜卤"❼具体描述了学徒和工人每日繁重的工作带来的身体疲惫以及饮食的简单粗糙；"三更三哭机房苦，洞里老虫来欺侮，偷吃纱浆还不算，还要咬我机上布"❽则表现了工作环境中遇到的各种困难和损失；"四更四哭机房苦，冷风飕飕透窗户，十指冻得格格抖？我哪有力气把机扶？"❾进一步强调了冬季寒冷天

---

❶ 浙江民俗学会：《浙江民俗》，上海文艺出版社 1991 年版。
❷ 陈述：《杭州运河历史研究》，杭州出版社 2006 年版。
❸ 顾希佳：《东南蚕桑文化》，中国民间文艺出版社 1991 年版。
❹ 陈述：《杭州运河历史研究》，杭州出版社 2006 年版。
❺ 莫高：《杭州生产习俗之一：丝织机坊风俗》，《浙江民俗》1984 年 2、3 期；顾希佳：《东南蚕桑文化》，中国民间文艺出版社 1991 年版。
❻ 顾希佳：《东南蚕桑文化》，中国民间文艺出版社 1991 年版。
❼ 钟伟今：《浙江省民间文学集成：湖州市歌谣、谚语卷》，浙江文艺出版社 1991 年版。
❽ 中国民间文学集成全国编辑委员会、中国民间文学集成浙江卷编辑委员会：《中国歌谣集成：浙江卷》，中国ISBN 中心 1995 年版；顾希佳：《东南蚕桑文化》，中国民间文艺出版社 1991 年版；吴一舟：《天虫》，上海人民出版社 2005 年版。
❾ 曹茶香：《盛泽市镇生活与审美文化研究（清末—1940）》，上海师范大学硕士论文、2008。

气下学徒和工人工作的艰辛;"五更五哭机房苦,年过三十还把光棍做,绫罗绸缎手中出,破衣破裳吭人补!"[1]最后表达了工人尽管能织出精美的绸缎,但自身却生活困苦、无人关心的悲惨境遇。整首歌谣通过五个更次的哭泣,详细地描述了机房工人从白天到夜晚的辛酸生活,反映了他们对命运的无奈和社会地位的低下。

叹五更

一更一哭机房苦,想起前情泪簌簌,爹娘早死田产无,只好挽亲托眷拜师傅。
二更二哭机房苦,脚踏牵板吭记数,梭子掼得手骨酸,肚饥渴口咸菜卤。
三更三哭机房苦,洞里老虫来欺侮,偷吃纱浆还不算,还要咬我机上布。
四更四哭机房苦,冷风飕飕透窗户,十指冻得格格抖?我哪有力气把机扶?
五更五哭机房苦,年过三十还把光棍做,绫罗绸缎手中出,破衣破裳吭人补[2]!

《十个瞌睡》歌谣生动地描绘了旧时机房工人在夜班工作中不断受到瞌睡侵袭的情景。"头一个瞌睡初起头,夜饭吃拉喉咙头。桥尺一响抽身起,瞌瞌睡睡那介织花绸?"描述了工人刚刚开始工作时就已感到困倦;"第二个瞌睡凑成双,瞌来哉真难挡。脚踏桁档全无力,手捏牵线软郎当"进一步刻画了工人随着工作的持续,困意愈发强烈,导致手脚无力的状态;"第三个瞌睡凑成单,一把拉断上中线。徒弟照火师傅换,换到停当一更天"[3]则讲述了工人由于困倦而导致工作失误的情况;"第四个瞌睡睡里睡,下档师傅摆面孔。梭子一掼朝上看,慌忙扎乱拉折点"表现了工人在困倦中仍需面对师傅的严格要求;"第五个瞌睡浑淘淘,走到机前掼一交。东一张来西一望,郎荡打翻绸坏了"[4]具体描写了工人因极度困倦而摔倒并损坏绸缎的情景;"第六个瞌睡师傅叫剪剪掉,口口声声剪勿掉。机剪落地叮当响,口口声声骂爹娘"[5]反映了工人在困倦中的慌乱和无奈;"第七个瞌睡冷冰冰,想着三年半徒弟苦伤心。吭不黄昏半夜多勿困,鸡叫平亮早起身"深刻表达了徒弟对艰苦生活的哀叹;"第八个瞌睡四成双,怨我爹娘送我上机行。莫道机行里生意行当好,我情愿剃头削发做和尚!"

---

[1] 中国民间文学集成全国编辑委员会,中国民间文学集成浙江卷编辑委员会:《中国歌谣集成·浙江卷》,中国ISBN中心1995年版。
[2] 苏州市文学艺术界联合会,江苏省民间视觉工作者协会:《吴歌》,中国民间文艺出版社1984年版。
[3] 钟伟今:《浙江省民间文学集成·湖州市歌谣、谚语卷》,浙江文艺出版社1991年版。
[4] 陈永昊,余连祥,张传峰:《中国丝绸文化》,浙江摄影出版社1995年版。
[5] 钟伟今:《浙江省民间文学集成·湖州市歌谣、谚语卷》,浙江文艺出版社1991年版。

则直接抒发了工人对这种生活的不满和逃避心理；"第九个瞌睡九尺长，下档师傅还有勿收场。开扇门来勿听见机声响，只听得谯楼打五更"描绘了工人工作结束时的疲惫状态；"收场瞌睡第十个，眼目清亮搭白口，吃粥吃饭好比龙喝水，叫我苦经噢向谁讲！"❶最后强调了工人即使工作结束，也无法摆脱身心的疲惫和痛苦。整首歌谣通过对十个瞌睡时刻的详细描写，充分展现了机房工人的辛劳和无奈。

十个瞌睡

头一个瞌睡初起头，夜饭吃拉喉咙头。桥尺一响抽身起，瞌瞌睡睡那介织花绸？

第二个瞌睡凑成双，瞌睡来哉真难挡。脚踏桁档全无力，手捏牵线软郎当。

第三个瞌睡凑成单，一把拉断上中线。徒弟照火师傅换，换到停当一更天。

第四个瞌睡睡里睡，下档师傅摆面孔。梭子一掼朝上看，慌忙扎乱拉折点。

第五个瞌睡浑淘淘，走到机前掼一交。东一张来西一望，郎荡打翻绸坏了。

第六个瞌睡师傅叫剪剪掉，口口声声剪勿掉。机剪落地叮当响，口口声声骂爹娘。

第七个瞌睡冷冰冰，想着三年半徒弟苦伤心。吃不黄昏半夜多勿困，鸡叫平亮早起身。

第八个瞌睡四成双，怨我爹娘送我上机行。莫道机行里生意行当好，我情愿剃头削发做和尚！

第九个瞌睡九尺长，下档师傅还有勿收场。开扇门来勿听见机声响，只听得谯楼打五更。

收场瞌睡第十个，眼目清亮搭白口，吃粥吃饭好比龙喝水，叫我苦经噢向谁讲❷！

《织布歌》歌词朗朗上口，极具节奏感，描绘蚕农织布的情形。此处所织的布并非用于贩卖，而是满足蚕农家庭生活需要，褂子、裙子等所用布料种类多，体现出蚕农织布技艺的成熟和蚕农的心灵手巧。内容富有生活气息，以简洁的语言和生动的画面感描绘了织布劳动以及家庭成员对布料的需求。"织布，织布，当当，一天织了三

---

❶ 陈永昊、余连详、张传峰：《中国丝绸文化》，浙江摄影出版社1995年版。
❷ 顾希佳、袁瑾、丰国需等：《运河村落的蚕丝情节》，杭州出版社2018年版；陈永昊、余连详、张传峰：《中国丝绸文化》，浙江摄影出版社1995年版；钟伟今：《浙江省民间文学集成·湖州市歌谣、谚语卷》，浙江文艺出版社1991年版。

丈"描述了蚕农织布工作的节奏和效率;"娃子要穿褂褂,女子要穿夹夹"体现了孩子和年轻女性对衣物的基本需求;"他妈要红裙子,他大要穿花云子"则进一步展现了家庭中不同成员对美好生活的追求。整首歌谣通过织布这一日常生活场景,不仅反映了家庭成员之间的关系,也表现了人们对生活的热爱和向往。

织布歌

织布,织布,当当,一天织了三丈。
娃子要穿褂褂,女子要穿夹夹。
他妈要红裙子,他大要穿花云子。

宋代无名氏所作的《九张机》详细描述了织女的劳作状态和思恋之苦,将女子的闺怨之情融入丝织劳作的情景之中。

《九张机》歌谣中的"四张机,咿哑声里暗颦眉,回梭织朵垂莲子。盘花易绾,愁心难整,脉脉乱如丝"通过细腻的笔触描绘了织布过程中织工的心境。"咿哑声里暗颦眉"生动地表现出织布时织机的声音伴随着织工内心的忧愁,"回梭织朵垂莲子"具体描述了织工织布的动作和织布的图案,"盘花易绾,愁心难整,脉脉乱如丝"则深刻地表达了织工内心的复杂情感,尽管手中的活计可以顺利完成,但心中的烦恼却难以排解。

整首歌谣展现其缫丝织布的日常劳作画面的同时,不仅展现了织布技艺的精湛,也反映了织工在劳动中的细腻情感世界。

九张机❶

四张机,咿呀声里暗颦眉,
回梭织朵垂莲子。
盘花易绾,愁心难整,
脉脉乱如丝❷。

---

❶ "九张机"为宋代一种称作"转踏"的词牌名,清代成为新式织机"大张机"的代名词。
❷ 南瑛:《论莲在宋词中的象征意蕴》,《牡丹江大学学报》,2010年第19卷第12期,第72到74页,第77页。

明初,大量征集江南民工筑皇陵、造京城,致使天下无数家庭夫妻离散。

《孟姜女十二月花名》歌谣出自清代浙江刻本,其中两节与蚕桑生产和衣料色彩有关,在浙江地区广为流传。该作品完全采用浙江方言记录,其中最具代表性的一句是"揩把眼泪勒把桑"。因为当时妇女采桑叶时,并不剪枝,而是直接用手将枝条上的桑叶"勒"下来,再放进桑篮中。"揩把"和"勒把"均为浙江特有的方言词汇,由此可看出这是一首正宗的浙江民歌。从"青红蓝绿都裁到"这句话中,可以看出明清时期浙江民间对青、红、蓝、绿四种颜色的喜好。当时,皇室以黄色为尊,而民间则更偏爱青、红、蓝、绿四种颜色。色彩种类的多样化,也表明当时的染色技术有了显著的进步。歌谣通过四月和七月的场景展现了孟姜女的生活与情感。"四月蔷薇养蚕忙,姑嫂双双去采桑;桑篮挂在桑枝上,揩把眼泪勒把桑"描述了四月养蚕忙碌时,姑嫂一起采桑叶的情景,体现出孟姜女在劳作中对丈夫的思念与哀愁;"七月凤仙七秋凉,家家窗下做衣裳;青红蓝绿都裁到,孟姜家内是空箱"则刻画了七月里,家家户户忙着为家人缝制新衣,而孟姜女家中却因丈夫远去而显得格外冷清。

整首歌谣通过描写不同月份的花卉和生活场景,不仅反映了孟姜女的日常生活,也表达了她对丈夫深切的思念之情。

孟姜女十二月花名

四月蔷薇养蚕忙,姑嫂双双去采桑;
桑篮挂在桑枝上,揩把眼泪勒把桑。
七月凤仙七秋凉,家家窗下做衣裳;
青红蓝绿都裁到,孟姜家内是空箱。

图 2-30 桐乡市洲泉镇马鸣村里组家庭绸机女织工屠芳仙,张根荣摄影

图 2-31 嘉兴市级缫土丝非遗传承人孙爱芬在清河村蚕花水会馆织土布,刘文摄影

八、时节

蚕歌《十二月花名》《习俗歌》等描述了不同时令下,蚕乡人的劳作重点。如《十二月花名》:"……二月杏花白苗苗……要想蚕花廿四份,桑园地里多削草……谷雨前后看宝宝,头眠二眠眠得齐,大眠上山豁虎跳……采了茧子把丝缫,粗丝细丝卖好价,收进洋钿和元宝……八月桂花金跃跃,地里桑叶长势好,桂月花蚕看几张,好剥丝绵翻棉袄……"[1]《习俗歌》:"四月养蚕采茧子……"

《三月三》是一首关于农事和天气的谚语歌谣。"三月三晴,桑树挂银瓶;三月三落,落到蚕茧日"[2] 预测了三月初三的天气对养蚕的影响;"春分多东风,麦熟年成丰。清明热得早,早稻一定好"[3] 则说明了春分和清明时节的风向和气温对小麦和早稻收成的作用;"四月初一晴,条条河水好种菱。四月初四雨花花,河底好种夏南瓜"具体指导了菱角和夏南瓜的种植时机;"有谷无谷,但看四月十六。立夏东南风,农家乐融融"进一步强调了四月中旬和立夏时节的天气对农业的重要性;"小满山头雾,小麦变成糊。小满山头乌,家家磨麦麸"则形象地描绘了小满时节的天气与小麦成熟的关系;"五月初一天不漏,多种棉花少种豆。五月勿响雷,稻米何处来"还特别指出了五月的天气对棉花、大豆和水稻种植的影响。

整首歌谣以三月三这一日起始,按照时节顺序描述了一年当中不同月份和节气的天气特征以及农作物的生长情况、播种谚语、季节影响、应对措施,总结了农民在长期生产实践中积累的经验,内容涉猎之广,贯穿农家生活的方方面面,时间由开始的按月递进到以年推进,细致而全面地展现了当地蚕农代代传承至今总结出来的生活智慧和珍贵经验。

三月三

三月三晴,桑树挂银瓶;三月三落,落到蚕茧日。
春分多东风,麦熟年成丰。清明热得早,早稻一定好。
清明杨柳朝北拜,一年能还十年债。

---

[1] 庄中廷(农民)唱,徐春雷记。徐春雷:《桐乡蚕歌》,浙江文联出版社2009版。
[2] 宁波市文化广电新闻出版局:《甬上风物:宁波市非物质文化遗产田野调查宁海县·力洋镇》,宁波出版社2008年版。
[3] 贺挺:《浙江省民间文学集成:宁波市歌谣、谚语卷》,浙江文艺出版社1991年版。

四月初一晴,条条河水好种菱。四月初四雨花花,河底好种夏南瓜。

有谷无谷,但看四月十六。立夏东南风,农家乐融融。

立夏多东风,有雷五谷丰。立夏东风摇,麦子水里捞。

雨打立夏,大水没耙。雨打立夏,吭水洗耙。

四月八晴,岩头顶种老菱,四月八落,岩头顶晒起壳。

小满山头雾,小麦变成糊。小满山头乌,家家磨麦麸。

小满山头亮,家家磨麦酱。黄鱼打冻,早稻白种。

五月初一天不漏,多种棉花少种豆。

五月勿响雷,稻米何处来。端午有雨定丰年。

端午晴,烂草刮田塍,端午落,燥容燥草好进屋。

冬至栽竹,立春栽木。植树造林,莫过清明。

正月竹,二月木。正月造林满山青,三月造林半山青,三月造林勿会青。

春造林,夏削山,秋采种,冬防火。水千年水底松,万年阁上枫。

十年针松一根桩,十年檫树好打船。一株松树一把伞,一株杨柳一眼泉。

山湾杉,山背松,水边杨柳岸边桐。种杉如种田,管杉如管棉。

九年楝树要人扛,廿牢檫树好造房。廿年杉树一根橼,廿年檫树好造船。

泡桐像把伞,五年好解板。栽桑栽桐,吃穿勿穷。栽松要挤,栽桐要稀。

千棕万桐,子孙不穷。家有百株棕,一世吃勿穷。耙头斫刀用得勤,油茶结籽满山林。

阳山油茶阴山竹,矮山水果高山茶。黄泥山栽竹,代代有笋吃。

二月清明压市街,三月清明笋难买。天萝勿识羞,生到九月九。

霜打天萝节节生,霜打天萝吭好种。春风栽芍药,到老不开花。

折断一枝荷,烂掉一窝藕。丝陈是草,麻陈是宝❶。

《看蚕歌》这首歌谣生动地描绘了四月这个养蚕季节里,家家户户忙碌而喜悦的情景。"屋角落,勤掸扫,糊好蚕匾看宝宝"具体描述了养蚕前的准备工作,体现了人们对养蚕的重视和对蚕宝宝细致入微的关怀;"头二眠,困得早,蚕宝出获稳牢靠。困大眠,风色好,东南风起嘹嘹叫"则详细记录了蚕的不同生长阶段以及适宜的气候条件,展现了蚕农对自然规律的深刻理解;"吃贱叶,称运道,上山茧子做得好"进

---

❶ 贺挺:《浙江省民间文学集成:宁波市歌谣、谚语卷》,浙江文艺出版社1991年版。

一步说明了养蚕过程中需要注意的细节和技巧;"只听得,丝车叽嘎叽嘎响不绝,廿八日辛苦有功劳"最后通过丝车的声音,表达了人们对辛勤劳动成果的自豪感。

整首歌谣不仅反映了养蚕这一传统农业活动的具体过程,还展现了农民们对生活的热忱以及对美好未来的向往。

看蚕歌

四月里来蚕月到,家家户户喜心苗。
屋角落,勤掸扫,糊好蚕笸看宝宝。
头二眠,困得早,蚕宝出获稳牢靠。
困大眠,风色好,东南风起嚓嚓叫。
吃贱叶,称运道,上山茧子做得好。
只听得,丝车叽嘎叽嘎响不绝,
廿八日辛苦有功劳❶。

---

❶ 冯茂章唱,顾希佳记。朱秋枫:《浙江歌谣源流史》,浙江古籍出版社2004年版;刘旭青:《吴越歌谣研究》,中国社会科学出版社2012年版。

第二节
养蚕过程忌讳——蚕月禁忌

旧时浙江蚕乡在蚕月期间有"关蚕门"习俗，即亲友暂不往来，也禁止外人来访。在海盐，还采用桃木辟邪，左手搓草绳驱邪，或在门口贴红纸，写上"蚕月免进"字样。在海宁，则在廊下围草帘，隔一段在帘上插上一根桃树枝，表示蚕禁。在湖州，蚕上蔟后，蚕农会在自家山棚的房门上插一根棒，棒梢系着蚕簇，绑一只红色的丝绵兜，严禁外人进入。若有人误来拜访，会遭到蚕农厌恶，且会采取泼酒、茶叶、饭、菜等形式进行驱邪❶。清同治年间《湖州府志》记载：养蚕期间多禁忌，邻里之间不相往来……官府甚至停止征收赋税，禁止传唤（注：学政考试、提督阅兵及巡查湖州，均避开养蚕时节），称之为"关蚕房门"。❷《重修浙江通志稿（标点版）》则提到："从蚕种孵化至登箔缫丝，大约历时四十天。有司特厅征讼。"❸《农桑辑要》引《务本新书》载：……养蚕初期，屋内不可扫尘，避免煎炸鱼肉。不能在蚕房内点燃烟火纸后吹灭。附近应避免舂捣、敲击门窗或槌箔等发声行为。同时，蚕房内禁止哭泣叫喊，也忌秽语与淫辞。夜间需确保灯光不突然照射蚕房窗孔。产后未满一个月的产妇不宜担任蚕母，且蚕母不可更换颜色鲜艳的衣服。双手必须保持洁净。严禁饮酒者切桑叶喂蚕或搬运布蚕。从蚕孵化到成熟，必须严格避免烟熏。不得将刀放置于灶上或箔上。灶前不可用热汤泼灰。此外，禁止产妇和孝子进入蚕房，也不能焚烧皮毛或乱发。忌酒醋、五辛、忌腥、麝香等物❹。

---

❶ 顾希佳、袁瑾、丰国需：《运河村落的蚕丝情节》，杭州出版社 2018 年版。
❷ 清同治年间《湖州府志》，《中国地方志集成：浙江府县志辑 24》，上海书店 1993 年版；袁瑾、陈宏伟：《浙江省非物质文化遗产代表作丛书江南网船会》，浙江摄影出版社 2015 年版。
❸ 民国浙江省通志馆：《重修浙江通志稿（标点版）》，方志出版社 2010 年版。
❹ 司农司：《农桑辑要·卷四》，中华书局 1985 年版。

古文献蚕月禁忌的相关记载颇多，如《农桑辑要·士农必用》《蚕经》《豳风广义》等，有些禁忌今日仍被尊崇。因为"关蚕门"有一定科学道理，一则，蚕月蚕事繁忙，全家上阵，吃饭都要轮流吃，无暇交往；二则，为防止蚕宝宝被传染病毒，隔离防护，且蚕室需干净、安静。所以，在蚕月，不仅亲友之间断绝往来，官府的考试、阅兵、办案、征税、缉犯等事务也都延后处理。

蚕月期间语言禁忌也有很多，如"掘笋勿叫笋，叫笋蚕要损，吃姜勿唤姜，唤姜蚕要僵"等反映了浙江蚕乡在言语上的禁忌。如因为亮蚕、僵蚕为病蚕，所以忌说"亮""僵"音；由于吴语中"虾"与"浮肿"同音，这实际上指的是蚕的一种白肚病，因此忌说"虾"音；由于"爬""逃""游"这些词象征着蚕无法顺利生长，故亦忌说；因"葱"谐音"冲撞"的"冲"，"拣"同音"减少"的"减"，"四"同音"死"，故均忌说。

《蚕花本子》歌谣出自民间文学，具体来说是一首与蚕文化密切相关的传统歌谣。部分内容对语言禁忌描写较为丰富。这类歌谣通常在蚕月（即养蚕的季节）期间由蚕农们传唱，用来表达他们对蚕桑生产的虔诚和寄托美好愿望的心境。歌谣中还提到的各种物品名称的更改，如"青姜改做辣头子，茄子改做落苏筷"等，实际上反映了蚕农们希望通过改变日常事物的称呼来避免触犯所谓的禁忌，以求得蚕桑生产的顺利和丰收。这种习俗体现了古代劳动人民对自然力量的敬畏以及对美好的生活期待。

蚕花本子

看蚕娘娘顶认真，百样事情都要改。
青姜改做辣头子，茄子改做落苏筷，
粪笋改做粉一团，扫帚改做擂地光，
犬儿改做办念子，猫儿改做官家郎，
老鼠改做夜明珠，青儿改做窝一窝，
见了百脚叫蜈蚣，小小花蛇叫称梗，
肉儿改做天堂地，虫虾改做倒宿娘，
豆腐改做马白肉，鸡儿改做太子样。
口头言语改不尽，只有一样不好改，
见了婆婆叫娘娘❶。

---

❶ 按余杭区博陆乡民歌手宋彩堂的手抄本记载。

《养蚕词》歌谣讲述了养蚕过程中的一些忌讳、注意事项等，歌谣中还出现了一些专有名词，如头眠、二眠、大眠。养蚕首先要孵化小蚕，当地人称这个过程为"窝种"。将蚕种带回家后，轻轻拆开包装，摊放在桃花纸上，再用鹅毛小心拨动分开，上面覆盖尼龙纸，并用竹匾罩住。同时，在旁边放置火盆，以保证适宜的温度。等到蚁蚕从卵中孵出后，蚕农便开始收蚁，并喂养蚕宝宝第一顿桑叶。由于刚孵化的蚕宝宝非常细小，需要采摘最嫩的桑叶尖，并用切叶刀切成极细的碎片，均匀撒在匾里。随着日子推移，蚕逐渐长大，其间需要蜕皮才能进一步成长，这个蜕皮阶段被称为"眠"。蚕的一生会经历四次蜕皮，依次称为头眠、二眠、出火和大眠。经过大眠后的六七天，再进食几顿新鲜桑叶后，蚕会将体内的粪便杂物完全排尽，随后停止进食。此时，整个蚕体从头到身躯乃至每只蚕足都通明透亮，呈玉石色。这说明蚕儿已经成熟，可以上山结茧。于是蚕农就要"东买木头西购竹"，在蚕房里搭起"山棚"，取稻草刷好蚕毛柴，用草绳夹着蚕毛柴绞成"柴龙"放在山棚上，再用"考盆"将蚕儿捉放到"柴龙"上去结茧。复杂烦琐的工序体现了养蚕过程的精细，也体现了蚕农的辛勤。

养蚕词

田家养蚕极苦辛，蚕大费力小费心。腊月十二蚕生朝[1]，炒盐献灶家家劳。
清明夫妇莫走动，隔夜采花浴蚕种。蚕种不一分炎凉，热看冷看须忖量。
屈指来朝谷雨近，出城买纸糊蚕筐[2]。转绿变蓝蚕子出，鹅毛掸落房中藏。
先以嫩叶如乳哺，头眠三日鱼鳞铺[3]。二眠两日连枒枝，眠眠插替劳何辞。
今年二姑把蚕稳，不比大姑昏昏小姑狠。出火一钱三百倍，大眠一斤五斤外[4]。
如此收成定十分，刘肉先献蚕将军[5]。掘笋勿叫笋，叫笋蚕要损，
吃姜勿唤姜，唤姜蚕要僵。况今天时颇温和，微风拂拂雨不多，
雷惊沙涨更何虑，人力到时天岂误。大眠以后广送叶，老翁提篮小儿挈。
不愁叶贵只求饱，四十二餐一齐考。山棚灼火真小心，起望山头白皓皓。

---

[1] 蚕生朝：蚕生日。
[2] 鞠德源：《古蜀王国：中华文明的摇篮》，中国文化发展出版社2012年版。
[3] 鱼鳞铺：喂小蚕的碎叶，像鱼鳞似的叠铺。
[4] 陈国灿：《江南城镇通史（清前期卷）》，上海人民出版社2017年版。
[5] 蚕将军：指蚕神。

> 三日齐封门，五日始采茧。一斤采十斤，合家开笑脸❶。
> 前村后村丝车鸣，咿咿哑哑声相闻，或叹白肚娘❷，上山一半僵，
> 或恨出火早，蚕了叶又了。四邻各比并，只有我家好，
> 我家虽好勿喜欢，地丁昨夜来催完。豪家复要蚕罢米，今朝撑船泊村里，
> 官粮不比私债苦，一石冬舂❸还石五。卖丝分还两手光，一月替汝空奔忙，
> 落得茧黄绩绵线，织得绵绸一丈半，去年无裤今有裤，毕竟蚕桑是长算❹，
> 不恨官私两迫促，但愿年年如此十分足，放胆且吃豪家粟❺。

语言禁忌是原始信仰的遗留体现，原始人在科技不发达的情况下，更加相信语言的力量，所以讨个吉利，不说不吉利的字句。在当今社会，虽然科技发达，人们已经可以解释很多自然现象，不需要忌讳那么多，但说话令人舒心这一点是亘古不变的。

---

❶ 鞠德源：《古蜀王国——中华文明的摇篮》，中国文化发展出版社 2012 年版。
❷ 白肚娘和僵蚕均为蚕的一种疾病。
❸ 冬舂：冬舂米，冬至后第三个戌日（腊月初六或初七）这天取水舂米，迈入仓中。
❹ 王清毅，岑华潮：《慈溪文献集成》第一辑《余姚六仓志》（上），杭州出版社 2004 年版；刘伟侠，凌冬梅：《嘉兴蚕歌及其保护与传承》，《科技展望》，2016 年第 26 卷第 20 期，第 263 页到第 264 页，第 267 页。
❺ 杨树林：《（乾隆）濮院琐记》。

第三节
采桑浪漫情歌——蚕乡爱情

在浙江蚕歌中,情歌亦有特色,内容多为在桑林中采桑、约会心上人的情景。在生产劳动过程中产生的爱情,具有乡土气息,浪漫而实在。如《采桑歌》《采桑情歌》等歌谣描绘蚕农姑娘采桑劳作、与情郎约会的场景,不同于开垦、耕地等对体力要求较高的田间劳动,采桑是蚕农姑娘最为日常、熟练的劳作活动。歌谣中还提到了"绣房",蚕农姑娘在绣房中从事纺织、绣花等活动,外出采桑和在家中纺织、绣花成为蚕农姑娘生活的重要部分。

一、桑林之约

《采桑歌》歌谣不但体现了蚕乡桑园劳作的普遍性和地域特征,还淳朴、直白地讲述了旧时江南地区青年男女在劳动中萌生爱情、表达爱意的故事。体现了民间文学中常见的"劳动即生活,生活即爱情"的主题。虽然女子与情郎私订终身,但在传统社会中,这种行为仍被视为不被允许的"私情"。因此,女子需要小心隐藏自己的秘密,避免被父母发现。但尽管受到封建礼教的束缚,女子仍然主动追求爱情,并采取行动实现自己的愿望,展现了旧时女性对自由恋爱的渴望。

该蚕歌主要内容为:女子清晨起床后精心打扮,准备出门采桑。母亲嘱咐女儿去采桑叶,而女子内心却想着与情郎相会。女子故意将叶篰挂在树上,吸引情郎注意。两人在桑园中幽会,用豆梗作墙、桑叶当帐,享受甜蜜时光。因担心被人发现,两人急忙分手,女子匆忙回家交差。回到家后,母亲察觉异样,追问缘由。女子试图隐瞒,但最终选择以身体不适为由回到绣房。歌谣开头以"日出东方红堂堂"起兴,引出女子梳妆的情景,为全篇奠定了浪漫基调。歌词对人物动作和心理活动进行了细致入微的刻画。例如，"三步并作两步走"表现了女子急切想见情郎的心情；"青骨田鸡猛一跳""鹁鸪拍翅来飞过"则通过自然现象烘托出紧张氛围。

整首歌谣采用通俗易懂的语言，贴近生活实际，如"叶篰一只肩上挂""手甩包巾招呼打"等，增强了真实感和感染力。反映了当时农村青年男女的真实生活状态和情感世界，同时也揭示了他们在追求幸福过程中所面临的困境。是一份珍贵的历史文献，记录了特定历史时期的民俗风情和社会观念。

采桑歌

日出东方红堂堂，姐儿房中巧梳妆。双手挽起青丝发，青衣菱步出绣房。
娘见女儿出绣房，叫声阿囡去采桑。姐儿心想会情郎，采桑正是好时光。
叶篰一只肩上挂，脚底擦油出厅堂。三步并作两步走，来到村外桑园旁。
东一张来西一望，望见情郎在挑秧。叶篰挂在桑枝上，手甩包巾招呼打。
情郎有心会阿妹，立刻来到妹身旁。三日未成能相见，相隔好似九秋长。
排排豆梗当围墙，密密桑叶作纱帐。绣花鞋子当枕头，玄色衣衫挡一旁。
满地青草铺眠床，桑园正好做洞房。恩爱之情难言表，风风雨雨配鸳鸯。
野桑园里偷情郎，心似打鼓有点慌。青骨田鸡猛一跳，疑是有人过路旁。
鹁鸪拍翅来飞过，怕是有人来探望。急急匆匆来分手，各自东西走得忙。
姐儿藏进桑园里，情哥回头去挑秧。急急忙忙桑叶采，娘亲面上好交账。
草草勒得几把叶，背起叶篰回蚕房。娘见女儿回蚕房，神色勿对有点慌。
看看叶篰浅绷绷，悄悄开口问端详：为啥头发乱荡荡？为啥花鞋湿了帮？
头发桑条多擦碰，花鞋露水来沾上。为啥裙上有血色？衣衫有泥叶篰脏？
阿囡休要嘴巴犟，瞒你爹爹休瞒娘。爹爹得知难饶你，娘知息事好商量。
姐儿定神细思量，私情总要瞒爹娘。借口采桑腰酸痛，转身即刻回绣房。[1]

《采桑情歌》通过描绘三月清明时节养蚕采桑的场景，巧妙地将劳动生活与个人情感融为一体。"三月清明养蚕忙，嫂嫂双双去采桑；桑篮挂在桑枝上，口唱山歌手采桑"生动地展现了当时人们忙碌而愉快的采桑情景；"紫燕做巢成双对，飞来飞去

---

[1] 高宜标（三跳艺人）唱，徐春雷记。徐春雷：《桐乡蚕歌》，中国文联出版社 2009 年版；祝汉明、徐春雷、褚红斌：《含山轧蚕花》，浙江摄影出版社 2014 年版。

都做队；小妹独自只一人，吶人替我去做媒？"借紫燕成双的景象，抒发了小妹内心的孤独和渴望；"美貌小哥到处有，呒人牵线难开口；我看人品蛮中意，媒人呒有怎好求？"进一步表达了小妹对心仪之人的喜爱以及因缺乏媒妁之言而难以启齿的困扰；"难开口来难开口，我心焦急真发愁；奴家心情吶人晓？只怪嫂嫂不提头"最后则深刻地刻画了小妹内心的焦急和无奈，以及对嫂嫂未能主动提起此事的埋怨。

整首歌谣不仅反映了当时的劳动生活场景，也细腻地展示了人物的情感世界。

采桑情歌

三月清明养蚕忙，嫂嫂双双去采桑；桑篮挂在桑枝上，口唱山歌手采桑。
紫燕做巢成双对，飞来飞去都做队；小妹独自只一人，吶人替我去做媒？
美貌小哥到处有，呒人牵线难开口；我看人品蛮中意，媒人呒有怎好求？
难开口来难开口，我心焦急真发愁；奴家心情吶人晓？只怪嫂嫂不提头。

二、热情开放

《捉叶姐》是一首典型的传统民间情歌，以月份为序，借每个月份盛开的花卉❶，描绘了一段从相思、相会、私订终身到最终喜结良缘的爱情故事。整首歌围绕一对青年男女的爱情发展展开，从最初的暗生情愫，到后来的私订终身，再到最后的明媒正娶，完整地展现了爱情的成长过程。

歌谣内容涉及诸多现实问题，如因男方家境贫寒引起的退婚风波等，反映了当时农村的婚姻观念。最后一段带有劝诫意味，提醒人们要"学正经"，体现了民间文学中常见的寓教于乐功能。歌词通俗易懂，贴近生活，使用了大量的日常用语和地方方言词汇（如"捉叶娇娘""白相"等），具有地方特色。每段结尾基本押韵，朗朗上口，符合民歌易于传唱的特点。不仅记录了普通百姓的情感生活，还反映了特定历史时期的社会习俗、伦理观念以及人们对美好生活的向往。歌词中提到的"私订终身""退婚"等内容，折射出传统社会中婚姻自主权受限的现象，而最终通过"明媒正娶"实现圆满结局，则表现出对理想婚姻模式的追求。

---

❶ 全歌共十二段，每段对应一个月份，以及当月盛开的花卉（如梅花、杏花、桃花等），这种"月份体"在民歌中较为常见，具有条理清晰、便于记忆的特点。

捉叶姐

正月梅花带雪开，暗里私情笑里来，姐思情哥心欢乐，满面笑容结连环。
千思量来万思量，愁煞捉叶女娇娘❶，日也思来夜也想，黄昏思想到五更。
二月杏花白似银，捉叶娇娘想郎君，日不行路夜不困，一心想郎近奴身❷。
勿恨夫家家道贫，只恨男长女大勿做亲，王家官人幼小配，路远迢迢已成亲。
三月桃花花正红，情哥来到奴房中，哥妹共饮一杯酒，两人面孔红彤彤。
情哥假醉靠奴身，伸出手来摸奴胸，玉手弯弯将哥搂，二人心里热烘烘。
四月蔷薇叶正青，奴采桑叶哥来陪，情哥要奴终身定，奴奴一口来应承。
私订终身心里乱，深怕旁人有谈论，只要你有心来我有意，勿怕别人说私情。
五月石榴花树多，路上行人唱山歌，远远唱来近近听，声声句句打奴心。
呆呆想起心头事，怕人说我有郎君，别人要说难封口，爹娘问起休还真。
六月荷花透水香，手握花扇去乘凉，乘凉勿比躺凉好，青纱帐里捉白相。
前半夜来热如火，后半夜困落正温和，两眼朦朦正好困，梦里跟郎已成亲。
七月鸡冠正当开，捉叶姣娘爱打扮，早擦胭脂晚扑粉，四季衣衫常常换。
头上折朵花儿戴，裙下露出红绣鞋，面露笑容好风流，只等情哥上门来。
八月桂花阵阵香，情哥同奴去烧香，情哥领路前面走，妹妹脚小伶仃后面跟。
妹叫情哥等一等，哥妹双双一同行，路上三三两两有人问，你我相称是表亲。
九月金菊遍地黄，烧香回转进奴房，二人房中私情说，说起私情心发慌。
肚里有孕无人晓，快快上紧合药方，倘若破了私情事，有何面孔见爹娘。
十月芙蓉润小春，夫家闻知发恨声，小小官人亲来退，退婚之事叫媒人。
对亲银两不可少，金银首饰要讨回，年庚八字还了你，另请媒人重配亲。
十一月水仙立亭亭，情哥央媒来说亲，明媒正娶是正道，爹娘只好来答应。
两人有情又有意，花轿抬奴去成亲，夫妻双双同到老，天从人愿好称心。
十二月蜡梅迎早春，捉叶姣娘唱完成，姻缘本是前身定，自找媒人自做亲。
山歌唱来休作真，奉劝男女学正经，好人总要学好样，免被旁人来看轻❸。

采叶是指采摘桑叶，同样是蚕事劳作中重要的一环。《采叶姐》歌谣以丰富的情

---

❶ 马媛：《芦墟山歌的特色研究》，上海大学硕士论文，2013。
❷ 李秋菊：《清末民初时调研究》（下），九州出版社 2016 年版。
❸ 张金林（三跳艺人）唱，徐春雷记。徐春雷：《桐乡蚕歌》，中国文联出版社 2009 年版。

节和生动的描写，讲述了旧时农村青年男女在劳动生活中的爱情故事。内容包括三个方面，首先，开篇："三春天气暖洋洋，芦笋透起笋芽长"，通过描绘春天温暖的气息以及自然景象（如芦笋、桃花等生长现象），为整个故事营造了一个充满生机与活力的背景。随后提到"家家户户养蚕忙"，引出了主人公采叶姐所在的养蚕家庭及其忙碌的生活状态。"索叶蒲屯齐栋梁，快刀索叶响啷啷"生动描绘了采叶姐切桑叶以喂蚕的过程，展现了劳动场景的紧张与条理。其次，情感方面。诗中穿插了采叶姐对情郎的思念，"养蚕索叶日夜忙，采叶姐一心思想会情郎"，明确揭示了她内心的情感追求。当她最终找到机会与河南哥哥见面时，"种田哥哥等一等来停一停"。两人互诉衷肠并最终在桑园里私订终身。这部分内容不仅表现了他们之间纯真的爱情，也体现了当时年轻人敢于追求幸福生活的勇气。最后，冲突。然而好景不长，回到家中面对母亲的盘问，"娘老子介娘来，头句就是问得奇"，采叶姐巧妙应对试图掩盖事实真相；但随着对话深入，母亲逐渐察觉异样，并威胁要找木匠把房子隔开，以避免再次发生类似的事情。最后甚至提到已经为她选好了城里的少爷作为婚姻对象。然而，采叶姐对此坚决反对，"宁愿独身守家里。奴奴只要河南三哥哥"，展现了她对自主选择伴侣权利的强烈渴望与坚定捍卫的决心。

总体来看，《采叶姐》不仅是一首反映古代劳动人民日常生活状况的民歌，更是一曲关于自由恋爱与个性解放的赞歌。它通过对人物细致入微的心理刻画以及跌宕起伏的情节安排，成功塑造了一位勇于追寻真爱并具备反抗精神的女性形象，同时也让我们看到了那个时代普通民众真实而又复杂的情感世界。

采叶姐

三春天气暖洋洋，芦笋透起笋芽长，
桃花落地菜花黄，北风吹来闻花香。
蜜蜂出洞追打雄，蝴蝶飞来上下打相打❶，
鲳鯚鱼翘起水面上，鲤花鱼翘起重五两，
乌背鲫鱼草上行，土婆鱼悄悄找婆娘，
家家户户养蚕忙，我家三间厅屋落蚕房，

---

❶ 打相打：打斗状。中国民间文学集成全国编辑委员会、中国民间文学集成浙江卷编辑委员会：《中国歌谣集成：浙江卷》，中国ISBN中心1995年版。

上年蚕房搭起东厅堂，今年搭在西厅上。
索叶❶蒲屯齐栋梁，快刀索叶响啷啷。
一对鹅毛头前插，蚕筷插起叶顶浪❷，
养蚕索叶日夜忙，采叶姐一心思想会情郎。
嫂嫂索叶细喽细，姑娘索叶同麻爿样。
娘叫女儿去采叶，姆妈娘呀姆妈娘，
嫂嫂有哥去采叶，阿妈房中无叶我才帮。
千思量来万思量，桑园里面走一趟。
拨开楼窗张一张，河南哥哥已经落田庄。
撩子❸放在秧畈浪上，粪桶放在田塍旁。
闻声哥哥摇夜水，采叶姐姐脚底痒，
我昨天有心碰伊无心顾，今朝无心碰牢有心郎。
手搭桑篮下楼去，同河南哥哥会一会来相一相。
"种田哥哥等一等来停一停，叫你种田哥哥调❹上来。"
"并无桥来又无路，哪个样子调上来？"
"哥哥吭船把身渡，北头河上让你种田哥哥渡过来。"
有船渡过来，"吭船叫你采叶姐姐脱落大红袄子划过来。"
日渡田姆❺夜渡爷，要渡田姆出三百钱。
今日正是好辰光，哥哥爱妹妹爱郎。
桑树地上配鸳鸯，两人像是入洞房，
蚕豆大麦当围墙，菜子细花当喜幛。
上顶无有青纱帐，下底无有好眠床，
上顶六六三十六株荷叶爿野桑当了青纱帐，脚踏青草是牙床。
大红夹袄当被盖，玄色衬衫挡一旁。
姐姐脱下八幅罗裙当了湖州青草席，大红花鞋当对枕头凑成双。
一只河蟆❻田鸡跳得高来跳得低，咕咕呱呱来贺喜。

---

❶ 索叶：切桑叶。
❷ 叶顶浪：指装桑叶的竹篓子上面。
❸ 撩子：盛水的长柄勺子。
❹ 调：方言，即走。
❺ 田姆：俗称管理田地产业的神婆。
❻ 河蟆：蛤蟆。

一只白头鸪飞到东来飞到西，叫你采叶姐姐快回去。

野地洞房真新奇，田郎蚕姑不肯离。

采叶姐姐心中愁，唯恐外面知情呒脸皮，

叫你哥哥慢慢动，妹妹困倒又坐起。

郎过东来姐过西，采叶姐姐悄悄回家去，

郎过东边种田地，妹过西边呒心计。

手拎桑篮回家转，娘亲问东又问西。

娘老子介娘来，头句就是问得奇：

"因儿起得早来回得晏，桑篮里桑叶为啥勿见底？

你嫂嫂去得晏来回得早，篮里桑叶和篮柄齐。"

姑娘回话看娘面，句句话语答如意：

"我嫂嫂田埂上六六三十六枝荷叶爿野桑蛮好采，

我北田埂上七七四十九枝麻皮家桑奇难采。"

"你爹爹放过桑树都在侬姆妈肚皮里，横竖曲直也都留意。"

娘见女儿话屈理，追根找须刨到底。

"因儿子呀因儿子，奈格❶一把青丝头发弄得乱蓬蓬？"

"娘老子介娘来，头发乱是侬女儿爬上桑树拉落头发才乱的。"

"因儿子呀因儿子，僚双大红鞋子为啥皱西西？"

"娘老子介娘来，都是早上露水烂泥浸湿的。"

"因儿子呀因儿子，僚条大红裤子为啥弄得一点白来一点红？"

"娘老子介娘来，红的原是桑果子，白的原是桑脂尿。"

"因儿子呀因儿子，乃勿要尽扯空来活出气，

介事体你娘晓得还算好，你爹爹苏州城里回转来，就要抽你筋来剥你皮。"

"娘老子介娘来，自从盘古开天地，只有扇水鲫鱼❷刀上死，

只有新市街上剥羊皮，春花田鸡活剥皮，哪有爹爹剥女儿皮。"

"因儿子呀因儿子，等你爹爹回转来，

请来东庄王木匠，把一间房子隔做五间生。"

"娘老子介娘来，房间隔开倒无妨，

---

❶ 奈格：方言，即怎么的意思。
❷ 扇水鲫鱼：鲜活的鲫鱼。

只要阿爸勿进姆妈房,哥哥勿睡嫂嫂床。"

"僚哥哥是六月里的天罗荄白亮堂堂,你嫂嫂是蒸笼里圆子白胖胖,
吾是三春头尾巴花草相当少。"

"娘老子介娘来,隔壁三间门外三姐姐,
跟我同年同月同时辰,已经孩儿抱手里。"

"因儿子呀因儿子,六十岁介寿,
四十岁上做媳妇,还有廿年好夫妻。"

"娘老子介娘来,哪有四十岁上做媳妇,
我棺材木头也要变烂泥。"

"因儿子呀因儿子,你阿爷城隍庙前算过命,
已经挑了城里少爷给你做夫妻。"

"娘老子介娘来,城里少爷我勿去,宁愿独身守家里。
奴奴只要河南三哥哥。我今早去得明早死,也有一日一夜好夫妻❶。"

---

❶ 张长工采集。中国民间文学集成全国编辑委员会,中国民间文学集成浙江卷编辑委员会:《中国歌谣集成:浙江卷》,中国ISBN中心1995年版;部分歌词又见于陈永昊、余连祥、张传峰:《中国丝绸文化》,浙江摄影出版社1995年版;顾希佳:《东南蚕桑文化》,中国民间文艺出版社1991年版;林锡旦:《太湖蚕俗》,苏州大学出版社2006年版;朱秋枫:《杭州全书运河河道丛书杭州运河歌谣》,杭州出版社2013年版。

第四节
蚕花收成满满——喜悦之情

《蚕娘个个喜洋洋》歌谣详细地描述了从二、三月开始到清明时节,养蚕人家的忙碌与喜悦(图2-32~图2-37)。从桑叶长势喜人到蚁蚕兴旺,从头眠到大眠,从茧子丰收到"卖丝银子桶来装"等过程,无不表达出蚕农收成好,突出蚕农对收入乐观预估的喜悦之情,也体现出蚕农对年年丰收的殷切期望和美好祝愿。"年年二三月,天气不寒冷,门前桑叶日夜长,东南风起凉堂堂"描述了适宜养蚕的气候条件和桑叶生长的情况;"春到清明好,收蚕选天光,蚕子转得一样生,蚁蚕出得多兴旺"具体讲述了清明时节选育蚕种的重要性以及蚁蚕旺盛生长的景象;"头眠二眠齐,昼夜守蚕房,三眠出火炭盆生,乡村四月少人行"则进一步说明了养蚕过程中不同睡眠阶段的管理要求以及对蚕房温度的控制;"帘外三竿日,大眠打眠庄,每筐五斤十三两,蚕娘个个喜洋洋"形象地展现了大眠期后蚕茧丰收的喜庆场景;"尽道丰年瑞,今年蚕花强,三朝开体无冲碰,上山成茧雪墩样"强调了蚕茧的质量优良;"茧灶烧得旺,丝车排两行,粗丝细丝踏千两,九州四海尽传扬"生动地表现了缫丝过程中的繁忙景象和丝绸产品的广泛传播;"年年当此节,细丝价不长,藏到来年菜花黄,卖丝银子桶来装"最后通过对比不同时间卖丝的价格,体现了蚕农们精明的经济头脑。整首歌谣不仅全面展示了养蚕和缫丝的过程,也反映了当时农村的经济和生活状况。

蚕娘个个喜洋洋

年年二三月,天气不寒冷,
门前桑叶日夜长,东南风起凉堂堂。
春到清明好,收蚕选天光,

蚕子转得一样生，蚁蚕出得多兴旺。
头眠二眠齐，昼夜守蚕房，
三眠出火炭盆生，乡村四月少人行。
帘外三竿日，大眠打眠庄，
每筐五斤十三两，蚕娘个个喜洋洋。
尽道丰年瑞，今年蚕花强，
三朝开体无冲碰，上山成茧雪墩样。
茧灶烧得旺，丝车排两行，
粗丝细丝踏千两，九州四海尽传扬。
年年当此节，细丝价不长，
藏到来年菜花黄，卖丝银子桶来装❶。

图2-32　喜售春茧，陆正明摄影

图2-33　在河山茧站排队卖茧子的蚕娘，谢跃锋摄影

图2-34　蚕娘欣慰的笑容，谢跃锋摄影

图2-35　欣赏剪纸作品——《蚕花茂盛》，刘文摄影

❶ 吴桂洲（神歌艺人）唱，徐春雷记。徐春雷：《桐乡蚕歌》，中国文联出版社2009年版。

图 2-36 茧子白鲜，谢跃锋摄影　　　　　　　图 2-37 秀洲农民画《锦绣家园》，
　　　　　　　　　　　　　　　　　　　　　　　　董芬珍绘制

　　《蚕花谣》是一首充满地方特色的传统歌谣，它借助马鸣王菩萨护佑蚕桑生产的传说，生动地再现了昔日浙江蚕农在清明时节养蚕的全过程。"马鸣王菩萨坐莲台，到侬府上看好蚕。马鸣王生在啥所在，生在东阳义乌县。马鸣王要吃啥素菜，要吃千张豆腐干"这部分首先介绍了马鸣王菩萨的出身与喜好，体现出蚕农们对蚕神的虔诚信仰；"清明一过谷雨来，谷雨两边要看蚕。当家娘娘有主意，蚕种包好放在被里面。隔了三天看一看，布子上面绿茵茵"详细描绘了蚕农在养蚕初期的准备及蚕种孵化情形；"当家娘娘手段好，鹅毛轻轻掸介掸。快刀切叶金丝片，引出乌娘万万千"具体说明了蚕农在喂养过程中的精细操作以及蚕群生长的繁荣景象；"头眠眠得崭崭齐，二眠眠得齐崭崭。火柿开花捉出火，楝树开花捉大眠"进一步阐述了蚕群在不同睡眠阶段的管理技巧；"大眠捉得真正好，连夜开出两只买叶船。一只开到许村去，一只开到庄婆堰。昨日价钱三千六，今朝贱掉一大半。难为一摊老酒钿，船里装得满堆堆。拔出篙子就开船，顺风顺水摇到桥埂边。毛竹扁担两头尖，一肩肩到蚕房边"形象地刻画了大眠期后蚕农购买桑叶的繁忙场景和运输流程；"当家娘娘有主意，攀根桃枝鞭介鞭。喂蚕好比龙风起，吃叶好比阵头来。龙蚕看到五昼时，搭起山棚好上山。前屋后屋都上到，还有三埭小伙蚕。上来上去没处上，只好上在灶脚边"深刻描绘了蚕茧收获时的热闹场面；"隔了三天看一看，好比十二月里落雪天。小的茧子像汤圆，大的茧子像鸭蛋。合家老少一起来，茧子采了几十担"则具体展现了蚕茧丰收的喜悦；"三十六部丝车两行摆，敲落丝车把船开。粗丝要往杭州送，细丝要往湖州载。银丝卖了几百两，眉开眼笑回家转"进一步描述了蚕农缫丝过程中的忙碌景象以及丝绸产品的广泛传播；"当家娘娘要放，当家爹爹要伉。一个存心办嫁妆，一个想要盖楼房。

今年蚕花收成好，全靠马鸣王菩萨到门来"最后传达了蚕农们对丰收的欢喜以及对未来美好生活的规划。

整首歌谣不仅全面展示了养蚕和缫丝的过程，也深刻反映了当时农村的社会经济生活状况。

在过去的清明时节，也就是春蚕饲养之前，民间艺人会携带马鸣王神像上门演唱蚕歌。演唱过程中，艺人一边敲击小锣，一边歌唱。歌词内容描绘了养蚕生产的一系列过程，每一个生产环节都被描绘得栩栩如生，堪称一篇详细的养蚕生产经验总结。从时令的表达，以及养蚕的精微细节"……包好蚕种焐被里……鹅毛轻轻掸介掸……"可以看出蚕娘养蚕的用心和民间智慧。《蚕花谣》还提示大家，谷雨时节已到，是时候开始养蚕了！养蚕的第一步是催青和收蚁，也就是孵化小蚕。以前采用土法催青，用被子保温孵化出小蚕后，再用鹅毛将小蚕从蚕种纸板上轻轻掸下进行饲养。歌中详细描述了催青、收蚁的方法，以及切叶、喂蚕等生产环节，并明确了头眠、二眠、出火（三眠）、大眠（四眠）的时间节点。这些内容凝聚了千百年来的养蚕经验，生动地展现了养蚕生产的传统习俗，同时也表达了蚕民对马鸣王菩萨的崇敬之情，反映出他们对丰收的期盼。

蚕花谣

马鸣王菩萨坐莲台，到侬府上看好蚕。马鸣王生在啥所在，生在东阳义乌县。
马鸣王要吃啥素菜，要吃千张豆腐干。清明一过谷雨来，谷雨两边要看蚕。
当家娘娘有主意，蚕种包好放在被里面。隔了三天看一看，布子上面绿茵茵。
当家娘娘手段好，鹅毛轻轻掸介掸。快刀切叶金丝片，引出乌娘万万千。
头眠眠得薪薪齐，二眠眠得齐薪薪。火柿开花捉出火，楝树开花捉大眠。
大眠捉得真正好，连夜开出两只买叶船。一只开到许村去，一只开到庄婆堰。
昨日价钱三千六，今朝贱掉一大半。难为一摊老酒钿，船里装得满堆堆。
拔出篙子就开船，顺风顺水摇到桥埭边。毛竹扁担两头尖，一肩肩到蚕房边。
当家娘娘有主意，攀根桃枝鞭介鞭。喂蚕好比龙凤起，吃叶好比阵头来。
龙蚕看到五昼时，搭起山棚好上山。前屋后屋都上到，还有三埭小伙蚕。
上来上去没处上，只好上在灶脚边。隔了三天看一看，好比十二月里落雪天。
小的茧子像汤圆，大的茧子像鸭蛋。合家老少一起来，茧子采了几十担。

三十六部丝车两行摆，敲落丝车把船开。粗丝要往杭州送，细丝要往湖州载。银丝卖了几百两，眉花眼笑回家转。当家娘娘要放，当家爹爹要伉。一个存心办嫁妆，一个想要盖楼房。今年蚕花收成好，全靠马鸣王菩萨到门来❶。

---

❶ 旧时，清明时节，春蚕饲养前夕，浙江蚕农有请蚕神马鸣王的习俗。此时，常有民间艺人上门演唱此歌乞赏。演唱时，出示马鸣王神像，边敲小锣边唱。浦炳荣、王仁龙（花鼓戏艺人）唱，徐春雷记。徐春雷：《桐乡蚕歌》，中国文联出版社2009年版。部分歌词还见于刘旭青：《蚕神信仰及其民间习俗——以太湖流域蚕桑谣谚为例》，《湖州师范学院学报》，2021年第43卷第5期，第18到25页；蒋萍、李剑明：《千年古镇重闻〈蚕花谣〉》，《文汇报》，2011年4月5日，第2版；祝汉明、徐春雷、褚红斌：《含山轧蚕花》，浙江摄影出版社2014年版；荆娴、姚光辉：《铸造企业之魂：宁波企业的文化引领》，浙江大学出版社2009年版；颜剑明、褚红斌、陈亚琴：《桐乡高杆船技》，浙江摄影出版社2015年版。

第三章

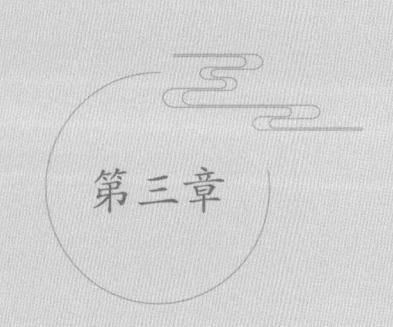

婚嫁礼俗——广为流传

中国传统文化源远流长,婚俗文化是其精粹之一❶。在浙江蚕乡传统婚俗中折射出的蚕桑习俗文化特征,是在悠久的蚕桑劳作中形成的浙江蚕乡独特的蚕桑习俗文化❷。成为浙江,乃至江南的传统文化符号之一。婚嫁历来是浙江蚕乡百姓生活中的一桩大喜事,是人生中最重要的礼俗之一。婚嫁礼俗亦是窥视一方文化积累及人文情怀的载体。在浙江蚕乡,旧时的婚嫁礼俗非常烦琐,传统习俗贯穿始末。每一个环节都蕴含着对新郎新娘的美好祝福,在这些仪式和祝愿当中,无不盈溢着祝愿蚕花茂盛之意,无不飘逸着蚕歌的声声祝愿,体现了浙江蚕桑习俗文化特色。

第一节
新媳妇过门前——蚕花定情

一、送蚕花接蚕花——蚕花好运

《接蚕花》歌谣描绘了一幅温馨而喜庆的画面,通过"四角全被张端正,二位对面笑盈盈"展现了主人家迎接蚕花时的庄重与喜悦。"东君接得蚕花去,看出龙蚕廿四分"具体说明了主人将蚕花接回家后,期望看到蚕业好收成,表达了对丰收的美好期盼;"大红全被四角齐,夫妻对口笑嘻嘻"进一步刻画了夫妻二人共同参与这一重要时刻的和谐场景;"双手接得蚕花去,一被蚕花万倍收"则生动地体现了他们对接

---

❶ 赵丽苹:《我国婚俗文化中婚嫁首饰初探》,《北方文学》,2019 年第 21 期,第 2 页。
❷ 刘旭青:《祈蚕歌与蚕桑文化——以杭嘉湖地区为例》,《湖州师范学院学报》,2009 年第 31 卷第 5 期,第 29 到 33 页。

到蚕花后能获得万倍收获的信心和期待。整首歌谣不仅反映了当时人们对于蚕桑生产的重视程度，也传递出一种家庭和睦、生活美满的良好愿望。而蚕花的应用，不限于婚礼，在日常生活中亦有体现（图3-1～图3-4）。

图3-1　万朵蚕花保平安，朱铁民摄影

（a）买卖蚕花场景1　　　　　　　　　　（b）买卖蚕花场景2

图3-2　买卖蚕花场景，李渭钫摄影

图3-3 戴蚕花的蚕娘，李渭钫摄影　　　　图3-4 蚕花姑娘，李渭钫摄影

"送蚕花""接蚕花"是蚕乡男女定亲的一种仪式。在海盐，旧时定亲之时，女方送给男方的定情信物是一张蚕种或者几条蚕，叫"送蚕花"，而婆婆须穿上红色丝绵袄去接，叫"接蚕花"，"接蚕花"有让新媳妇把"蚕花运"接过去之说，以后就能成为养蚕能手，从而使得家中蚕丝年年丰收，此举为蚕娘之间的"蚕花运"传递。另外，"接蚕花"还用于蚕农建造房屋时演唱，新房上梁时，木匠边唱边在梁上向下抛撒糕点，房主夫妇需扯起被单在下面接糕点，也称"接蚕花"。

综上所述，将蚕种或几条蚕作为定情之物具有蚕乡特色，寓意嫁入夫家后蚕业丰收，而男方母亲着红色丝绵袄去接蚕花，一则取吉祥寓意，二则取蚕花茂盛寓意。建造房屋时也展现"接蚕花"礼俗，可以看出在浙江蚕乡，人们敬蚕、爱蚕之情。

接蚕花

四角全被❶张端正，二位对面笑盈盈，
东君❷接得蚕花去，看出龙蚕廿四分。
大红全被四角齐，夫妻对口笑嘻嘻，
双手接得蚕花去，一被蚕花万倍收❸。

---

❶ 全被：整幅被单。
❷ 东君：主人。
❸ 沈应龙（神歌艺人）唱，徐春雷记。徐春雷：《桐乡蚕歌》，中国文联出版社2009年版。

另外,"接蚕花"仪式除了在婚嫁及建造房屋时出现,在敬佛祭祀时亦有体现。该仪式通常为农户还愿酬神之意,通常在每年冬春农闲时举行,在整个敬佛祭祀仪式中,所敬奉的诸多神灵均为民间百姓所信仰,自然离不开极具地方特色的蚕神,其体现形式即为歌手边唱《蚕花歌》,边进行"接蚕花"的流程,即将提前准备好的秤、红手帕蚕花、蚕花马幛❶,交给该农户家的女主人,女主人恭敬地"接蚕花",并将其藏于房间内,待到下一季熟蚕养好,并完成缫丝,再次酬神,才将"接蚕花"时的蚕花马幛等拿出来,供奉后烧毁。

《蚕花歌》歌谣以朴实的语言和生动的描绘,展现了蚕农们对于丰收的美好愿景。"蚕花马、蚕花纸,头蚕势,二蚕势,好得势"通过一系列吉祥的话语,表达了对蚕桑生产的良好祝愿;"采得好茧子,踏得好细丝,卖得好银子,造介几埭新房子"具体描述了从采茧、缫丝到销售的过程,并且憧憬着用所得收益建造新房的美好前景;"包头包好包好,拿去藏在蚕房里"则强调了对蚕种或蚕茧妥善保存的重要性;"一瓣蚕花万瓣收,吃勿忧来着勿忧"最后总结性地表达了蚕农希望通过辛勤劳动获得大丰收,从而实现衣食无忧的生活理想。整首歌谣不仅体现了蚕农们对美好生活的向往,也反映了他们对养蚕这一传统农业活动的高度重视。

蚕花歌

称心如意,万年余粮。
蚕花马、蚕花纸,头蚕势,二蚕势,好得势。
采得好茧子,踏得好细丝,卖得好银子,造介几埭新房子。
包头包好包好,拿去藏在蚕房里,
一瓣蚕花万瓣收,吃勿忧来着勿忧❷。

海盐县六里村一带的蚕农每年也举行"接蚕花"仪式,一般定在大年初二举行,与当地的"接灶"日相同。这一天,蚕农会把蚕花丛和灶神码一起请到自己家中,供奉在灶头的神龛里,直到农历十二月二十三日"送灶"那天,再将其一并送出,并焚烧处理。

---

❶ 蚕花马幛:蚕神码。
❷ 冯茂章(农民)唱,顾希佳记。

二、拔蚕花拔蚕花——祥瑞之意

浙江蚕农将蚕花比作金花银花，对蚕农而言，蚕花象征着喜气，蚕花收成好意味着蚕农收入增长，生活质量提升。旧时，在浙江蚕乡的婚俗中有"拔蚕花"习俗：新娘子上轿前，需"拔蚕花"，就是从新娘子头上拔下一朵花（即"蚕花"）交给母亲，母亲将这朵蚕花放到自家灶山上，这一婚俗有将蚕花喜气留在娘家之意，保佑父母福寿双全，财源滚滚。拔蚕花时，喜娘还要吟唱蚕歌《拔蚕花》，整个过程充满仪式感，道出了人们对蚕花茂盛的喜悦之情，体现了人们对美好生活的向往。

《拔蚕花》歌谣通过喜庆的语言和吉祥的寓意，展现了人们对美好生活愿景的追求。其意为：拔朵蚕花装点灵巧，一朵金花寓意美好，两朵银花象征吉祥，留下一朵蚕花祈求丰收。歌谣形象地描述了挑选蚕花的过程，表达了希望获得好兆头的愿望。"阿妈戴花朝里走，年纪活到九十九"则进一步传递了对长辈健康长寿的美好祝福；"发财发财，元宝搭台，发福发福，打船造屋"最后用直白而热烈的话语，表达了对财富和幸福生活的渴望与追求。整首歌谣不仅体现了人们对于丰收和好运的期盼，也反映了传统社会中家庭和睦、生活富足的理想状态。

拔蚕花

拔朵蚕花装个巧，巧巧一朵金花好，
巧巧两朵银花好，留下一朵蚕花好。
阿妈戴花朝里走，年纪活到九十九，
发财发财，元宝搭台，发福发福，打船造屋[1]。

旧时浙江蚕农的婚俗中，还有"拨蚕花"习俗，即新娘子被接到婆家时，要"拨蚕花"，即将婆家大门口的红烛灯火拨一拨，寓意蚕花越来越旺。在新娘子拨蚕花时，喜娘要吟唱蚕歌《拨蚕花》。《拨蚕花》唱出了蚕花在蚕农婚嫁时蕴含的美好意蕴，体现出蚕桑文化对蚕农生活的影响，以灯火旺来象征蚕花旺。与《拔蚕花》比较，《拨蚕花》是寓意婆家蚕花茂盛，风调雨顺，而《拔蚕花》是寓意娘家蚕花茂盛，福寿双全。将蚕花意蕴融入婚嫁风俗之中，体现出蚕农对幸福生活的期盼。

---

[1] 褚林凤（喜娘）唱，徐春雷记。徐春雷：《桐乡蚕歌》，中国文联出版社2009年版。

《拨蚕花》通过生动的描绘，展现了婚礼场景与蚕花文化的结合。"新人走近大门前，亲邻看客分两边，左右一对银灯架，蚕花灯火亮闪闪"形象地描绘了新人步入婚礼现场时的热闹场面和明亮喜庆的氛围；"新人来到大门前，红烛双双吐金莲，一灯拨做三灯旺，一倍蚕花万倍宽"则进一步用灯光的旺盛寓意蚕花的好兆头，表达了对新人未来生活如同蚕花般兴旺的美好祝愿。整首歌谣不仅体现了婚礼的庄重与喜悦，也反映了蚕花文化在当地社会生活中的重要地位。

拨蚕花

新人走近大门前，亲邻看客分两边，
左右一对银灯架，蚕花灯火亮闪闪。
新人来到大门前，红烛双双吐金莲，
一灯拨做三灯旺，一倍蚕花万倍宽[1]。

三、坐蚕花撒蚕花——交蚕花运

在浙江蚕乡，新娘子在结婚当日离开娘家时，其父母要"坐蚕花"，即朝北坐；当新娘子出大门后，娘家会将一扇门关闭，意为让女儿带走一半蚕花运，不能两扇门都关上或全开着，因为那样就代表女儿不带走一点蚕花运或将娘家的蚕花运全部带走。

中国自古便有"撒帐"的习俗，即新婚之夜，新人对拜坐床后，媒婆会向新人撒枣子、花生等，寓意早生贵子。而"撒蚕花"则是由"撒帐"习俗演变而来，带有蚕乡地区特色。在浙江蚕乡，新郎迎娶新娘时，艺人吟唱吉祥寓意的蚕歌是必不可少的。在婚礼中，新娘进入夫家大门时，为了祈求蚕业丰收，新郎家会进行"撒蚕花铜钿"的仪式，即向四周抛撒喜糖和钱币（图3-5）。同时，喜娘或者艺人会演唱蚕歌《撒蚕花》："……蚕花铜钿撒四面……添个官官中状元……田头地横路路熟……一年四季福寿洪……生意兴隆多有利……今年要交蚕花运……茧子堆来碰屋顶。"以此祝福新人"一年四季福寿洪，蚕花茂盛廿四分"[2]。体现出蚕桑文化与蚕农的生活息息相关。

---

[1] 沈应龙（神歌艺人）唱，徐春雷记。徐春雷：《桐乡蚕歌》，中国文联出版社2009年版。
[2] 伊瑜：《江南古镇：梦里水乡》，广东省地图出版社2002年版。

图3-5 桐乡市濮院镇婚礼现场——撒蚕花，徐春雷摄影

《撒蚕花》歌谣详细描绘了婚礼上撒蚕花铜钿的传统习俗。"取出银锣与宝瓶，蚕花铜钿撒四面"通过向四方撒蚕花铜钿，生动地呈现了这一仪式的操作细节，表达了对各个方向的美好祝愿；"蚕花铜钿撒上南，添个官官中状元。蚕花铜钿撒落北，田头地横路路熟。蚕花铜钿撒过东，一年四季福寿洪。蚕花铜钿撒过西，生意兴隆多有利"分别表达了对仕途、农业、健康长寿和商业的美好祝愿；最后，"东西南北撒得匀，今年要交蚕花运。蚕花茂盛廿四分，茧子堆来碰屋顶"总结性地希望蚕花能够带来好运，使得蚕桑丰收，甚至堆积如山。整首歌谣不仅展现了传统婚礼的喜庆氛围，也体现了人们对于未来生活的美好期待和祝愿。

撒蚕花

新人来到大门前，诸亲百眷分两边。
取出银锣与宝瓶，蚕花铜钿撒四面。
蚕花铜钿撒上南，添个官官中状元。
蚕花铜钿撒落北，田头地横路路熟。
蚕花铜钿撒过东，一年四季福寿洪。
蚕花铜钿撒过西，生意兴隆多有利。
东西南北撒得匀，今年要交蚕花运。
蚕花茂盛廿四分，茧子堆来碰屋顶。[1]

---

[1] 李德荣（神歌艺人）唱，徐春雷记。徐春雷：《桐乡蚕歌》，中国文联出版社2009年版；刘晓明：《中国符咒文化大观》，百花洲文艺出版社1999年版；刘锡诚：《吉祥中国》，上海文艺出版社2012年版；林锡旦：《太湖蚕俗》，苏州大学出版社2006年版。

四、婆婆接蚕花盆——蚕运连连

浙江蚕乡,婚俗中有"接蚕花盆"习俗,尤以桐乡市屠甸镇农村为盛。即新娘子被接到婆家门前,新郎、新娘首先吃糖茶,并手捧盛满米且插有两支点燃的红蜡烛的蚕花盆,一起将其奉给公婆,这个蚕花盆会放在公婆房间,有"蚕花茂盛"寓意,俗称"接蚕花盆"(图3-6)。此时喜人或乐人唱《接蚕花盆》:"……蚕花双双插罗盆……百锣蚕花万万千。"

图3-6 桐乡市濮院镇婚礼现场——接蚕花盆,徐春雷摄影

《接蚕花盆》歌谣通过描述温馨的场景和美好的寓意,展现了婚礼中的甜蜜与祝福。"一碗糖茶送新人,吃在嘴里甜在心"形象地表达了人们对新人的关爱和祝福,糖茶的甜美也象征着新人未来生活的甜蜜;"新人坐在大门前,蚕花双双插罗盆,手捧银罗接蚕花,百罗蚕花万万千"则进一步描绘了新人接受蚕花的美好画面,寓意着未来的丰收和繁荣。整首歌谣描绘了新人到达婆家大门前进行的一系列蚕桑习俗,意为"祝愿蚕花茂盛",祝福婚姻甜蜜美满。不仅体现了婚礼的喜庆氛围,也反映了人们对新人生活美满、事业兴旺的美好祝愿。

接蚕花盆

新人来到大门前,诸亲百眷分两边,
一碗糖茶送新人,吃在嘴里甜在心。
新人坐在大门前,蚕花双双插罗盆,
手捧银罗接蚕花,百罗蚕花万万千。[1]

---

[1] 朱雪浩(民间艺人)唱,徐春雷记。徐春雷:《桐乡蚕歌》,中国文联出版社2009年版。

第二节
婚礼经蚕肚肠——新婚祝愿

桐乡市河山镇的新娘在婚后第二天要参加"经蚕肚肠"仪式。这一仪式在蚕桑婚俗中最为繁复和讲究。在当地称"织布"为"经布",称"蚕丝"为"蚕肚肠",故"经蚕肚肠"指的是"缫丝织绸"。具体做法是在堂屋正中间摆放四把木椅,木椅座朝内、背朝外围成一圈。椅子内圈放置一个用柳条编结而成的容器,容器内摆放蚕种(寓意蚕花茂盛)、筷子(代替育蚕及缫丝工具、秤杆(寓意称心如意)、面条(寓意健康长寿)。"经蚕肚肠"仪式的寓意在于希望新娘子嫁入夫家后,蚕事顺利,生活幸福。

《经蚕肚肠》唱词分为四段,即起经、再经、收肠、扫蚕花地四个部分,如下文所示。

经蚕肚肠[1]

由喜娘手持红色丝绵线,带领新娘围绕椅子开始"经蚕肚肠",先围着椅子边绕红丝绵线边吟唱《经蚕肚肠》之《起经》和《再经》:"第一转长命百岁(劳)好……第五转五子登科(劳)好……第十转十享满福(劳)好。""再发(次)多经转……头蚕二蚕三蚕四蚕,张张蚕种超百斤……"

---

[1] 褚林凤(喜娘)唱,徐春雷、蒋灵云记。徐春雷:《桐乡蚕歌》,中国文联出版社2009年版。

一、起经

蚕肚肠要经得匀,年年蚕花廿四分。

《起经》歌谣从第一转至第十转中的祝词,缠绵回环,通过一系列吉祥的祝愿,表达了人们对美好生活的向往和祝福。"第一转长命百岁(劳)好"到"第十转十享满福(劳)好",每一转都蕴含着不同的美好寓意,从长寿、富贵、学业成功、财运亨通,到家庭团圆、子孙兴旺等,涵盖了人们对于幸福生活的各种期望。整首歌谣不仅体现了传统文化中对吉祥如意的追求,也反映了社会生活中人们对理想生活的具体想象。不仅生动地体现了蚕乡的民风民俗,还展现了蚕乡人民对美好生活的向往。

唱词如下:

> 第一转长命百岁(劳)好,第二转成双富贵(劳)好,
> 第三转连中三元(劳)好,第四转四季发财(劳)好,
> 第五转五子登科(劳)好,第六转六路进财香(劳)好,
> 第七转七世保团圆(劳)好,第八转八仙祝寿(劳)好,
> 第九转九子九孙(劳)好,第十转十享满福(劳)好。

二、再经

《再经》歌谣通过一系列的感谢和祝福,展现了对生活不同方面的感激之情以及对未来生活的美好期许。"再发(次)多经转,谢谢东家阿爹,头蚕二蚕三蚕四蚕,张张蚕种超百斤"表达了对东家的感谢,希望蚕种能够丰收;"再发(次)多经转,谢谢亲亲誉誉邻邻含舍,张张蚕种超百斤"则进一步向邻里表达谢意,同样期望蚕桑丰收;"再发(次)多经转,谢谢厨房师傅手段高,做出肉圆像核桃,切出肉丝像金条"是对厨房师傅技艺的赞美;"再发(次)多经转,新相公技术真叫高,手段绝顶好,新相公运道好,讨个新娘架形好"最后则是对新郎技术和运气的夸赞,以及对新娘美貌的认可。表达了蚕农希望养蚕丰收、生活幸福的美好愿望,夫妻配合劳作,邻里和睦,体现蚕农理想的生活劳作状态。整首歌谣不仅体现了对周围人的感激之情,也反映了对未来生活繁荣昌盛的美好祝愿。

唱词如下：

再发（次）多经转，谢谢东家阿爹，
头蚕二蚕三蚕四蚕，张张蚕种超百斤。
再发（次）多经转，谢谢亲亲誉誉邻邻舍舍，
张张蚕种超百斤。再发（次）多经转，
谢谢厨房师傅手段高，做出肉圆像核桃，
切出肉丝像金条。再发（次）多经转，
新相公技术真叫高，手段绝顶好，
新相公运道好，讨个新娘架形❶好。

三、收肠

　　由喜娘引领新娘，一边从椅子背上卸下红丝线并迅速绕到筷子上，一边吟唱《经蚕肚肠》之《收肠》："……新娘娘技术真叫高，手段绝顶好，手捏鹅毛掸龙蚕，手捧青叶喂龙蚕……做个茧子鸭蛋大……做个细丝像金条，做个粗丝像银条。"寓意新娘子嫁到夫家后，育蚕技术高，蚕茧大，丝线好。而《收肠》中还唱道："连夜打起红袱包。粗丝要向杭州装，细丝要往上海摇。卖得几千银子入荷包……买田造屋步步高。"可见，蚕丝能顺利销往杭州、上海等地，说明浙江蚕乡的水运四通八达，不但保证了桑田灌溉，也保证了运输通畅，从而使得蚕桑经济繁盛。《收肠》的唱词表达出对新娘、新郎养蚕缫丝称心如意的祝愿，并且来年取得蚕业全面大丰收的祝愿。

　　《收肠》歌谣生动地描绘了新娘和当家爹爹在蚕桑生产中的高超技术和辛勤劳动，以及由此带来的丰收和财富。"收起格条金肚肠，收起格条银肚肠，绕起格条蚕肚肠"象征着收获的开始；"新娘娘技术真叫高，手段绝顶好，手捏鹅毛掸龙蚕，手捧青叶喂龙蚕"形象地展示了新娘在养蚕过程中的细心与技巧；"头眠眠来崭崭齐，二眠眠来齐崭崭，出火过去做大眠，大眠过后要结茧"详细描述了蚕生长的各个阶段；"新娘娘技术真叫高，手段绝顶好，拿起叶来喂宝宝。喂个宝宝几何大？像只湖鳅大。做个茧子几何大？做个茧子鸭蛋大"进一步强调了新娘的养蚕技艺和成果；"当家爹爹技术真叫高，手段绝顶好，几部丝车两行生（摆），居中央里留条小弄堂"则展现了当

---

❶ 架形：指长相。

家爹爹在缫丝方面的精湛技艺;"新娘娘脚力绝顶好,做个细丝像金条,做个粗丝像银条"说明了新娘在缫丝工作中的出色表现;"新娘娘技术真叫高,连夜打起红袱包。粗丝要向杭州装,细丝要往上海摇。卖得几千银子入荷包,包包好,伉伉好,买田造屋步步高"最后描述了他们将丝绸出售换取财富,并用这些财富改善生活的情景。整首歌谣不仅体现了勤劳和技术的重要性,也反映了蚕农通过努力可以获得美好生活的传统观念。

喜娘引领新娘,边从椅背上卸下丝线绕在筷子上,边吟唱:

> 收起格条金肚肠,收起格条银肚肠,
> 绕起格条蚕肚肠。新娘娘技术真叫高,
> 手段绝顶好,手捏鹅毛掸龙蚕,
> 手捧青叶喂龙蚕。头眠眠来崭崭齐,
> 二眠眠来齐崭崭,出火过去做大眠,
> 大眠过后要结茧。新娘娘技术真叫高,
> 手段绝顶好,拿起叶来喂宝宝。
> 喂个宝宝几何大?像只湖鳅大。
> 做个茧子几何大?做个茧子鸭蛋大。
> 当家爹爹技术真叫高,手段绝顶好,
> 几部丝车两行生(摆),居中央里留条小弄堂。
> 新娘娘脚力绝顶好,做个细丝像金条,
> 做个粗丝像银条。新娘娘技术真叫高,
> 连夜打起红袱包。粗丝要向杭州装,
> 细丝要往上海摇。卖得几千银子入荷包,
> 包包好,伉伉❶好,买田造屋步步高。

四、扫蚕花地

在婚礼上,还有"扫蚕花地"习俗,先从门口向屋内扫,再从屋里向外扫(图3-7),且唱《扫蚕花》:"……茧子采来碰屋顶。晦晦气气扫出去……扫帚攒到北边,茧子碰

---

❶ 伉:桐乡方言,藏的意思。

牢屋脊。新娘娘来……永远发财……买田造屋。"从"扫蚕花地"习俗可以看出，浙江蚕农对蚕事吉祥的愿望和对蚕花茂盛的祈盼，新娘一家希望从此能远离霉运、蚕业丰收、经济富足。

图3-7 扫蚕花地，王飞庆摄影

《扫蚕花地》通过一系列生动的比喻和美好的祝愿，展现了对新娘未来生活的祝福与期待。"新娘娘喂罗罗（猪），喂个罗罗黄牛大。新娘娘喂咩咩（羊），喂个咩咩白马大。新娘娘喂咯咯（鸡），咯咯鸡，大种鸡，拾起蛋来一畚箕"描绘了新娘在养殖方面的丰收景象，象征着家庭的兴旺；"新娘娘眼嘎嘎（鸭），嘎嘎尾巴扁，茧子采来碰屋顶"则进一步强调了养蚕的丰收成果；"晦晦气气扫出去（向外扫），金银财宝扫进来（向里扫）。一扫金，二扫银，三扫聚宝盆，四扫四季要发财（喜娘向里扫）"通过扫的动作表达了驱逐晦气、迎接财富的美好愿望。"扫帚攒到北边，茧子碰牢屋脊（喜娘和新娘合提榜栳）"象征着家业的稳固和发展；"新娘娘来，同新相公上一肩。发财发财，永远发财！发福发福，买田造屋！"最后是对新娘和新郎共同创造美好生活的祝福，期望他们能够财富不断、福气满满，逐步购置田产、建造房屋，实现家庭的繁荣昌盛。整首歌谣不仅体现了对新娘勤劳能干的赞美，也反映了对未来生活幸福美满的美好期许。

喜娘拿起扫帚，边扫边唱：

> 新娘娘喂罗罗（猪），喂个罗罗黄牛大。
> 新娘娘喂咩咩（羊），喂个咩咩白马大。
> 新娘娘喂咯咯（鸡），咯咯鸡，大种鸡，

拾起蛋来一畚箕。新娘娘眼嘎嘎（鸭），

嘎嘎尾巴扁，茧子采来碰屋顶。

晦晦气气扫出去（向外扫），金银财宝扫进来（向里扫）。

一扫金，二扫银，三扫聚宝盆，

四扫四季要发财（喜娘向里扫）。

扫帚攒到北边，茧子碰牢屋脊（喜娘和新娘合提榜柽）。

新娘娘来，同新相公上一肩。

发财发财，永远发财！发福发福，买田造屋！

"扫蚕花地"不仅应用于新婚祝福，还与浙江蚕农的生产生活息息相关，其以歌舞形式表达，深受百姓喜爱，尤以德清一带最为普及，遍及浙北蚕乡，20世纪50年代尤盛，并流传至今。"扫蚕花地"通常在春节或清明节期间举行，尤其在清明前，即蚕月"关蚕门"前，家家户户打扫蚕室，并进行消毒。通常艺人以单人歌舞的形式到蚕农家中表演，并配有伴奏者一人。表演者形象也颇具吉祥寓意，即蚕花戴于头上，衣裙为绣花红色，双手还高举一个铺着红绸的蚕匾，甚是喜庆。还有舞蹈辅助道具，即蚕桑劳作之用的农具，如秤杆、鹅毛、扫帚等，均扎系彩色纸花。艺人以舞蹈的形式表演蚕农在蚕月里的糊窗、采叶、饲蚕、缫丝等蚕桑劳作的全过程，边唱边舞，每段停顿之时，艺人都会拿起扫帚做扫地动作，舞蹈的最后为庆贺蚕花茂盛，艺人将"泛着红光"的蚕匾交送给该蚕户蚕娘手中，以示蚕事丰收，这一举动也证明了浙江蚕乡女性地位之高。德清"扫蚕花地"的蚕桑习俗已入选国家级非物质文化遗产名录。

《扫蚕花地》歌谣主要描述了江南地区传统的蚕桑生产过程和相关民俗活动，包括六个方面的内容。①蚕房搭建与祭祀。三月开始搭建蚕房，并通过祭祀蚕花娘娘祈求丰收。②蚕的生长周期。详细记录了蚕从幼虫到结茧的各个阶段（头眠、二眠、大眠）及"上山"结茧的过程。③采桑喂蚕。描述了蚕农采集桑叶喂养蚕宝宝的繁重劳动。④缫丝与贸易。蚕农将蚕茧加工成生丝，并远销上海、广东等地，成为重要的经济来源。⑤庆祝丰收。丰收后蚕农举办宴席邀请邻里亲友共同庆祝。⑥吉祥寓意。表达了蚕农对来年丰收和家族兴旺的美好祝愿。歌谣整体体现了蚕桑文化的深厚底蕴和对生活的美好期盼。

扫蚕花地

三月天气暖洋洋，家家户户搭蚕房。
蚕房搭在高厅上，淡窗纸糊得泛红光。
蚕花娘娘两边立，聚宝盆一只贴中央。
蚕子养在蚕笪内，乌蚁出得密密麻。
手拿秤杆来挑种，轻轻鹅毛掸龙蚕。
三日三夜头眠廓，两日两夜二眠廓。
菜籽熬花蚕出火，楝树花开做大眠。
上年大眠做勿出，今年楞楞要做几百两。
大眠开操一周时，吩咐龙蚕要过橐。
蚕凳跳板密密码，龙蚕摆着下地棚。
采桑摘叶忙忙碌，大担小担转家乡。
拿起叶箅喂龙蚕，抛叶掸叶喂龙蚕。
大眠放叶四周时，丝头袅袅上上棚。
高搭板棚齐胸膛，蚕把稻草插得崭崭齐。
龙蚕捉在金盘内，吩咐龙蚕去上山。
南厅上去三眠子，北厅上去四眠蚕。
东厅上去多四种，西厅上去玉龙蚕。
东家娘娘私房花蚕无上处，上仔穿堂两边路。
龙蚕上山忙扎火，四厅扎火暖洋洋。
龙蚕上山三周时，推开山棚看分明。
大的麻丁半斤重，小的麻丁近四两。
上年蚕子落勿出，今年愣愣要秤几百两。
东家老板真客气，挽起篮子走街坊。
买鱼买肉买荤腥，东南西北唤新娘。
三十六部丝车两埭装，当中出条小弄堂。
小小弄堂做啥用？东家娘娘送茶汤。
脚踏丝车嘎咕响，绕绕丝头甩在响叶上。
做丝娘娘手段高，车车敲脱一百两。
粗丝卖到杭州府，细丝卖到广东厂。

卖丝洋钿无万数，扯仔大木造房廊。
姐姐造了绣花楼，官官造了读书房。
扫地要扫羊棚头，养格羊来像马头；
扫地扫到猪棚头，养格猪罗像黄牛；
今年蚕花扫得好，明年保侬三十六。
高高蚕花接了去，亲亲眷眷都要好。
今年扫好蚕花地，代代子孙节节高❶。

---

❶ 顾希佳、袁瑾、丰国需：《运河村落的蚕丝情节》，杭州出版社2018年版。个别歌词又见林锡旦：《太湖蚕俗》，苏州大学出版社2006年版；顾希佳：《浙江民俗大典》，浙江大学出版社2018年版；齐涛：《中国民俗通志：生产志》（下），山东教育出版社2007年版；湖州市民间文学集成办公室：《浙江民间文学集成：湖州市歌谣、谚语卷》，浙江文艺出版社1991年版；刘旭青：《蚕神信仰及其民间习俗——以太湖流域蚕桑谣谚为例》，《湖州师范学院学报》，2021年第43卷第5期，第18到25页。

第三节
蚕歌源于生活——本土描述

一、赞田蚕祈祥瑞

赞田蚕，又名"盘米囤"，寓意吉祥。旧时，浙北蚕农婚礼中，以屠甸梧桐地区尤为盛行。婚礼上，公婆端坐厅堂中央，新人拜堂后，在乐人或喜娘的指引下，围绕长者绕圈缓行，边走边吟唱《赞田蚕》，以此祈愿蚕事丰收。

《赞田蚕》歌谣主要描绘了传统农耕与蚕桑文化中的吉祥寓意和丰收景象，主要包括五个方面的内容。①祭祀祈福。通过供奉香烛、祭拜天官、正乙玄坛、东厨司命等神灵，祈求家庭幸福、五谷丰登、蚕桑兴旺。②蚕桑丰收。描述了蚕种孵化、头眠、二眠、三眠、大眠的成长过程，以及龙蚕上山结茧的情景，最终结出"鸭蛋大"的茧子。丝车众多，卖丝所得银两无数，展现了蚕桑业的繁荣。③农业丰收。祈求田公地母保佑，使得每亩田地收获三石以上粮食。芋艿、南瓜等农作物硕果累累，芋艿"两漫箩"，南瓜"栲格大"。④畜牧兴旺。养殖的猪、羊、鸡等牲畜健康生长，如"肉猪养来牯牛大""山羊养来像白马"。⑤家庭和谐。歌谣最后表达了对新人的美好祝愿，希望夫妻恩爱、敬重父母，一家和睦多福禄。整体而言，这首赞田蚕歌谣体现了人们对农业、蚕桑、畜牧业丰收的期盼以及家庭和谐、生活美满的美好愿景。

赞田蚕

宝香一支透天河，银烛辉煌两灯火，高堂双双厅堂坐，新人奉敬盘箍路。

> 赐福天官厅堂坐，正乙玄坛骑黑虎，东厨司命灶山坐，柴经烧来米又多。
> 蚕花五圣蚕房坐，春看花蚕长息多，蚕种勿包也勿捂，乌娘引出几升罗。
> 头眠二眠匆匆过，九日三眠捉出火，大眠扩座落地铺，吃叶好像阵头过。
> 龙蚕透体上山簇，结出茧子鸭蛋大。丝车摆了几十部，卖丝银子无其数。
> 田公地母两边坐，田头地面来帮助，车水种田省工夫，每亩要收三石多。
> 种些芋艿大发棵，一棵翻了两漫篰，合盘南瓜栲格大，单扇门里拿勿过。
> 肉猪养来牯牛大，母猪养来尽转窝，山羊养来像白马，湖羊养来像骆驼。
> 公鸡养来九斤多，母鸡生蛋勿肯孵，鸡蛋生来鸭蛋大，打开一个几碗多。
> 田蚕赞来差不多，新人要进洞房坐，夫妻恩爱敬父母，一家和睦多福禄❶。

二、蚕乡媳妇形象

关于蚕乡媳妇形象，也有蚕歌体现，流行于湖州一带的《十个媳妇》歌谣就是对蚕乡正面媳妇形象、反面媳妇形象进行了对比刻画。

《十个媳妇》歌谣通过描述十个不同特点的媳妇形象，展现了传统社会中女性在家庭生活中的角色、责任和才能。第一个媳妇特点：热情好客，善于待客，在客人到来之前先备好茶，通常是檀香橄榄细芽茶。第二个媳妇特点：勤俭持家，用绫罗缎子孝敬公婆，为丈夫缝制绵绸衣裳，自己则穿布衣布裤。第三个媳妇特点：能干且有经济头脑，主动分家产，摆了四十九桌分家酒，并亲自下厨烹饪。第四个媳妇特点：勤劳养蚕，日夜操劳，摘叶喂蚕，不需要丈夫帮忙。第五个媳妇特点：美丽而端庄，身穿蓝布短衫与黑布裙，脚踩高跟红绿鞋，气质如观音菩萨般优雅。第六个媳妇特点：富有珍宝，拥有大量珍珠宝贝，头饰精致，镶金嵌银。第七个媳妇特点：嫁妆丰盛，不仅满橱满箱，还带了小奴仆，婚礼时龙凤蜡烛照亮新房。第八个媳妇特点：讲究整洁，换下的衣服件件干净。第九个媳妇特点：擅长绣花，技艺高超，擅长在衣带头上绣花、在鞋子上绣凤。第十个媳妇特点：邋遢懒惰，脱下的罗裙散发着臭味，且洗衣服时污染了河水。其中："第四个媳妇来养蚕，日不安耽夜不眠。扳条摘叶费工夫，不要丈夫上得前。"描写了勤劳、独立的蚕娘辛勤劳作的形象。这首歌谣通过对比十个媳妇的不同特质，反映了当时社会对女性美德、才能和行为举止的多样评价标准。

---

❶ 朱贤宝、朱雪浩（民间艺人）唱，徐春雷记。徐春雷：《桐乡蚕歌》，中国文联出版社 2009 年版；祝汉明，徐春雷，褚红斌：《含山轧蚕花》，浙江摄影出版社 2014 年版。

十个媳妇

头个媳妇一盆花,开出门来就烧茶。客人不到茶先倒,檀香橄榄细芽茶。

第二个媳妇勿打扮,绫罗缎子待公婆,棉绸做衣丈夫穿,布衣布裤自己穿。

第三个媳妇真能干,能来能去要分家产。摆了七七四十九桌分家酒,不用厨师自烧菜。

第四个媳妇来养蚕,日不安耽夜不眠。掰条摘叶费工夫,不要丈夫上得前。

第五个媳妇真齐俊,蓝布短衫黑布裙,红绿鞋子高三寸,好比南山活观音。

第六个媳妇珍宝多,珍珠宝贝几升箩。阿奴头上有只珍珠夹,珍珠夹上镶金银。

第七个媳妇嫁妆多,满橱满箱嫁小奴。嫁得小奴双双拜,龙凤蜡烛照进房。

第八个媳妇真知珍❶,换脱衣裳件件新。开出门来看青天,看得青天皎皎睛。

第九个媳妇都闻名,绣花道里件件能,衣带头上绣朵花,鞋子头上绣只凤。

第十个媳妇邋遢虫,脱下罗裙臭烘烘。邋遢婆娘洗罗裙,十只桥口九只浑❷。

三、新郎职业丰富

艺术来源于生活,蚕乡有描述媳妇形象的蚕歌,自然也有描述新郎职业的蚕歌,如流行于桐乡一带的《十个姑娘嫁新郎》歌谣。

《十个姑娘嫁新郎》歌谣通过描述十个姑娘分别嫁给十个不同行业的新郎,展现了传统社会中各种手工业和农业的职业特点。大姐与木排郎:木排郎用木材建造楼房,体现木工手艺。二姐与漆匠郎:漆匠郎制作金漆马桶和红漆床,展示漆器工艺。三姐与肉店郎:肉店郎擅长烹饪猪油炒菜,突出烹饪技艺。四姐与渔船郎:渔船郎会用河虾烧鲜汤,反映渔家生活。五姐与织绸郎:织绸郎负责缫丝织绸,制作华丽衣裳,展现丝绸纺织业。六姐与染坊郎:染坊郎染出色彩鲜艳的花绸,体现染布技术。七姐与豆腐郎:豆腐郎制作豆腐并利用豆腐甘水洗衣,展现豆制品加工。八姐与竹排郎:八姐嫁给竹排郎的,利用竹排晾晒衣裳,展现了与竹制品相关的手工业。九姐与胭脂郎:胭脂郎制作胭脂花粉,用于化妆美容。十姐与种田郎:种田郎提供干柴白米

---

❶ 知珍:方言,意为惜物、仔细等。
❷ 湖州市民间文学集成办公室:《浙江省民间文学集成:湖州市歌谣、谚语卷》,浙江文艺出版社1991年。

和砻糠,象征农业生产。其中"五姐嫁给织绸郎,缫丝织绸做衣裳。六姐嫁给染坊郎,染出花绸好漂亮。"体现出蚕乡蚕桑业的发达。这首歌谣通过这些形象生动的语言描绘了传统社会中各行各业的特点及其在日常生活中的重要性。

十个姑娘嫁新郎

小喜鹊,做新房,十个姑娘嫁新郎。
大姐嫁给木排郎,撑叠木排造楼房。
二姐嫁给漆匠郎,金漆马桶红漆床。
三姐嫁给肉店郎,猪油炒菜油汪汪。
四姐嫁给渔船郎,长脚弯转❶烧鲜汤。
五姐嫁给织绸郎,缫丝织绸做衣裳。
六姐嫁给染坊郎,染出花绸好漂亮。
七姐嫁给豆腐郎,豆腐甘水❷洗衣裳。
八姐嫁给竹排郎,撑叠竹排晾衣裳。
九姐嫁给胭脂郎,胭脂花粉由你妆。
十姐嫁给种田郎,干柴白米燥砻糠❸。

---

❶ 弯转:河虾。
❷ 豆腐甘水:压制豆腐、豆腐干时流出的水。
❸ 朱美玲唱,徐春雷记。徐春雷:《桐乡蚕歌》,中国文联出版社 2009 年版。

第四节
新媳妇过门后——美好祝愿

一、新媳妇看花蚕

在旧时蚕乡，新媳妇嫁过门后，通常要独立饲养一张春蚕种，以展示其养蚕技艺，俗称"看花蚕"[1]。关于看花蚕的来源还有个民间故事，如下文所示：

> 外乡的新娘子嫁入浙江蚕乡，因她不会育蚕技艺，便向嫂子讨教，但嫂子嫉妒心重，故意教她将蚕籽撒在沸水里漂，结果入水的蚕籽全都被烫死了，只有被她手指捏牢的一粒蚕籽幸存。新娘子像爱护自己的孩子一样精心呵护和喂养这粒蚕籽，将其养成了"皇子宝宝"。嫂子见了自然气愤得不得了，趁弟媳不在，用钗子将"皇子宝宝"戳死。但让她万万没想到的是，一夜之间，左邻右舍的蚕宝宝都赶来吊唁。嫂子蚕房中空无一蚕，新娘子的蚕室却密密麻麻结满了茧子[2]。此后，蚕娘之间真诚传授育蚕技艺，花蚕收成一年比一年好。

"看花蚕"不仅是新娘子养蚕技艺的表现，也预示着婆家的蚕事丰收及家庭兴旺，新媳妇看蚕花的好坏也决定了自己今后在婆家的口碑和地位。因此，新媳妇过门后会全力以赴，一心一意饲养蚕宝宝，辛勤而忙碌，甚至忙得连新郎都顾不上理睬，心生歉意。《养蚕山歌》歌谣正是对这一民俗事项的勾勒[3]。

---

[1] 潘桂绣，刘茜：《嘉兴蚕桑民俗文化及其形成渊源》，《青年文学家》，2015 年第 18 期，第 172 到 173 页。
[2] 《看花蚕》传说与《龙蚕》传说大致相同，均来源唐代段式成《酉阳杂俎》。但《看花蚕》传说中加入了望蚕讯的风俗。
[3] 陈永昊，余连祥，张传峰：《中国丝绸文化》，浙江摄影出版社 1995 年版。

《养蚕山歌》是关于蚕桑生活的歌谣,生动地描绘了养蚕过程中姐姐的辛勤劳作以及对蚕桑丰收的期盼,同时也表达了对丈夫(郎)思念的情感。主要内容主要有六个方面。①蚕种孵化与初期护理。谷雨时节,蚕宝宝开始孵化,"新来蚕子绿油油",姐姐细心地将它们放在胸前孵化。几天后蚕宝宝出壳,姐姐用鹅毛轻轻掸动收集蚕宝宝。②共同劳作。姐姐负责养蚕,而郎君则在外种田,两人各自忙碌,期待丰收。随着东南风的吹拂,姐姐在房中忙着照顾蚕宝宝成长。③担忧与期盼。尽管今年蚕宝宝出得整齐,但姐姐仍担心桑叶的价格和供应情况。天气干旱导致桑叶小,这给养蚕带来了困难,但希望蚕能长出白发(成熟),丝价高。④辛苦的养蚕生活。姐姐日夜操劳,无暇梳妆打扮,甚至脱下花鞋踏板头,在蚕房里过夜。养蚕期间,叶少蚕多,姐姐几乎没有休息时间,郎君也因看守桑叶无法帮忙。⑤村中的繁忙景象。整个村庄家家户户都忙于养蚕,麦田抽穗,一片繁忙景象。养蚕的工作占据了一切,使得姐姐没有时间去找郎君。⑥情感表达。尽管姐姐暂时忽略了个人形象和对郎君的思念,但她期待茧出售之后重新打扮自己等待郎君归来。这首歌谣通过细致入微的描写,展现了传统社会中养蚕女性的辛勤劳动、对丰收的期盼以及对家庭和爱情的忠贞。

养蚕山歌

谷雨三朝蚕白头,姐姐要把蚕花收,新来蚕子绿油油,放勒蚕娘胸前头。
三头两日蚕子出,鹅毛掸动姐姐收,姐养花蚕郎种田,田熟蚕多喜丰收。
东南风吹快如梭,姐在房中蚕花收。今年花蚕出得齐,不知桑叶价如何?
才收蚕花心担忧,天旱叶小没奈何,蚕出白发丝价高,眼望花蚕做眠头。
姐勒窗下做眠头,郎勒外头垒田头,开口轻轻问蚕妹,不知花蚕几眠头?
姐养花蚕心里愁,朝朝夜夜勿梳头,四月里养蚕多辛苦,花鞋脱勒踏板头。
姐养花蚕忙勿休,梳妆打扮丢脑后,夜里住在蚕房里,郎君寒暖自担忧。
姐养花蚕勿歇手,叶少蚕多叶怕偷,郎看桑叶在田头,姐姐养蚕少帮手。
李花白,菜花黄,村村巷巷养蚕忙,麦田中,抽穗起,忙了花蚕丢了郎。
养蚕多,采桑忙,哪有工夫找我郎,红粉勿擦花勿戴,无心穿着巧梳妆。
头勿梳,花勿戴,养了花蚕丢落郎,等得几日茧出售,重新打扮待我郎[1]

---

[1] 金煦:《中国民俗大系:江苏民俗》,甘肃人民出版社2003年版。部分歌词又见陈永昊、余连祥、张传峰:《中国丝绸文化》,浙江摄影出版社1995年版;林锡旦:《太湖蚕俗》,苏州大学出版社2006年版。

在浙江蚕乡，所谓"看蚕好来真的好"，即蚕农祈盼蚕茧丰收，其收成是家庭经济收入的主要来源，现在每逢蚕事，仍习惯说："看花蚕"，以寓意吉祥。

二、老岳父"望蚕讯"

女儿嫁到夫家后，其父母最关心的就是女儿的第一次养蚕的成果，担心女儿若养不好蚕会遭人嘲笑。在浙江蚕乡，每逢蚕月，便有"关蚕门"之俗，为的是使蚕娘专心养蚕，蚕宝宝安静成长，待到蚕罢"开蚕门"时，女方父母都会提着早已准备好的礼物前来探望，即为"望蚕讯"。关于望蚕讯，民间流传着这样的故事，如下文所示：

> 相传在很早以前，村上有个名叫阿三的老汉，早先死了妻子，留下一个儿子，日子过得十分凄凉。他看到村里家家养蚕、做丝，唯独自己家里因为没有女人，没养蚕宝宝，心里急得直发痒。
>
> 日盼夜等，好不容易待到儿子娶媳妇。谁知新媳妇在娘家不曾养过蚕。老汉心里凉了半截。可新媳妇却信心十足，对老汉说："阿爹，我们也看几张蚕宝宝吧！不会可以向人家学。"就这样，老汉家也试着养起蚕宝宝来。
>
> 新媳妇是个勤快、乖巧的人。看人家采叶她也采，见别人喂蚕她也喂，不知不觉已到了蚕宝宝上蔟的时候，老汉左邻右舍走了一圈，看自家的蚕宝宝长得跟别家的一般大小，心里也踏实了。新媳妇学着别人家的做法，给蚕宝宝上了蔟，并将蚕房的大小门窗全部关紧，再用纸将门缝糊得密不通风。
>
> 真是巧了，刚上蔟的第二天，新媳妇的父亲来看女儿。老汉迎着客人说："亲家公，难得来，屋里坐！"亲家递上礼物，说道："听说女婿家养春蚕，我特地来打听一下蚕讯。"阿三一听就知道亲家是来打探养蚕情况的，不由喜形于色，忙让媳妇做饭，自己则上街买酒去了。
>
> 新媳妇娘家过去没养过蚕，亲家公未见过蚕的模样。他趁女儿在灶间忙碌，独自来到蚕房，打开边窗，看了个仔细，临转身时，忘了将窗门关上。直到傍晚，阿三送走亲家，从蚕房前走过，才发现边窗开着。老汉料定蚕宝宝被风吹了一天，气得有口难言，心中闷闷不乐，但也没有办法。
>
> 待到采茧那天，老汉打开蚕房门窗一看，只见蚕蔟上一片雪白，茧子又大又结实，比左邻右舍人家都好。人们都说："阿三老汉家蚕花丰收，准是跟他亲家望

蚕讯有关。"从此以后,望蚕讯的风俗习惯便传开了❶。

望山头

枇杷梨子灰鸭蛋,
蹄子鳓鲞装一篮,
软糕包子长寿面,
去望山头挑一担❷。

望蚕讯

秧凳笠帽拔秧伞,
枇杷梨子灰鸭蛋,
黄鱼鲜肉鳓鲞篮,
软糕包子挑一担❸。

  值得一提的是,老岳父前去望蚕讯,会带来礼物,这些礼物为枇杷、软糕、灰鸭蛋、秧凳、拔秧伞等。这些物品其实是女儿的嫁妆之一,但由于谐音的原因,茹秧凳——"殃钝";秧伞——"养散",不吉利。所以这些陪嫁品是不在出嫁时带走的,而是在女儿出嫁后望蚕讯时送去,既能派上用场,也寓意吉祥如意。

  看花蚕、望蚕讯习俗体现了蚕乡民众对蚕桑劳作的重视,蚕户家中蚕宝宝养得好不好,跟蚕娘的技艺有着直接的关系,所以,新娘子一过门就要勤劳地操持这一技艺,以确保家庭的主要经济收入的稳定。

---

❶ 陆殿奎:《浙江省民间文学集成:嘉兴市故事卷》,浙江文艺出版社1991年版。
❷ 朱惠金(女)唱,徐春雷记。"望山头"即"望蚕讯"。徐春雷:《桐乡蚕歌》,中国文联出版社2009年版。
❸ 陈泰声唱,徐春雷记。徐春雷:《桐乡蚕歌》,中国文联出版社2009年版。

第五节
蚕农特色陪嫁——寓意吉祥

一、丝绵被及织锦被面体现蚕丝产量丰厚

桐乡一带在请期（又称准日）时，女方家需准备糕盒及"合和"一座，在座下放置一块红绸，以红绸包裹好回赠给男方家，庚帖同置于包裹之中；婚期定下后，男方家还需要带一定数量的丝绵送至女方家，女方家会将此丝绵翻入被子中，待结婚之日再送至男方家，随送所有嫁妆。从丝绸包裹、丝绵赠送的习俗，亦可看出蚕乡人的劳动成果在现实生活中的广泛应用及对蚕丝制品的爱惜之情。

在中国婚俗中，女儿出嫁的嫁妆中都会有被子，但大多地区都是棉花被，而浙江蚕农家的嫁妆则统一为蚕丝被，还将翻好的丝绵中绷上红色绵兜，寓意吉祥喜庆。色彩绚丽夺目的织锦被面也格外具有蚕乡特色，这些被子及被面在结婚当日需"铺行嫁"，即需在女方家陈列，供亲友观瞻。被子的数量非常多，且为双数，如28床、38床、48床、68床。婚被中的丝绸织锦被面多绣鸳鸯戏水图案，以红、绿、黄为主色调。除此之外，丝绸绣花枕头也充满了喜庆色彩，多为蚕家女自己缝绣而成，图案多为鸳鸯戏水、麒麟送子等。

色彩鲜艳的丝绸织锦被面（图3-8）增强了婚礼的喜庆氛围，也展示了蚕桑劳作成果及蚕乡生活的富足。现今多以棉制被套（图3-9）替代，但仍以蚕丝为被里。过去，民间印染绸缎十分流行。图3-10所示为洲泉镇中市南桥墩西的一位染坊业主钟金坤正在整理准备用于印染的绸缎坯布。然而，如今这样的传统场景已很少见，已被现代工业的精确印染技术所取代。即便如此，老一辈人传承下来的民间智慧仍然闪耀着光芒，值得我们铭记与传承。

图3-8 精美的丝制品,中国江南蚕俗文化博物馆收藏,张根荣摄影

图3-9 新房中的陪嫁蚕丝被,凌冬梅摄影

图3-10 桐乡市洲泉镇中市南桥墩西民间染坊业主钟金坤正在整理将要印染的绸缎坯布,张根荣摄影

二、丰富的蚕丝织品体现丝织技艺之娴熟

浙江蚕乡蚕丝织品丰富多彩,以绸为多。闻名遐迩的濮院镇"濮绸"柔韧细滑,在婚服(图3-11)中应用广泛,濮院镇也因濮绸的精美而闻名于世。清代《郧西竹枝词》记载"……织成广幅生丝绢,还数嘉禾濮院绸"。元代《嘉禾志》中记载了濮院绸从织造到染色的全过程,且根据织造用料的不同将其分为丝绸、绵绸、线绸。绵绸推广最为普遍,濮院绵绸较纱结实,新塍绵绸光洁柔顺,王店绵绸耐用坚实,乌镇绵绸"薄如纸,净如玉",形成一方特色。

(a)上衣 　　　　　　　　　　　　　(b)裤子

图 3-11　清末濮绸婚服，桐乡市博物馆收藏

除绸外，浙江蚕乡嘉兴在元代已经生产绫，明代有"嘉绫"之称。据《至元嘉禾志》记载，元代时，嘉兴境内已生产素、花两种纱。而清代时，嘉兴织绉技术由湖州引进而来，以濮院为盛。宋元时期已生产绢，历史上嘉兴画绢最佳，明代王店褚绢有"甲天下"之美称。另外，丝织品还有罗、缎、葛、锦等。

丝绸绣花鞋（图3-12）在明清时的浙江非常流行，不同年龄段的女子都穿。新娘子所穿绣花鞋多刺绣吉祥纹样，如"福寿齐眉""梅兰竹菊""玉堂富贵"等。其中"福寿齐眉"被称为"踏糕鞋"，是新郎娶亲时放在糕上的一双鞋子，此婚鞋取"蒸蒸日上"之意，多绣以蝙蝠、梅花、双桃、芙蓉、茉莉等吉祥纹样。

香包（图3-13），又称香袋、荷包或历本袋，是中国传统手工艺品，蕴含丰富的民俗文化。它是一种传承千年的民间刺绣工艺，体现了当地的生活习俗、信仰文化和审美情趣。在江南水乡洲泉，旧时对这一风俗尤为重视：认为孩子若戴上香包，便能避凶化吉，百无禁忌。

图 3-12　民国后期绣花婚鞋，桐乡市博物馆收藏 　　　图 3-13　夜明村老人绣香包情景，张根荣摄影

三、蚕乡特有陪嫁品体现蚕桑生产重要性

（一）一雄一雌两只鸡——美好祝愿

旧时的浙江蚕乡，女儿的陪嫁品中必有一雄一雌两只鸡，即"蚕花鸡"。取鸡时喜娘吟唱《蚕花鸡》。既是对新郎新娘的爱情祝愿，也预示新娘将来能养出龙蚕，蚕蛹化蝶似凤，配对后多产卵多生小蚕。表达了新婚夫妻祈求蚕茧丰收的殷切希望及对美好生活的向往之情。

《蚕花鸡》通过象征意义，表达了对婚姻的美好祝福以及对勤劳致富、家庭和谐的期望。内容包括三个方面。①蚕花鸡的形象。"蚕花鸡一对配成双"象征着新婚夫妻恩爱和睦，进入洞房开始新的生活。"蚕花鸡冠红又红"寓意夫妻之间的恩爱甜蜜，生活充满喜悦和幸福。②勤劳与节俭。"蚕花鸡嘴尖又尖"象征着丈夫勤奋工作，妻子勤俭持家，共同努力将土地变成财富，过上富足的生活。③丰收与吉祥。"蚕花鸡，黄又黄"预示着养殖的龙蚕粗壮健康，能够吐丝结成龙茧。"龙茧回春飞凤凰"则是对丰收后美好生活的描绘，象征着家庭兴旺发达，事业蒸蒸日上。该歌谣不仅体现了传统社会中人们对美满婚姻和富裕生活的向往，还反映了农业社会中以蚕桑业为代表的生产活动的重要性及其文化价值。

> **蚕花鸡**
>
> 蚕花鸡一对配成双，夫妻双双进洞房。蚕花鸡冠红又红，夫妻恩爱乐融融。蚕花鸡嘴尖又尖，夫勤妻俭土变金。蚕花鸡，黄又黄，养格龙蚕粗又壮，龙蚕吐丝结龙茧，龙茧回春飞凤凰❶。

（二）蚕桑劳作陪嫁品——寓意吉祥

浙江蚕乡的嫁妆中，除了数量颇丰的蚕丝被、绣花枕头等，另有一些与蚕桑劳作相关的陪嫁品（图3-14、图3-15），独具特色。这些蚕桑劳作物件上还要系上一绺红丝绵，寓意吉祥。如桑树或万年青：两棵桑树或万年青；蚕火：即蚕室内用的灯架子；发篓、淘箩、蚕花匾：盛放桑叶及蚕的容器，染红寓意吉祥；火钳：夹木炭用的钳子，有红红火火之意，象征"蚕花火"；绵叉杆：打棉线用具；蚕花竹：是一对带

---

❶ 陈富良（农民）唱，徐春雷记。徐春雷：《桐乡蚕歌》，中国文联出版社2009年版。

根的竹子,也有以甘蔗等替代的,寓意新娘将来在婆家养蚕收成像竹子一样节节高,祝愿生活美好、甜蜜、多子多孙,体现了蚕农对美好生活的期盼。喜娘在取竹子时需吟唱《蚕花竹》。

图3-14 陪嫁三件宝,海宁市周王庙镇云龙村村委会提供

图3-15 陪嫁万年青,凌冬梅摄影

《蚕花竹》歌谣以蚕花竹为象征,寓意着新婚夫妻的美好未来和家族的兴旺。内容包括六个方面。①象征意义。"蚕花竹长又长,新郎新娘配鸳鸯",描绘了新婚夫妇如同生长旺盛的蚕花竹一般,预示他们的婚姻会长久美满。②和谐亲密。"蚕花竹枝叶茂,新郎新娘头碰头",通过蚕花竹枝叶繁茂的形象,比喻新人之间的亲密无间,生活充满活力与生机。③甜蜜生活。"蚕花竹捐得平,新人生活似蜜甜",表示如果蚕花竹能够平衡地生长,那么新婚夫妇的生活也会像蜂蜜一样甜美。④坚韧忠诚。"蚕花竹坚又挺,新郎新娘亲又亲",强调蚕花竹的坚韧挺拔,象征着新婚夫妻对彼此的忠诚和支持。⑤家庭兴旺。"蚕花竹节节高,一年生下胖宝宝",表达了对未来家庭不断繁荣发展的期望,希望新婚夫妇能尽快生育健康可爱的子女。⑥家庭繁衍。"蚕花竹种得深,多根多笋多子孙",进一步强调了家庭繁衍的重要性,寓意着家族会像竹子一样根深叶茂,子孙众多。这首歌谣不仅展现了传统社会中人们对婚姻生活的美好祝愿,还反映了农业社会对于家族延续和繁荣的重视。

蚕花竹

蚕花竹长又长,新郎新娘配鸳鸯。

> 蚕花竹枝叶茂,新郎新娘头碰头。
> 蚕花竹掮得平,新人生活似蜜甜。
> 蚕花竹坚又挺,新郎新娘亲又亲。
> 蚕花竹节节高,一年生下胖宝宝。
> 蚕花竹种得深,多根多笋多子孙[1]。

浙江蚕农嫁女,不但要备足以上蚕桑劳作所需用具,还要提前传授养蚕和丝织技艺,这成为蚕乡闺训的主要内容。在嫁妆中,以上蚕桑劳作物件一应俱全,也蕴含了女方家对女儿今后用勤劳的双手和蚕桑劳作技艺创造幸福生活的期待。

---

[1] 陈富良(农民)唱,徐春雷记。徐春雷:《桐乡蚕歌》,中国文联出版社2009年版。

第四章

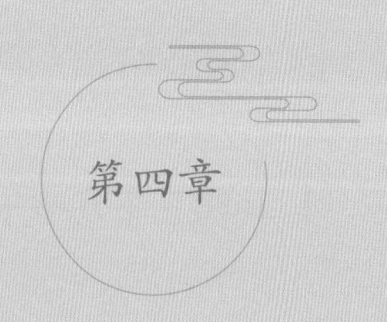

民间信仰——虔诚崇拜

第一节
马鸣王下凡来——蚕神传说

"马鸣王"即"马头娘",又称"蚕姑",是旧时浙江蚕乡崇拜的蚕神。可见东晋海盐人干宝《搜神记》中记载,如下文所示:

旧说,太古之时,有大人远征,家无余人,唯有一女。牝马一匹,女亲养之。穷居幽处,思念其父,乃戏马曰:"尔能为我迎得父还,吾将嫁汝。"马既承此言,乃绝缰而去,径至父所。父见马惊喜,因取而乘之。马望所自来,悲鸣不已。父曰:"此马无事如此,我家得无有故乎?"亟乘以归。为畜生有非常之情,故厚加刍养。马不肯食。每见女出入,辄喜怒奋击。如此非一。父怪之,密以问女。女具以告父,必为是故。父曰:"勿言,恐辱家门。且莫出入。"于是伏弩射杀之,暴皮于庭。父行,女与邻女于皮所戏,以足蹙之曰:"汝是畜生,而欲取人为妇耶!招此屠剥,如何自苦?"言未及竟,马皮蹶然而起,卷女以行。邻女忙怕,不敢救之。走告其父。父还,求索,已出失之。后经数日,得于大树枝间女及马皮,尽化为蚕,而绩于树上。其茧纶理厚大,异于常蚕。邻妇取而养之,其收数倍。因名其树曰"桑"。桑者,丧也。由斯百姓竞种之,今是所养是也❶。

而下述故事在浙江蚕乡民间流传甚广,其故事情节也较《搜神记》中所述更为细腻,千百年来,流传至今。

那是很久以前的事了。一户人家,男人到很远的地方去做生意。妻子已经去世,只留下一个小姑娘,喂着一匹白马。

小姑娘独自待在家中,感到十分寂寞。她一心希望父亲能早日归来。然而,从花开等到花落,从月圆盼到月缺,父亲依旧没有回来。小姑娘心里烦躁不安,便摸着白

---

❶〔晋〕干宝,汪绍楹校注,《搜神记》,中华书局 1979 年版。

马的耳朵开玩笑地说:"马儿啊马儿,如果你能把父亲接回家,我就嫁给你为妻。"

谁知白马听罢小姑娘的话,居然点了点头,仰天长嘶一声,挣断缰绳,飞奔而去。

那天,小姑娘的父亲刚做完一笔生意,心情正愉悦。忽然看见家中的白马疾驰而来,浑身是汗,气喘吁吁,猛然一口咬住他的衣襟,拼命往回拽。他心中一惊,以为家里定是出了大事,慌忙翻身上马,朝家中疾驰而去。一路奔波,终于赶回家中,却见小姑娘正笑盈盈地站在门口迎接。一问之下,家中竟安然无事,这才松了口气。

然而,从那以后,每当白马见到小姑娘,总会兴奋地嘶鸣,挣扎着跑到她身边,不肯离去。小姑娘见白马如此聪慧,甚是喜爱;可再一想,人怎能与马结为夫妻?不禁忧心忡忡起来。她的心犹如十五只吊桶打水——七上八下,始终拿不定主意,渐渐消瘦下去。当父亲得知女儿曾许下的诺言后,心想,这该如何是好呢?总不能把女儿嫁给一匹马吧?若是传扬出去,岂不让人笑话!于是,趁着小姑娘不在家,狠下心来,一箭将白马射死,剥下马皮,晾在院子里。小姑娘回到家后,看到院子里挂着一张白马皮,顿时明白发生了什么,连忙跑过去抚摸马皮,泪如雨下。突然,马皮从竹竿上滑落,正好裹住了姑娘。院子里瞬间刮起一阵旋风,马皮紧紧裹着姑娘,随着旋风旋转,不一会儿便冲出了门外。等她父亲和村民们赶来寻找时,早已不见踪影。

几天之后,人们在树林里发现了那位姑娘。只见雪白的马皮紧紧地贴在她身上,她的头已经变成了马头的模样,正趴在树上扭动着身体,嘴里不停地吐出闪亮的细丝,将自己缠绕起来。从那以后,世界上多了一种东西。因为它总是用丝把自己缠住,所以大家把它叫作"蚕";又因为它是在树上失去生命的,所以那种树被叫作"桑"(蚕与缠谐音,桑与丧谐音)。后来,人们都尊称那位小姑娘为"马头娘"❶。不过,杭嘉湖地区的人们更喜欢称她为"蚕花娘娘"。每年养蚕时节,大家都会祭拜蚕花娘娘❷。

以上所述是浙江蚕乡民间流传的蚕神诞生的典型内容,作为普通平民百姓,用最自然的男女之爱来解释"桑、蚕、女、丝",体现了一种美好的心意与愿望,蚕马故事也就成为民间流传的蚕桑文化的核心内容。

清光绪《嘉兴府志》记载:"蚕神俗称曰蚕姑……一姑把蚕则叶贱;二姑把蚕则叶贵;三姑把蚕则候贱候贵。"清代嘉兴蚕农把蚕祭当成大事,当地有些佛寺有蚕神

---

❶ 有的地方叫"马明王菩萨",亦多写成"马鸣王菩萨"。
❷ 陆殿奎:《浙江省民间文学集成:嘉兴市故事卷》,浙江文艺出版社1991年版。

塑像。清代李兆镕《蚕妇诗》云："村南少妇理新妆，女伴相携过上方。要卜今年蚕事好，来朝先祭马头娘。"

《嘉兴府志》记载："农桑皆肇五帝之世，炎帝始教农，故号神农氏，蜡祭始焉。神农氏世衰，黄帝轩辕氏代兴，内传曰黄帝伐蚩尤，蚕神献丝，乃称织纴之功，桑神其始此乎。黄帝正妃西陵氏是为嫘祖，两汉祀先蚕菀窳妇人、寓氏公主二神，亦未详其由……传记高辛之世，有马皮卷女飞栖桑树，女化为蚕，食叶吐丝成茧，乃塑女子像，披马皮为之马头娘，民间私祀已久"。《丝绸史研究》记载："蚕与马同气，故蚕月禁杀马"，《唐月令注》谓"先蚕为天马"，《协津辩方书》亦谓"天马为丛神，为掌蚕命之神"。以时间论，或曰蚕丛，或谓高辛，乃叙远古时代最初的蚕事。

《马鸣王化龙蚕》❶是浙江蚕乡最具代表性的长篇蚕歌，其内容包括歌头、求救、赖婚、化蚕、分蚕、传艺、准备、饲蚕、采茧、歌尾十个部分。其内容历史悠久，且在蚕乡广为流传，充分体现了蚕农的质朴及蚕神崇拜（图4-1～图4-7）。

图4-1　海宁市云龙村民间蚕歌手徐国强唱《马鸣王》，刘文摄影

图4-2　马鸣王菩萨，桐乡市非物质文化遗产保护中心提供

---

❶ 李德荣、朱贤宝、庄聚源、吴桂洲（均为神歌艺人）唱，徐春雷记。徐春雷：《桐乡蚕歌》，中国文联出版社2009年版。

图 4-3 海宁市的"蚕花五圣",云龙村村委会提供

（a）王钱松先生正在展示其皮影作品

（b）平铺在宣纸上的皮影作品《马鸣王》

图 4-4 王钱松❶先生展示其皮影作品《马鸣王》,刘文摄影

图 4-5 迎蚕神队伍,张根荣摄影

图 4-6 摆放祭品,张根荣摄影

图 4-7 海宁市云龙村的蚕神石像,刘文摄影

一、歌头

《歌头》描绘了一个庄重而神圣的祭祀场景,表达了浙江蚕农对蚕神的敬仰与祈愿。具体描述了祭祀过程中的场景和氛围（图4-8～图4-11）,最具蚕乡特色的是"坛前不奉众神仙,单赞马鸣王菩萨化龙蚕"。可见,蚕乡信仰的独特性,这与其久远的蚕桑经济与文化有着直接的联系。

其内容包括两个部分:

第一部分为祭祀场景描述。香烟缭绕,烛光辉煌:香烟从炉中升起,穿透云端,象征着人间的祈愿直达天庭。银烛光辉映照,彩莲绽放,营造出一种庄严而隆重的氛

---

❶ 王钱松（1934—2013年）,海宁人,国家级非物质文化遗产保护项目海宁皮影戏代表性传承人,享有"世界民间艺术大师"美誉。

图4-8 祀先蚕图,清·杨屾《豳风广义》 　　图4-9 祭蚕神,李渭钫摄影 　　图4-10 蚕神落座,张根荣摄影

(a)祭拜蚕神场景1　　(b)祭拜蚕神场景2

图4-11 祭拜蚕神场景,张根荣摄影

围。最后特别提到不奉众神仙,而是单赞马鸣王菩萨化为龙蚕的功德。

第二部分为文化背景与宗教信仰及对神灵的敬仰。江南地区自古以来就有深厚的祭祀文化,通过祭祀活动表达对自然和神灵的敬畏之心。①马鸣王菩萨的特殊地位。马鸣王菩萨因救父化身为蚕神,受到养蚕人家的特别崇拜,被视为保佑蚕桑丰收的重要神灵。②祈愿丰收与平安。这些祭祀活动不仅是为了感恩神灵的庇护,更是为了祈求来年蚕桑丰收、家庭平安幸福。

总之,《歌头》章节生动地描绘了一个充满敬意和祈愿的祭祀场景,展示了人们对马鸣王菩萨的深厚信仰和对美好生活的向往。通过这样的仪式,人们希望获得神灵的庇佑,确保家族繁荣昌盛,生活幸福美满。

歌头

香烟炉内透云端，银烛辉煌结彩莲。主东君❶，待神天，致意发心间。
先请符官❷登祭桌，拈香叩请拜神天。万灵登宝位，众神把杯欢，
左右分宾宽袍坐，笙箫细乐画堂前。歌言今古重重赞，神也欢来佛也欢，
坛前不奉众神仙，单赞马鸣王菩萨化龙蚕。

二、求救

《求救》继续讲述了马鸣王菩萨的传说，具体描述了陈百万一家的遭遇和白马的英勇行为。陈公落难，其夫人许诺："谁人救得亲夫转，愿将三姐结良缘""白马闻知得，跳出马棚间，三声吼嘶登程去，随云知路一般然。马到军中蹄作法，踢死番兵万万千。不管兵多共将官，救出家主转家园"。情节曲折动人，主人公白马神力呈现，为后续故事作好铺垫。

其内容包括两个部分：

第一部分为故事情节发展。①陈百万家的情况。陈百万家住婺州府东阳县（今东阳市）五台南的小姑村，家中富裕，有田园。陈百万有三个女儿，大姐瑞仙、二姐凤仙和三姐翠仙。大姐和二姐都已婚配，只有三姐翠仙尚未出嫁。②西番国入侵与逃难。西番国点将夺山川，婺州百姓遇磨难，四处强人作乱。陈百万为躲避灾祸，带着家人逃到江南，乘舟渡过洞庭川，最终在杭州一枝庵停船。在茅家埠口隔山南找到一所茅草屋居住，吃辛吃苦度过了几年荒年。③陈百万重新致富。几年后，陈百万家财万万千，但心中总有一事不安——婺州府东阳县的账目未清。张家借银三百两，李家共借一千两，城西字号店和城东隆兴当也有大量借款。听闻西番收兵后，陈百万派短工开账船返回婺州讨账。④再次遭遇战乱。刚回到婺州，西番再次兴兵夺取中原，攻破婺州府，直入东阳县。蛮兵四处横行，摇旗呐喊，闹得满城沸反盈天。陈百万被困在东阳。⑤翠仙许愿。翠仙的母亲（院君）得知丈夫被困，心急如焚，拈香拜天，许愿谁能救回丈夫，愿将三女翠仙配与他为妻。⑥白马显灵。白马闻知此事，跳出马棚，三声吼嘶，随云而行，前往军中救主。白马踢死无数番兵，无视敌多将广，成功

---

❶ 主东君：指主人。
❷ 符官：指负责邀神的联络官。

救出陈百万，带他安全返回家园。

第二部分为文化背景与宗教信仰。①对神灵的敬仰。这段故事反映了古代人们对神灵和英雄的敬仰，尤其是对能够解救危难的白马（后来化身为马鸣王菩萨）的崇拜。②祈愿与承诺。翠仙母亲许愿的故事展示了人们在困境中通过祈愿和承诺寻求帮助的传统方式。③家庭价值观。故事强调了家庭的团结和责任感，尤其是在面对困难时，家人之间的相互支持和牺牲精神。

总之，《求救》章节不仅丰富了马鸣王菩萨的传说，还展现了陈百万一家在动荡时期的艰辛历程和最终的解脱。白马的英勇行为和翠仙母亲的许愿，进一步加深了马鸣王菩萨作为保护神的形象，体现了人们对其庇护和保佑的信仰。

求救

婺州❶府，东阳县，家住五台南。小姑村中来居住，家豪富贵有田园。
爹爹陈百万，刘氏母亲称。一母所生三个女，眉清目秀貌端正。
瑞仙姑娘为大姐，二姐名字称凤仙，三姐姑娘陈翠仙，和同姐妹合家欢。
大姐姐，配夫官，二姐结良缘，单有三姐年纪小，未曾出帖配夫君。
正遇西番国，点将夺山川，婺州百姓遇磨难，四处强人来作乱。
爹爹思想无摆布❷，逃灾躲难到江南，乘舟渡过洞庭川，逃到杭州心就宽。
一枝庵，就停船，耽搁有三天。央中作保寻寓所，毛家埠口隔山南，
有所茅草屋，三个直头间，将将就就来居住，吃辛吃苦度荒年。
苦度时光三五载，陈公家财万万千。陈公富贵喜心欢，总登账目心不安。
婺州府，东阳县，账目未清完。张家借银三百两，李家共借一千宽。
城西字号店，不成算利钱；城东有爿隆兴当，共借一万有三千。
闻得西番收兵去，万物皆丰百姓安。连唤短工开账船，顺风一路箭离弦。
到婺州，讨账完，耽搁隆兴当。西番返复又兴兵，点将开兵夺中原。
破之婺州府，抢进东阳县。四处蛮兵来往，摇旗呐喊闹翻天。
陈公回到婺州地，鱼到网内一般然。院君❸闻知吃一惊，夫陷东阳心也酸。
拈香拜，先苍天，口内说连连：谁人救得亲夫转，愿将三姐结良缘。

---

❶ 婺州：金华的旧称。
❷ 无摆布：无主意。
❸ 院君：指主人的夫人。

> 白马闻知得，跳出马棚间，三声吼嘶登程去，随云知路一般然。
> 马到军中蹄作法，踢死番兵万万千。不管兵多共将官，救出家主转家园。

三、赖婚

《赖婚》章节描述了故事的悲剧性转折，涉及陈百万一家对白马的背叛以及由此引发的后果。描写了得救后的一家人却因为白马不是人类而打算悔婚并且杀了白马，这一家的小女儿也因此去世的故事，体现了陈公以怨报德、背信弃义，同时也体现了对于小女儿惨死，葬在南山桑树园的同情悲悯。其内容包括两个部分：

第一部分为故事情节发展。①陈百万归家与妻欢庆。陈百万被白马救回后，与妻子欢庆，共同祷告感谢神天。②三姐长大，清明出行。光阴似箭，三姐翠仙已经长大。清明时节，三姐出门经过马棚时，白马开口吐人言，质问当初许下的婚约为何未兑现。③陈百万怒斩白马。听到白马的话语，陈百万大怒，认为人与马不能相连，斥骂白马大胆，并将其斩杀，马皮挂在屋檐前。④马皮作法与三姐之死。马皮作法，一阵狂风将其吹起，裹住三姐翠仙。三姐因此患上绝症，最终不幸去世。家人为其请僧超度并殡葬，葬在南山桑树园。

第二部分为文化背景与宗教信仰。①人与动物的关系。故事中白马被视为异类，尽管它救了陈百万一家，但因人与马不能相连而被斩杀，反映了古代社会对人与动物关系的传统观念。②因果报应。三姐之死可视为对陈百万一家违背承诺的惩罚，体现了因果报应的思想。③宗教仪式与超度。三姐去世后，家人请僧超度，体现了古代人们对人死后世界的信仰和对逝者的尊重。

总之，《赖婚》章节通过讲述三姐翠仙的悲剧命运，进一步丰富了马鸣王菩萨传说的情节，强调了诚信的重要性，同时也展示了古代社会对人与动物关系的认识和宗教信仰的深厚影响。充满了古代民间故事中的神秘色彩和超自然元素，反映了当时人们对命运、超自然现象的看法以及对死亡的态度。

赖婚

> 夫回转，妻也欢，祷告谢神天。古说光阴如箭快，三姐长大在房前。
> 正遇清明节，三姐出房门，打从马棚来行过，马儿开口吐人言：
> "当初许我成亲事，因何还未结良缘。"陈公听说怒冲天，喝骂孽畜太大胆。

> 人与马，不相连，怎好配良缘，陈公骂，勿相干，带出马棚间，
> 就将白马来斩杀，马皮挂在屋檐前。马皮能作法，空中打秋千，
> 三姐出厅来观看，见了马皮心也呆。一阵狂风来吹起，飞来裹住女婵娟。
> 三姐姐，苦黄莲，命犯恶星缠。判官执掌勾人簿，丧门吊客❶又来缠。
> 三姐逢绝症，一命赴黄泉。请僧超度来殡葬，葬在南山桑树园。

四、化蚕

《化蚕》章节讲述了三姐去世后发生的神奇故事，道教神仙太乙天尊了解此事之后帮助三姐化为龙蚕的故事，着重描写了太乙天尊作法的过程以及各种蚕的样貌和生长的过程细节，表现出了劳动人民对于蚕桑农事的精通。

其内容包括两个部分：

第一部分为故事情节发展。①太乙天尊度化三姐。太乙天尊闻知三姐翠仙的遭遇后，迅速下凡来到南山桑树园。他通过诵灵文、念真经，施展妙法，打开棺木，见到三姐的遗体。太乙天尊施法，使三姐化作无数龙蚕，引上青桑树吃桑叶。②龙蚕的种类与生长过程。"花蚕"：身上有花斑的蚕。"白皮蚕"：白色的蚕。"多丝种"：产丝量较多的蚕种。"石小罐"：一种土种蚕的名称。"灰体灰塔桑蚕"：灰色体型的桑蚕。"三眠子"：由于温度关系发育较快，只眠三次就结茧的蚕。"头蚕（春蚕）、二蚕（夏蚕）、三蚕（早秋蚕）、四蚕（晚秋蚕）、五蚕（桂花蚕）"：分别指不同季节的蚕。"三日过，就头眠"：蚕儿出生三天后进入第一次休眠期。"九日三眠蚕出火"：蚕儿经过三次休眠后不再需要加温。"再迟五日捉大眠"：再过五天进入第四次休眠期。"又吃三五日，口内有丝绵"：休眠结束后继续进食几天，开始准备结茧。"通完小脚勿吃叶，树上做茧白漫漫"：蚕儿结茧前肚内酿成透明的蚕丝，不再进食，在树上结成白色茧。

第二部分为文化背景与宗教信仰。①神仙庇护。太乙天尊的出现和施法，体现了古代人们对神仙庇护的信仰，认为神仙能够超度亡魂并赋予新的生命形式。②蚕桑文化。蚕的种类和生长过程的详细描述反映了古代中国丰富的蚕桑文化，展示了人们对蚕的细致观察和分类，以及对蚕桑生产的重视。

总之，《化蚕》章节不仅丰富了马鸣王菩萨传说的情节，还深入描绘了蚕桑文化和蚕的生长周期。太乙天尊度化三姐翠仙化为龙蚕的情节，既具有神话色彩，又融入

---

❶ 丧门吊客：迷信者所说的坏星岁。

了实际的蚕桑生产知识,尤其是关于养蚕的过程,体现了古代人们对自然和神灵的敬畏与理解。

化蚕

太乙天尊❶闻知得,金身火速下凡间,来到南山桑树园,要度三姐化龙蚕❷。
诵灵文,念真经,妙法广无边,三声霹雳惊天地,打开棺木见婵娟,
太乙来作法,口内念真言,手把拂尘三五扫,化作龙蚕万万千。
轻轻引上青桑树,分头吃叶闹喧天。树上花蚕万万千,八脚六刺尾巴团。
三眠子❸,四眠蚕,还有头二蚕❹,三蚕四蚕都有种,达末收些是五蚕❺。
也有花蚕种,也有白皮蚕,还有一些多丝种,上好收成"石小罐"。
树上还有花蚕种,灰体灰塔叫桑蚕。身变化叫龙蚕,树头吃叶尝鲜鲜。
三日过,就头眠,脱体换身新。九日三眠蚕出火,再迟五日捉大眠,
又吃三五日,口内有丝绵。通完小脚勿吃叶,树上做茧白漫漫。

五、分蚕

《分蚕》章节描述了神仙们如何帮助凡人了解和养殖花蚕的过程,特别是太乙天尊和太白星君下凡指导的故事。文中也出现了杭州、嘉兴、湖州等地名,也是暗示杭嘉湖地区在未来是发展蚕桑文化的重要地区,同时也体现了浙江蚕桑文化在全国的广泛影响力。其内容包括两个部分:

第一部分为神仙帮助凡人养蚕,凡人并不明白其中的深意,不知道这些新下凡的龙蚕能带来丝绸的好处。观音菩萨得知此事后非常高兴,向玉皇大帝上奏了一封书信,报告了杭州府仁和县(今余杭区)西湖边有一个名叫陈三姐的女孩,她化身成龙蚕,吃桑叶吐丝,结出如霜雪般的茧子,可以用来织绫罗绸缎,做衣服。玉皇大帝看到奏折后也非常高兴,询问众神仙谁愿意下凡指导凡人养蚕。太白星君主动请缨,表

---

❶ 太乙天尊:天上的神仙。
❷ 龙蚕:传说中的大蚕。
❸ 三眠子:蚕儿一般眠四次才结茧,由于温度关系,发育快,也有只眠三次的蚕,称三眠子。
❹ 头二蚕:头蚕指春蚕,二蚕指夏蚕。
❺ 三蚕、四蚕、五蚕:分别指早秋蚕、晚秋蚕、桂花蚕。

示愿意前往凡间教导人们如何照顾这些珍贵的花蚕。玉皇大帝于是传令旨，派遣太乙天尊和太白星君一同下凡，授予他们"蚕王"的称号，并让他们分发花蚕种。

第二部分为分发花蚕种。两位神仙随即动身，腾云驾雾来到浙江。他们首先来到了杭州府，分发花蚕种到九个县。接着是嘉兴府七个县，湖州八个县，南至海边，北至太湖边。松江地区没有花蚕种，富阳西部也没有。在分发过程中，花蚕种越来越少。每斤蚕种产出一筐蚕，越分越少，虽然最后分到桐乡时只剩下一斤半的蚕种，但仍然能够收获二十斤左右的茧子。尽管数量减少，收成依然令人满意。继续分发到塘北（运河以北地区），这里的花蚕种更少了。经过思考，他们决定每斤蚕种产出一筐蚕，一两蚕种产出一斤半的茧子，同样保持良好的收成。最终，当他们接近洞庭山地区时，太湖周边的花蚕种也分发完毕。

总之，《分蚕》章节不仅展现了古代人们对神灵的信仰和对农业丰收的期望，还详细描述了蚕种的分发过程和各地的收成情况。

分蚕

凡人不晓其中意，未知丝绵新下凡，观音闻知喜心欢，一封朝奏九重天。
杭州府，仁和县❶，西湖隔山川，村中有个陈三姐，一身白肉化龙蚕。
吃尽青桑叶，口吐好丝绵，做成茧子如霜雪，可织绫罗做衣穿。
凡人不晓珍和宝，无人看养好花蚕。玉皇见奏喜心欢，开言就问众神仙：
"谁个去，到凡间，指点看花蚕。"太白星君忙起奏："小仙当得下凡间。
我到凡间去，教导众人言。"皇大帝传令旨，又差通灵太乙仙：
封你蚕王为天子，落乡下界去分蚕。太乙二仙就动身，腾云驾雾到浙江。
杭州府，分九县，处处有花蚕。嘉兴一府分七县，湖州八县尽分全。
南到海为界，北至太湖边。松江无有花蚕种，富阳西首也无蚕。
大朝神圣起首分一半，二斤出火一筐蚕，越分越少少花蚕，分到桐乡心也酸。
分斤半，一筐蚕，也采廿斤宽。一两出火一斤茧，总是收成一样欢。
分到塘北❷去，真正少花蚕。左思右想无摆布，一斤出火一筐蚕。
一两出火斤半茧，一样收成总是宽。看看相近洞庭川，分到太湖蚕也完。

---

❶ 仁和县：浙江省杭州市余杭区的旧称。
❷ 塘北：运河斜贯桐乡，运河以北称塘北。

六、传艺

　　《传艺》章节详细描述了古代民间传说中，神仙下凡指导凡人养蚕、分发蚕种的过程，以及皇后娘娘奉玉皇大帝之命教导百姓如何养殖和处理蚕种的场景。着重描写了众人觐见皇后娘娘的盛大场面，细写了皇后娘娘教导的过程以及人民回去纷纷积极养蚕的情节，体现了国泰民安、太平盛世的景象，表达了对于蚕桑文化的赞颂，更体现了古代人民对于手工养蚕丝织业的重视。

　　其内容包括三个部分：

　　第一部分为神仙指导凡人养蚕。神仙们分发花蚕种后，非常高兴，立即动身返回天庭。他们托梦给元妃西陵氏（相传为黄帝之妻嫘祖），告知她天赐龙蚕降临人间的消息。西陵氏得知后也非常高兴，并按照梦境中的指示教导民间妇女如何养殖这些珍贵的花蚕。

　　第二部分为皇后娘娘传授养蚕技艺。昨晚，皇后梦见两位神仙告诉她天赐龙蚕降临人间，并让她教导众人如何照顾这些蚕。于是，皇后奉圣旨下凡，到杭州、嘉兴、湖州等地的24个县传授养蚕技艺。民间百姓闻讯后，男女老少都非常高兴，纷纷前来学习。皇后娘娘穿着华丽的衣服，戴着精美的耳环，头插金凤，身着鲜艳的衣衫，脚穿凤头鞋，手持檀香。她乘坐龙凤车，宫娥彩女两旁侍立。众女子一齐上前参拜，行三十四拜礼。皇后娘娘开始教导大家如何养殖和处理蚕种。采茧：回家后先采茧，轻轻放在蚕丝垛上，不要把茧重叠在一起。保护蚕种：不要将茧放在烟雾中，以免损坏蚕种。如果要孵化蚕种，需特别注意防风寒，特别是西南风。储存蚕种：蚕种最好挂在正东方向，防止虫害侵扰，避免烟熏火烤。腌制蚕种：腊月天可以使用石灰或松盐腌制蚕种，以消毒保存。腌制时间不宜过长，之后用清水漂洗，晾干备用。

　　第三部分为新年庆祝与祈福。在新的一年里，家家户户都准备了新衣服、新鞋袜，宰杀猪羊鸡鱼，准备糕饼茶食，做元宝形状的祭品，供奉神佛像，点燃蜡烛，虔诚祈祷，祈求阖家平安，田禾丰收，蚕茧丰收。

　　总之，《传艺》章节不仅展现了古代人们对神灵的信仰和对农业丰收的期望，还详细记录了养蚕的具体步骤和方法。

传艺

蚕分到，喜心欢，火速驾金銮。托梦元妃西陵氏❶，皇天赐福到凡间。

民间桑树上，做茧白漫漫，做得绫罗织得缎，万民同乐做衣穿。

要你去教凡间妇，收回布种看花蚕。百般分蚕说完全，太乙驾雾上青天。

皇后娘，记完全，得梦好心欢。我皇招选天妃女，待奴教导众人缘。

昨夜得一梦，望见二神仙，天赐龙蚕临凡界，落乡去教看花蚕。

民间妇女都来学，听娘娘教导礼当然。文武百官用心计，玉皇圣旨就传言。

杭嘉湖，廿四县，处处落乡传。民间百姓闻知得，男男女女喜心欢。

姑娘叫阿嫂，婶婶也跟来，皇后娘娘奉圣旨，替天行道落乡传。

做得绫罗织得缎，挂红迎接闹喧天。专等娘娘到此间，拈香接驾礼当然。

梳之头，澡❷之面，耳戴八铢❸环。当头插只描金凤❹，身上衣衫色色鲜。

罗裙腰束带，鞋子凤头尖。上好檀香拿两股，女人个个尽朝参。

来到乡村登宫院，再说娘娘起驾便传言。龙凤车，把身安，宫娥彩女两旁站。

众女子，喜心欢，一齐上前参，千岁千岁千千岁，三十四拜不需言。

宫娥忙吩咐，传立两旁边，一众女子都晓得，传给后代喜心欢。

皇后娘娘开金口，众人听我说言端：皇天赐福降龙蚕，替天行道落乡传。

桑树上，白漫漫，就是好丝绵。丝绵却是龙蚕做，龙蚕口内出丝绵。

龙蚕吃桑叶，口吐好丝绵，织得绫罗做得缎，男男女女做衣穿。

万国九州无此宝，吾皇洪福有丝绵。家家户户用心计，收回蚕种看花蚕。

回家去，先采茧，拗落茧黄绵，轻轻放在蚕丝垛，勿可拿来茧重茧。

休放烟头里，犹恐损种蚕。若要看蚕先生种❺，不停时刻用心计。

采落种茧三五日，蛾子❻钻出怕风寒。别风勿怕怕西南❼，西南只怕老头蚕。

隐得过，遮得瞒，哪怕大西南。西北生种无价宝，南风生种要遮瞒。

蚕种来生好，挂在正东间，尤恐诱虫来侵损，蟑螂老鼠剥花蚕。

---

❶ 西陵氏：相传西陵氏之女嫘祖为黄帝之妻。
❷ 澡：方言"洗"。
❸ 八铢：指耳环重量，铢为古代重量单位，一铢约合 0.4 钱。
❹ 描金凤：女子头上的装饰品，描绘有金色凤凰图案。
❺ 生种：生产蚕种。
❻ 蛾子：蚕的成虫。
❼ 西南：指西南风。

烟熏火辣都要忌，听我娘娘教导莫偷闲。女人个个尽来听，收回蚕种看花蚕。
腌蚕种❶，腊月天，家家一般然。也有人家石灰腌，也有人家用松盐。
或者咸入种，或者卤里端❷。还有人家天腌种❸，勿怕热来勿怕寒。
十二月十二子时来腌起，腌到腊月廿四卯时前。收落蚕种捽落盐，
百花汤❹里端介端。温和水，端介端，放在埭中间。
勿可放在日头里，半阴半晒自然干。
若换石灰种，石灰水里端。时辰腌介半个把，拎出缸盆水内端。
清水漂介三五抄❺，竹竿掼起自阴干。男男女女喜心欢，大家端正过新年。
时道马衣❻做一套，鞋袜帽子簇簇新。猪羊斩两只，杀鸡买鱼鲜。
糕饼茶食都端正，做只元宝象亨篮。当厅供起年佛马❼，画烛通宵上蜡签。
虔诚致意过新年，四跪八拜拜神天。磕之头，拜圣贤，万事靠神天。
保佑阖门无灾祸，家居六事尽平安。夏种田禾好，每亩四石❽宽。
春看龙蚕多盛意，每个筐头廿分❾宽。

七、准备

《准备》章节描绘了古代江南地区人民在正月和清明节期间的日常生活、习俗及对蚕桑丰收的美好期盼。通过这些描述，我们可以了解到当时的社会风貌和民俗文化。本章节体现了蚕农的蚕神信仰，开篇"逍遥吉利靠神佛"便明确突出了蚕农信仰神佛，以求蚕花收成好的朴质愿望。从一月拜佛求签，到二月劳作时算命先生看流年、看星宿，再到清明时节做青团子、供蚕花马（蚕神画像）等祭祀活动，都体现出蚕农对蚕务的密切关注以及对蚕神的信仰。这种信仰不仅体现在蚕务劳作中，还体现在日常生活中，蚕猫、蚕花灯，以及蚕台、蚕筛埭等蚕具的交易买卖活动都在无形之中丰富了浙江所特有的桑蚕文化特色。

---

❶ 腌蚕种：用盐等对蚕种进行消毒保存。
❷ 端：桐乡方言，稍微浸一浸的意思。
❸ 天腌种：将蚕种放在屋檐下晾。
❹ 百花汤：指春天的水，寓意生机盎然。
❺ 抄：桐乡方言，同"回"，表示浸泡次数。
❻ 马衣：清代穿的外套。
❼ 年佛马：木头刻印成的神佛像，用于新年祭祀。
❽ 四石：即四担，形容丰收。
❾ 廿分：泛指蚕茧丰收。

其内容包括三个部分：

第一部分为正月和清明节的习俗。①新年庆祝。初一开门接天，初三接灶拜新年。正月里，人们互相拜访亲友，庆祝元宵节。②算命和求签。算命先生沿村走动，提供起卦服务，帮助人们预测流年运势。女人们会查看星宿，了解哪个月份适合养蚕。③清明祭祀。清明节时，大户人家会准备丰富的祭品，如粽子、三牲等，供奉祖先和蚕神。中等家庭也会进行简化版的祭祀活动。穷困家庭虽然条件有限，但也会尽力表达对祖先的敬意。④踏青和划船比赛。人们会在清明节期间外出踏青，观看划船比赛。这部分内容描绘了热闹非凡的划船场景，锣鼓喧天，五彩缤纷的旗帜飘扬。

第二部分为养蚕的相关习俗。①祈求蚕桑丰收。人们相信神灵保佑能带来好收成，因此会虔诚地祭祀蚕神。通过购买各种养蚕用具（如蚕猫、叶墩、梅花籰等），为即将到来的养蚕季节做准备。②预测蚕桑收成。使用螺蛳放在灶上，根据其蜓出的高度预测蚕桑的收成情况。以桃树枝不长叶来预估桑叶的价格走势。

第三部分为对美好生活的向往。文字中表达了人们对未来生活的美好期望，希望家家户户都能过上富足安康的日子，蚕桑丰收，田禾茂盛。

总之，《准备》章节不仅记录了一个特定历史时期的民俗风貌，还揭示出农业社会中人与自然和谐共处的理念，以及传统文化对于日常生活的深远影响。

准备

逍遥吉利靠神佛，百福百福放一串霸王鞭❶。
初一开门接之天，初三接灶拜新年。
正月里，望亲眷，各处拜新年。也有赌钱并吃酒，也有拜佛去求签。
办些年节酒，吃过正月半。正月庆之元宵节，二月农夫尽落田。
算命先生沿村走，假做起卦骗铜钱。弹琴算命看流年，更有摸数又详签。
女妾娘，喜心欢，查查星宿看。白虎❷坐在几月里，勿要轮着看花蚕。
先生抢介抢，四月龙德星❸。白虎坐在九月里，今年勿比往年间。
今年新交蚕花运❹，包票竟写廿分宽。风和日暖二月天，莺啼鸟叫百花鲜。

---

❶ 霸王鞭：指百响鞭炮。
❷ 白虎：迷信者所说的不吉利星宿。
❸ 龙德星：迷信者所说的吉利星宿。
❹ 蚕花运：泛指好运气。

过清明，三月天，磨粉做团圆。大户人家裏粽子，打青圆子❶做几盘。

三牲买一副，素礼备几盘。当厅供起蚕花马❷，上坟祭祖合家欢。

中等人家也要过，短肋空腔❸献圣贤。打青园子拿两碗，土地蚕花共一筵。

穷人家，心也酸，无米又无钱，勿买鱼来勿买肉，也无白米做团圆。

买对双红烛，插在灶山前。也勿请请蚕花佛，也勿祭扫祖坟前。

有个不知无个苦，几家愁闷几家欢。一样清明几样看，家家插柳一般然。

清明日，禁忌烟，列古传到今。姻勿动来火勿动，瘟神鬼怪勿来缠。

圆子拿两碗，包在手巾里。姑娘叫声贤嫂嫂，今朝打算看划船。

三岁孩儿跟娘走，一同要去看划船❹。踏青来到菜花田，家花勿比野花鲜。

抬头看，见划船，锣鼓闹喧天。招军❺吹得能松脆，飞虎旗号色色鲜。

两橹双出跳❻，摇来快如飞。五色旗号能齐正，风流郎子打花拳。

出手金枪并短棍，软脚伶仃醉八仙。绫罗彩缎结栏杆，还有一只蚕娘船。

锣勿敲，慢慢行，舱坐女婵娟。尽说花蚕收得出，顶好要算头二眠。

出火防天热，一斤卖三钱。大眠捉之五斤半，老叶行情卖一千。

有人问道花蚕好勿好？只见看蚕娘娘嘴唇拖到下巴边。

又听锣鼓闹喧天，当头来只画龙船。老龙头，角又尖，龙须着水端。

龙王太子高高立，龙头角上插标竿。龙旗无数面，绣旗满栏杆。

边拖八桨珠红色，摇来竞象箭离弦。船头上缺少夜明珠一粒，忽然平地上青天。

看得男也欢来女也欢，眼观红日落西山。急忙转家园，领之小官官。

四到家中天已暗，老公❼勿见老婆面。家家勿上火，暗里上床眠。

明朝清早抽身起，开门看看好晴天。也无霜来又无雪，又无露水屋檐前。

螺蛳❽放在灶山边，十个螺蛳九个蜓。

拿桃枝❾，看一看，巧叶无半片。

---

❶ 打青圆子：米粉拌草头做成的糕点。
❷ 蚕花马：蚕神画像。
❸ 空腔：指杀白猪腰部骨较少的肉。
❹ 划船：指清明比赛划船的风俗。
❺ 招军：一种乐器。
❻ 出跳：橹架在船舷外面。
❼ 老公：桐乡方言，即丈夫。
❽ 螺蛳：旧俗以螺蛳放在灶上卜蚕，螺蛳蜓得高则蚕收成好。
❾ 拿桃枝：旧俗以桃树枝头上不长叶卜叶价。

看来今年叶要贵，果然一两要三钱。三日无露水，真真好晴天。
尽话今年蚕花好，风景依稀大熟年。自古看蚕无贱贵，从来万事靠神天。
今日花开又一年，桃红柳绿三月天。游春景，合淘伴，叫只小航船。
一来要去还香愿，二来求位小官官。先到硖石山，拜拜佛慈仙。
上山拜拜蚕花塔，要保蚕花廿分宽。回来又到曹王庙，曹王老太有灵感。
诚心依佛拜神仙，要求一个肥头胖耳小倌倌。来年来，谢神仙，佛前上幢幡。
拜罢抽身团团看，泥佛摊子接连牵。蚕猫❶买一只，蚕房里面安。
虽是烧香还心愿，蚕货家生❷买两件。蚕花灯草买一把，掸蚕鹅毛头一件。
买个叶墩❸象合盘，叶刀快口共桑剪。梅花籯❹买一扇，遮瞒窗洞圈。
还要买刀铁锡纸❺，绵纸糊窗亮又穿。簸箕买两只，叶篰不需言。
山再买几只蚕筛隶❻，抽丝浪匾❼买一台。棚荆❽蚕台❾多准备，稻柴带子共蚕帘。
门前桑叶绿隐隐，男男女女看花蚕。织纱布，百勿管，摇车拿拢点。
叫个泥司捉捉漏❿，周围墙壁要泥瞒。天窗出一个，多少亮穿穿。
家前屋后休动土，若要动作去求签。花不采来树不动，百无禁忌靠神天。
无心庆赏百花园，家家端正收花蚕。

八、饲蚕

《饲蚕》章节详细描绘了江南地区养蚕人家在清明到立夏期间的繁忙生活和对蚕桑丰收的期望。通过这些描述，我们可以了解到当时人们是如何精心照料蚕宝宝、如何准备蚕房以及如何应对市场变化。过了清明，谷雨时节喂养蚕要特别下功夫，要经过挑选黄道吉日、精心孵化蚕种、采桑喂叶、做防风处理等一系列工序，还需要注意

---

❶ 蚕猫：泥做成或纸剪成的猫，旧俗称将此猫置于蚕室，可防鼠伤蚕。
❷ 家生：桐乡方言，指用具。
❸ 叶墩：切桑叶所用的稻草扎成的草墩头。
❹ 梅花籯：竹篾编成的器具糊上纸可代窗。
❺ 铁锡纸：一种柔软的纸。
❻ 蚕筛隶：养蚕用具。
❼ 浪匾：称蚕丝的用具。
❽ 棚荆：芦柴编成的帘子。
❾ 蚕台：捆蚕匾的架子。
❿ 捉漏：修补屋漏。

蚕房的温度、防火等。男人和女人分工劳作，共同养蚕，体现出蚕农精细的养蚕技艺与辛勤劳作，"开山采茧白漫漫"则体现出蚕农对蚕花收成的美好期盼。

其内容包括两个部分：

第一部分是清明至立夏期间的养蚕活动。①准备蚕种孵化。选择黄道吉日将蚕种包好，放置在温暖的地方（如被内或身上），以确保蚕种顺利孵化。大约三周后，小蚕（乌娘）破茧而出。②喂养初期的小蚕。使用快刀切下嫩叶，用鹅毛轻轻掸落在小蚕周围，避免风吹伤蚕。浆糊和煨熟的斑糠用来加固蚕匾，防止其受潮。③蚕房的准备工作。桑柴堆成特定尺寸，棚荆围在蚕台边，火缸排列整齐，确保蚕房温度适宜。养蚕人需连续三日三夜不眠不休，确保蚕能够顺利完成头眠。④二眠期的管理。采桑叶时要细心，保证叶子新鲜。连续两日半的喂养，直到二眠开始。照顾好蚕的饮食，防止饥饿，同时注意防火缸烟雾。⑤大眠期的管理和丰收。到立夏前后，观察天气变化，确保桑叶充足且价格合理。今年的桑叶收成良好，叶片宽大，价格便宜。蚕全部进入大眠期，没有早醒的焦嘴起娘或落脚蚕。预计每斤蚕茧能出五斤丝，丰收在望。⑥祭祀和庆祝。请蚕花佛，杀鸡买肉，热闹非凡。为蚕儿上山搭建山棚，全家老小齐心协力捉蚕上山。上山后，开山采茧，收获满满，如同雪中的梅花一样洁白美丽。

第二部分是日常生活的艰辛与期盼。①蚕农日夜操劳。养蚕人在这段时间里几乎昼夜不分，时刻关注蚕的生长情况，不敢有丝毫懈怠。②市场波动。桑叶价格的变化直接影响到养蚕的成本和收益，夫妻俩会仔细商量对策，确保经济效益最大化。③邻里关系。为了保证蚕房环境安静，避免外界干扰，人们暂时减少走亲访友，专注于养蚕事业。

总之，《饲蚕》章节不仅展示了养蚕过程中的具体操作和技术细节，还反映了当时人们对于自然规律的敬畏之心以及对美好生活的向往。

饲蚕

过清明，谷雨边，顶要用心计。看个黄道包封日❶，蚕种外面用绵牵。
日间藏被内，夜间焐身边。用心焐介三周时，钻出乌娘❷万万千。

---

❶ 看个黄道包封日：看个吉祥日子将蚕种包好准备孵化。
❷ 乌娘：指刚孵出的小蚕。

快刀切落金丝叶，鹅毛轻掸棣中间，周围四转要遮瞒，恶风吹过要伤蚕。
冲碗浆，糊隶區，斑糠❶煨熟点。桑柴要用廿四块，块块量来尺二宽。
棚荆拿一领，围在蚕台边。火缸❷排介两三只，蚕房拉得转团团。
三日三夜赶头眠，二眠出火一般然。且说蚕天非等闲，时光不绝四时般。
不可热，不可寒，凉爽最为先。心宽大胆凉喂种，性急还当火上蚕。
未过❸先要喂，日夜接连牵。来迟去慢常防饿，饿坏花蚕罪万千。
若有言语轻轻话，高声出口要冲蚕。陌生人走到稻场前，勿采勿理勿冲蚕。
日勿困，夜勿眠，说话要轻言。邻舍勿行亲眷断，骨肉如同陌路人。
男子攀桑叶，女子喂花蚕。日间勿去沿村走，夜间勿敢脱衣眠。
时时只把蚕来喂，刻刻要防火缸烟。温温和和好蚕天，三日三夜赶头眠。
一批叶，个个眠，那个不心欢。连忙退出老颢子❹，一隶要拆四五區。
并无粗粗细，个个一般然。预先攀桑并采叶，着力专心看二眠。
送叶❺还添从古有，两日两夜就二眠。蚕棚拦到稻场边，日头晒翲合家欢。
三餐饭，无早晚，男女用心计。女人只把蚕来喂，男人采叶动桑剪❻。
连喂两日半，看看出火蚕。人人说道桑叶贱，思量多看几筐蚕。
欣喜今年靠神佛，蚕要多看百斤宽。今年勿比往年间，筐头兴旺台头宽。
看看到，立夏边，时刻看苍天。三朝雾露浓得势，桑叶今年勿值钱。
树上报得好，叶片像蒲扇。梗条发杠叶片厚，看来只好二、三钱。
多看花蚕心欢喜，少看花蚕气得肚皮穿。不寒不热好蚕天，尽说家家蚕大眠。
今年好，尽肯眠，个个一般然。焦嘴起娘❼无半个，并无一个落脚蚕❽，
青条❾无一个，真真一批眠。尽说花蚕捉得出，一斤出火五斤宽。
端正要请蚕花佛，杀鸡买肉闹喧天。三月十六亮穿穿，挑担叶来棚上安。
蚕体亮，蚕好看，桑叶勿值钱。老叶生日是廿四，块头云障片多片。
北风吹到夜，风吹急紧紧。看来今年叶价贵，开秤两边稳一千。

---

❶ 斑糠：即荟糠。
❷ 火缸：生炭火的用具。
❸ 未过：桑叶尚未吃完称未过。
❹ 颢子：蚕吃叶后留下的粪便等。
❺ 送叶：即喂叶。
❻ 桑剪：剪桑枝特制的剪刀。
❼ 焦嘴起娘：指早醒的蚕。
❽ 落脚蚕：指小蚕。
❾ 青条：指眠得迟的蚕。

> 吕洞宾难断桑叶价，买卖心肠两样看。夫妻商量细等算，看来桑叶少两千。
> 拿银子，共铜钱，开只买叶船。来到叶行看介看，人山人海闹喧天。
> 卖客稀朗朗，买客闹喧天。抬起头来只一看，十人观见九人呆。
> 主人开价无增减，每担桑叶钱一千。要买何需论价钱，盘落铜钱就上园。
> 采得早，树头鲜，采落就开船。两橹一桨来得快，蚕等叶来叶等蚕。
> 送叶三昼时，开筐供花蚕。大家端正蚕要喂，看看蟓子大叶爿。
> 花蚕照起通一炮，小脚通完要上蚕。搭好山棚❶围好帘，合家老小捉上山。
> 先要上，大伙蚕，上在正厅前。前厅上之多丝种，后厅上之石小罐。
> 穿堂并过路，上些小伙蚕。迟早花蚕都上好，门窗掇落两旁边。
> 上山看火三周时，开山采茧白漫漫。雪里梅花总一般，胜比梨花共雪山。

九、采茧

《采茧》章节继续描绘了养蚕人家在丰收后的繁忙景象和对丝绸市场的期待，同时也展现了江南地区丝绸文化的历史渊源和宗教信仰。开篇描绘蚕农采茧缫丝场景，蚕花收成好、行情好，可加工成丝绵、绫罗衣裳，蚕农也因此增加了收入，体现了蚕农丰收的喜悦。同时，歌谣结尾提到的马鸣王、蚕室仙、三姑、东君等也体现出蚕农的蚕神信仰与崇拜之情。

其内容包括三个部分：

第一部分为丰收与采茧。①采茧与制丝。采茧后开始缫丝，大量的茧子被加工成粗丝和细丝。丝车运转时发出的声音像鹦鹉叫，车上堆满了洁白的丝线。粗丝和细丝的数量非常可观，显示出丰收的成果。②市场销售。新丝头里不急于出售，等待来年三月行情上涨后再卖。主要销售地是濮院（桐乡市濮院镇），该地织绸业发达。老店倌仍然维持原有的价格，一两细丝卖三钱六分，四两光丝卖一千文。交易方式多样，有领票子、发铜钱，也有使用银元宝或洋钱。

第二部分为丝绸文化的起源与发展。①历史渊源。从轩辕黄帝时代起，丝绵就已经存在，并广泛应用于各种场合。绸缎不仅用于制作官员的旗帜和伞盖，也广泛用于普通人的衣着。冬暖夏凉的特性使丝绵成为宝物，尤其在杭州、嘉兴、湖州三府享有盛名。②宗教信仰与祭祀。养蚕人相信马鸣王、蚕室仙等神仙能保佑蚕桑丰收。众多

---

❶ 山棚：为蚕儿上山搭的芦苇架子。

神仙如监山、车头利市仙、汤火童子等分别负责不同的环节。"百无禁忌公候圣"表明人们前往香坛祈求保佑，希望马鸣王菩萨化龙蚕带来好运。

第三部分为文化传承与社会影响。文化传承：丝绸不仅是经济作物，更是中华文化的重要组成部分。官方和民间都重视丝绸产业的发展，君主也会因丝绸丰收而高兴，并封赏相关人员。社会影响：丝绸业的发展带动了地方经济繁荣，促进了贸易往来。丝绸制品成为日常生活中的必需品，提升了人们的生活质量。

总之，《采茧》章节不仅描述了养蚕人家在丰收后的忙碌场景，还展示了丝绸文化在中国悠久的历史和深远的影响。

采茧

忙开山，就采茧，采落万斤宽。收拾芦能来卷起，拗光茧子做丝绵。
丝车鹦哥叫❶，车上白漫漫，粗丝做之千来两，细丝踏之万千宽。
新丝头里勿去卖，伣到来年三月天。尽说行情起泛点❷，本路庄口到濮院❸。
有几爿，老店倌，重来勿曾添。一两细丝三钱六，四两光丝卖一千。
也有领票子，也有发铜钱。向来元宝银九八，目前只讲用洋钱。
零碎银子零碎用，等待银子归库安。初分天地长根缘，轩辕皇手内有丝绵。
绣宝盖，共幢幡，神幔是丝绵。府县官员旗和伞，多来尽管做衣穿。
绫罗并缎匹，男女身上穿。冬暖夏凉真如宝，下三府❹内有丝绵。
万国九州无价宝，杭嘉湖三府有名声。君皇朝前喜心欢，高提御笔就封官。
马鸣王，蚕室仙，三姑美婵娟。蚕官蚕室并蚕命，管蚕娘子喂蚕仙，
监山❺并采茧，车头利市仙❻。汤火童子❼跟随你，送丝分两众神仙。
百无禁忌公候圣，尽赴香坛喜心欢。东君致意发心间，祈保马鸣王菩萨化龙蚕。

---

❶ 丝车鹦哥叫：形容丝车声像鹦鹉叫。
❷ 起泛点：指起变化。
❸ 濮院：桐乡一镇，该地古代织绸业相当发达。
❹ 下三府：旧时杭州、嘉兴、湖州的合称。
❺ 监山：监察山头的神仙。
❻ 车头利市仙：管丝车的神仙。
❼ 汤火童子：缫土丝时管水与火的小神。

十、歌尾

《歌尾》章节充满了对美好生活的祈愿和对神灵的感恩之情,表达了养蚕人家对丰收、平安和幸福的期望。描述了蚕农对蚕神的祭祀、颂咏及崇拜,这种崇拜不只是单纯地寄寓于对蚕花丰收的期盼,也体现在诸如增福添寿的生活期盼之中。歌谣中蚕农信仰马鸣王菩萨,既祈祷蚕花收成好,又祈祷子孙绵延、前途光明。

其内容包括两个部分:

第一部分为对神灵的祈愿与感恩。①保东君(东方之神)。每年都希望在东君的庇护下,能够养好花蚕。期待每个筐头都能收获满满的蚕茧,象征着丰收。②四季的祈愿。春天,希望龙蚕(指优质的蚕种)生长良好,预示着好的开端。夏天,祈求禾苗茁壮成长,确保农作物丰收。秋天,希望免去各种灾害,保佑人们吉祥如意。冬天,祈愿全家健康长寿,福寿双全。③家庭的幸福。希望全家无灾无祸,福气和寿命不断增加。祈愿堂前永远有儿孙的福分,代代相传,家族兴旺发达,子孙后代都能做高官。④马鸣王菩萨。马鸣王菩萨唱完了祝福歌,轻敲锣鼓结束祈祷。表达了对马鸣王菩萨的敬仰和感激,感谢他带来的庇护和福泽。

第二部分为文化背景与宗教信仰。①祭祀文化。江南地区养蚕人家非常重视祭祀活动,通过祈愿和感恩表达对自然和神灵的敬畏之心。②美好生活。这些祈愿不仅是对物质生活的期盼,更是对精神层面幸福美满的追求。③家族传承。祈愿家族世代繁荣昌盛,反映了传统文化中对家族延续和兴盛的重视。

总之,《歌尾》章节不仅表达了养蚕人家对丰收、平安和幸福的深切期望,也展示了他们对神灵的虔诚信仰和对美好生活的向往。

歌尾

保东君,每年间,看养好花蚕。一个乌娘一个蚕,个个筐头廿分宽。
春看龙蚕好,夏保禾苗兴,秋免三灾人吉庆,一到隆冬冬福寿添。
合门人口无灾祸,福也增来寿也添。堂前永保儿孙福,子孙代代做高官。
马鸣王菩萨唱完全,轻敲锣鼓住歌言。

民间另有《马鸣王送龙蚕》简短版蚕歌,与《马鸣王化龙蚕》同样描述了马鸣王菩萨的由来及其对养蚕人家的庇护和保佑,不仅讲述了马鸣王菩萨的传说,还详细描绘了养蚕的过程和蚕农的辛勤劳动。它反映了江南地区养蚕人家对丰收的期盼和对神灵的虔诚信仰（图4-12、图4-13），展示了传统文化中对美好生活的向往和对家族繁荣的祈愿。

其内容包括三个部分：

第一部分为马鸣王菩萨的传说。①马鸣王的出身。马鸣王是出生在东阳义乌的小姑村，他的父亲名为陈百万，母亲刘氏是一位诰命夫人。陈百万共有三个女儿。其中三女儿翠仙尚未婚配。②拯救父亲。翠仙的父亲陈百万被贼人俘虏。③翠仙许愿。谁救回父亲，她就嫁给谁。白马显灵，腾云驾雾救回陈百万。按照约定，翠仙应嫁给白马，但陈百万愤怒地射杀了白马，并将马皮挂在厅前。④化身为蚕神。天空突然狂风大作，马皮飞起裹住了翠仙。翠仙被带到了桑园，化身为蚕。玉帝知晓此事后，封马鸣王为蚕神，赐福人间，保佑每户人家蚕花丰收。

第二部分讲述养蚕过程与祈愿。正月结束，二月开始，三月清明即将到来。清明夜喝了齐心酒，谷雨前后便要关注蚕事。用红绸包袱包裹蚕种，轻轻放在被子里保温，每隔几天查看一次，蚕种逐渐变得绿茵茵的。①养蚕的具体流程。左手拿着桃花纸，右手用鹅毛轻轻扫动，用快刀将桑叶切成金丝般的细片，引出成千上万的乌娘（小蚕）。养蚕娘娘日夜守在蚕房旁，细心照料蚕宝宝的健康成

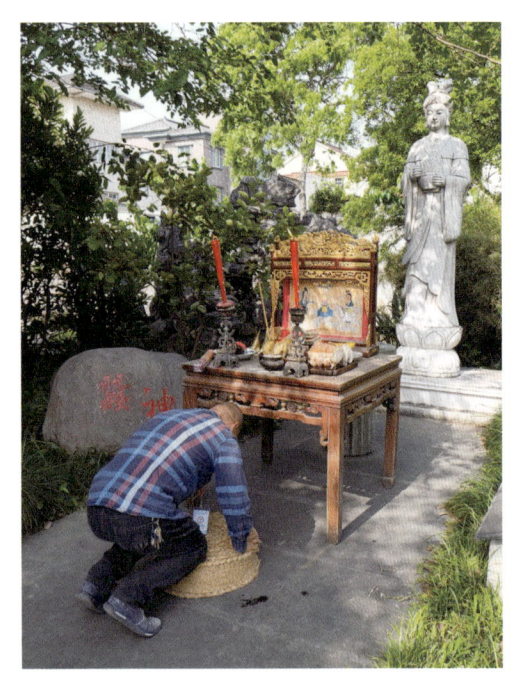

图4-12　蚕农跪拜蚕神，刘文摄影

（a）手捧蚕花的蚕娘

（b）祭拜中的蚕娘

图4-13　虔诚的蚕农，李渭钫摄影

长。养蚕分为三眠、二眠和大眠等几个关键阶段，每个阶段都有特定的注意事项，例如梓树开花时捉出火，楝树开花时捉大眠。当桑叶供应不足时，家中长辈会开船去买叶，一艘船去石门，另一艘船去庄部堰，确保桑叶充足。②收获与缫丝环节。龙蚕经过五昼夜后，个个都长到脚边大小，搭建起山棚并拉起簇网，把蚕宝宝放到山上吐丝结茧。洁白如玉的蚕茧一盘接一盘，巧手将它们送上山棚，整个棚子一片洁白如同雪天。大的茧子像鸭蛋，小的茧子像汤圆，今年共收获了二十四分。雪白的茧子用斗来装，丝车排到了大门边。东边传来鹦哥叫声，西边有凤凰鸣叫。缫丝娘娘技艺高超，粗丝送往杭州，细丝运往湖州，卖出几百两银子，一家人欢喜地回家庆祝。

第三部分为文化背景与宗教信仰。旧时，蚕乡流传这样的风俗：清明前后，养蚕前夕，村上人要请皮影戏艺人演出皮影戏，俗称"演蚕花戏"。戏演到最后，必须唱一曲《马鸣王》，预祝蚕花廿四分。皮影艺人将银幕桃花纸扯下送给蚕农，据说用这种纸糊蚕匾可以迎来蚕花喜气。

马鸣王送龙蚕

马鸣王菩萨下凡来，到侬府上看好蚕，马鸣王出生啥所在，东阳义乌小姑村。
爹爹名叫陈百万，娘亲刘氏为诰命，夫人所生三个女，眉清目秀貌非凡。
大姐二姐配夫官，三姐翠仙未成亲，爹爹外出陷贼营，三姐拈香许愿心：
谁能救回老父亲，翠仙与他配姻缘，白马作法腾云起，救回主人陈百万。
三姐应愿配夫君，百万闻知怒气生，一箭射死后园马，剥下马皮挂厅前。
突然天空狂风起，马皮飞来裹翠仙，马皮裹走女婵娟，落在桑园化蚕身。
玉帝闻知传旨意，敕封马鸣王为蚕神，蚕神下凡来保佑，家家蚕花廿四分。
正月过去二月来，三月清明在眼前，清明夜里吃了齐心酒，谷雨前后要看蚕。
红绸包袱包蚕种，轻轻捂在被里面，隔脱三日看一看，张张蚕种绿茵茵。
左手拿起桃花纸，右手鹅毛轻轻掸，快刀切叶金丝片，引出乌娘万万千。
看蚕娘娘用心计，日夜守在蚕房边，三日三夜眠头眠，两日两夜眠二眠。
头眠眠得齐崭崭，二眠眠得崭崭齐，梓树开花捉出火，楝树开花捉大眠。
大眠捉得筐头多，桑叶有点紧吼吼，当家爹爹有主意，连夜开出几只买叶船。
一只开到石门去，一只开到庄部堰，昨日叶价三块六，今朝贱脱一大半。
难为一摊老酒钿，船里装得满堆堆，拔起篙子就开船，连夜摇到桥洞边。
毛竹扁担两头尖，一挑挑到蚕房边，宝宝吃了树头鲜，声音好比大雨天。

龙蚕看到五昼时，个个通到小脚边，搭起山棚拉起簇，要将宝宝捉上山。八十公公掇蚕匾，七岁官官掇考盘，山棚地铺都上满，还有几埭小伙蚕，上来上去没处上，只好上在灶脚边。白玉龙蚕盘接盘，巧手弯弯上龙蚕，隔脱三日看一看，满棚洁白像雪天。大的茧子像鸭蛋，小的茧子像汤圆，去年采得廿分半，今年采得廿四分。雪白茧子斗来奋，丝车排到大门边，东边好像鹦哥叫，西边好像凤凰鸣。缫丝娘娘好手段，敲落丝车就开船，粗丝要往杭州送，细丝要往湖州载。银子卖了几百两，眉开眼笑回家转，今年蚕花收成好，全靠马鸣王送龙蚕❶。

---

❶ 吕祖良（皮影艺人）唱，徐春雷记。徐春雷：《桐乡蚕歌》，中国文联出版社2009年版；祝汉明，徐春雷，褚红斌：《含山轧蚕花》，浙江摄影出版社2014年版。

第二节
俗信黄色蟒蛇——青龙护蚕

黄色蟒蛇,即黄蟒蛇,亦称"黄莽蛇",在中国传统吉祥纹样与民间信仰中寓意多样,深受百姓喜爱。

(1)寓意吉祥和丰收。在江南水乡,尤其是蚕桑养殖集中的浙北地区,黄蟒蛇被视作"青龙"的化身,被认为是蚕神派到人间的青龙,承担着保护蚕的职责。民间认为青龙到,龙蚕即到,蚕茧定能丰收。浙江蚕农除崇拜蚕神马头娘外,还崇拜黄蟒蛇,黄蟒蛇寓意吉祥和丰收。旧时,百姓深信黄蟒蛇可以保佑家族好运和富足的生活,每逢蚕月前夕,黄蟒蛇更是寓意着蚕花茂盛,蚕业丰收,所以,浙北蚕乡常有携带黄蟒蛇的民间艺人(俗称放蛇佬),他们身背竹篓,篓中放有无毒黄蟒蛇,他们挨家挨户演唱《赞蚕花》,以此来乞赐丝绵。蚕农非常愿意施舍,且均施丝绵兜一、二肖,故又称"唱绵兜"。民间艺人携黄蟒蛇,唱起祝福蚕花茂盛的歌谣,非常迎合蚕农们祈神保佑的心理需求。

(2)保护神的神秘力量。在旧时民间,黄蟒蛇还被认为是一种保护神,具有超自然的力量,民间信仰认为,黄蟒蛇可以庇护家庭的幸福和农田的丰收。在有些农村,农户甚至在自家大门口或田地边上供奉黄蟒蛇,以此来祈求平安顺遂、富足美满。对黄蟒蛇的信仰反映了古人对大自然的敬畏。

(3)神秘与灵性的代表。黄蟒蛇是神秘和灵性的代表。因民间坚信它是蚕神派到人间的"使者"。故而成为连接天地的媒介,自然被认为带着神明的信息和力量,甚至还被化为人形,经常在中国民间故事和神话传说中出现,且成为不可或缺的角色。

(4)驱邪避凶形象。在江南水乡等地区,黄蟒蛇的形象被认为具有驱邪避凶的功能。人们会绘制黄蟒蛇的形象,作成吉祥图案或符咒置于家中,用于驱邪避凶,保佑家庭风调雨顺、平平安安。在科技不发达的旧时,这是蚕农相信超自然的力量,并对安全和幸福生活的追求。

（5）文化和艺术中的表现。在中国的传统艺术和文学作品中亦离不开黄蟒蛇的形象。譬如，在传统年画和剪纸作品中，黄蟒蛇成为不可替代的题材，常常被塑造成富有装饰性和象征意义的形象，寓意美好。此外，在一些古典小说和传统戏曲中，黄蟒蛇因具有神秘感和戏剧性，也经常出现。

蚕歌《赞蚕花》描述了民间艺人携带黄蟒蛇（被视为青龙）上门演唱，祈求蚕桑丰收的情景，并详细描绘了蚕农的丰收景象和对送给蚕歌艺人绵兜的情景。其内容包括两个部分：

第一部分为故事情节与场景描写。①青龙到，蚕花好。黄蟒蛇（喻指青龙）到来，预示着今年的蚕桑收成会很好。去年青龙也来过，今年再次光临，象征着连年的丰收。②蚕茧丰收景象。当家娘娘（指负责养蚕的女主人）看着蚕儿茁壮成长，最终收获的茧子像山一样高。十六部丝车排成两行，脚踏丝车时发出类似鹦鹉叫声的声音，形象地描绘了丝车转动时的繁忙景象。③技艺高超的缫丝工人。去年请来了张大娘，今年请来了李大嫂，她们都擅长缫丝，做出的丝如同银条般光滑。④当家娘娘的慷慨施舍。当家娘娘为人善良，滚进几千大元宝（形容财富丰厚），并用上等的绵兜剥取两张，送给外面的放蛇佬（即携带黄蟒蛇的民间艺人）。

第二部分为文化背景与民俗信仰。①青龙与蚕桑丰收。民间艺人携带黄蟒蛇上门演唱，认为黄蟒蛇是青龙的化身，能够带来好运和丰收。蚕农们非常迷信这一点，因此非常乐意施舍，尤其是用蚕茧制成的绵兜，因为这象征着丰收和富足。②唱绵兜习俗。这种习俗反映了古代浙江蚕乡对蚕桑生产的重视以及相关的民俗信仰。通过这种方式，不仅表达了蚕农对丰收的期盼，还体现了人与自然和谐共处的理念。

浙江蚕歌《赞蚕花》描绘了旧时春季养蚕前夕，民间艺人上门演唱祈福的情景，展示了蚕农们对丰收的期望和对艺人的慷慨施舍。同时，也反映了古代江南浙江蚕乡的蚕桑文化和民俗信仰，特别是对青龙的崇拜和对丰收的祈祷。

赞蚕花

青龙❶到，蚕花好，去年来了到今朝；看看黄莽龙蚕到，二十四分❷稳牢牢。

---

❶ 青龙：喻指黄蟒蛇。
❷ 二十四分：泛指蚕茧收成好。

当家娘娘看蚕好,茧子采来象山高;十六部丝车两行排,脚踏丝车鹦鹉叫❶。

去年唤个张大娘,今年唤个李大嫂;大娘大嫂手段高,做出丝来像银条。

当家娘娘为人好,滚进几千大元宝;上白绵兜❷剥两肖❸,送送外面个放蛇佬❹。

---

❶ 鹦鹉叫:喻指丝车转动时发出的声音。

❷ 绵兜:用蚕茧剥制成的丝絮。

❸ 剥两肖:剥取两张绵兜。

❹ 倪惠通(农民)唱,徐春雷记。徐春雷:《桐乡蚕歌》,中国文联出版社 2009 年版;刘旭青:《文化视野下浙江歌谣研究》,浙江大学出版社 2009 年版;陈永昊、余连祥、张传峰:《中国丝绸文化》,浙江摄影出版社 1995 年版;中国民间文学集成全国编辑委员会,中国民间文学集成浙江卷编辑委员会:《中国歌谣集成:浙江卷》,中国 ISBN 中心 1995 年版。

第三节
祛蚕祟请蚕猫——驱鼠避害

养蚕前首先要布置好蚕室，蚕室务必要求干燥、宽敞、保温、透光、通风。《农书》记载："民间蚕室，必选置蚕宅，负阴抱阳，地位平爽……复要间架宽敞。可容槌箔，窗户虚明，易辨眠起"。《天工开物》记载："蚕室宜向东南，周围用纸糊风隙，上无棚板者宜顶格"。《豳风广义》记载更为细致："民间蚕室，坐北向南者为上，向东者次之，向西者又次之。缔构之制，或瓦房、草房，俱以泥涂材木，以防火患。蚕室的大小宽窄，可根据人力情况而定，但务必保证结构宽敞，能容纳槌箔且方便转动。每间两端各设大照窗，早晚时可借助光线，便于观察蚕的眠起状态。大眠之后，可以适当通风降温。"《补农书》进一步补充道："蚕室固然需要严密，但也应保持清爽。晴天刮北风时，务必打开窗户，让空气流通，舒缓湿气。使用地板为最佳选择；若无条件，则可用芦席垫铺，防止湿气上行。四壁可用草簧围衬，以吸收潮湿……古语云：'风以散之'。则蚕室固要避风，尤不可不通风也。"

除此之外，对蚕室还要进行严格检查，要堵死老鼠洞，因为老鼠是蚕宝宝的大敌。如果用"鞭春牛"时抢来的土块来堵封洞口最佳。同时，蚕农还会在蚕室内放置蚕猫，因为猫是老鼠的天敌，蚕农认为张贴猫或者放置泥塑的猫，同样能起到威慑老鼠的作用。

《续齐谐记》记载：吴县有位名叫张成的人，某夜起身时，忽然看见一位妇人站在宅院东南角，对他说："此处是君家的蚕室，我便是这里的神灵。明年正月十五时，可制作白粥，并在粥上浮一层油脂祭祀我，这样会使君家的蚕桑收益百倍。"话音刚落，妇人便消失了。张成按照她的话做了膏粥。自此之后，他家年年都获得丰收。如今世人每逢正月十五制作膏粥祈祷，还会在粥上加肉，然后登上屋顶食用。同时念咒道:"登高糜,挟鼠脑,欲来不来,待我三蚕老。"这实际上是为驱赶老鼠而进行的仪式。

俗话说"祛蚕祟,请蚕猫"。祛蚕祟活动贯穿养蚕的全过程,而"蚕猫勿叫最避鼠,老鼠见了直打哆",是指蚕农为防老鼠伤到蚕宝宝,由于人们相信"蚕猫"能够驱鼠避害,因此衍生出了泥塑、彩绘、木刻印刷和剪纸等多种形式的"蚕猫"。在养蚕期间,家家户户通常会在庙会上购买纸剪或纸绘的猫图,这种猫图也被俗称为"蚕猫图"。将其粘贴在蚕房内,用以镇鼠,十分奏效。

蚕歌《蚕猫图》轻快活泼的语气和用词,生动地描绘出了"蚕猫"的敏捷、威武,侧面表达出劳动人民对于保护蚕花生长的迫切心理。

蚕猫图

蚕猫图,蚕猫图,图上蚕猫似老虎。两只眼睛铜铃大,目光闪闪凶相露。耳朵笃起像布梭,前后左右八方顾。根根胡须似银针,铜牙铁齿赛钢锉。四只脚爪能上树,尾巴翘起金鞭竖。白脚快猫三村过,金丝绒毛满身铺。蚕猫勿叫最避鼠,老鼠见了直打哆。买我一张蚕猫图,蚕花茂盛全家福❶。

嘉兴市南湖区余新镇大曹王寺(图4-14)一带民间泥塑历史悠久,明末清初海盐诗人彭孙贻在其作品《舟过马泾谒曹武惠王庙》中有诗句:"原蚕争卜茧,屠豕竞迎

(a)寺庙门匾 　　　　　　　　　(b)寺庙外观

图4-14　嘉兴市曹王村大曹王寺,刘文摄影

---

❶ 李德荣(神歌艺人)唱,徐春雷记。徐春雷:《桐乡蚕歌》,中国文联出版社2009年版。

猫"。光绪《梅里志》载有清代太学生朱昆田❶的《补田妇词》："过了清明日渐长，先游硖石后曹王。红蚕未浴无些事，就近还烧十庙香。"嘉兴谭吉璁在《和鸳鸯湖棹歌》中说："泥孩纵说鄜延好，不及曹王庙上看。"

泥猫是余新民间泥塑的一种体现形式。因当地民众自古养蚕、种粮，自然最怕鼠害，所以，泥猫成了每户蚕家必备之物，尤其在养蚕季节，蚕家均在蚕室内安放泥猫，主要作用在于驱鼠辟邪，"蚕猫"之称由此而得。古时大曹王寺庙会期间，庙廊下充满民间文化气息的各式蚕猫成为庙会上最大的亮点之一，其形象粗犷、朴实憨厚、色彩鲜艳，并粘有胡须、羽毛等。

传统制作蚕猫所用材料为青紫泥、彩色颜料、木制模具，风格朴实而神秘，深受当地蚕农喜爱，此俗流传至今。2008年，余新蚕猫被列入第二批嘉兴市非物质文化遗产名录。曹王村顾去宝❷老人为余新蚕猫非物质文化遗产代表性传承人。

一、泥制蚕猫

2013年2月5日，笔者驱车前往嘉兴市余新镇曹王村，有幸采访到已经80岁高龄的顾去宝老人（图4-15）。据顾去宝老人介绍：旧时，大曹王寺庙会期间，附近蚕农纷纷聚集于此，十分热闹。到处都是卖泥菩萨、泥猫、泥人的当地村民，现在已经没有了。她从小开始师从父亲顾志山学做蚕猫。一直没有间断过，老人展示了她制作的灵动活现、做工精致的蚕猫作品。为了将这门手艺传承下去，顾去宝老人重点培养了余新镇中心小学美术教师。希望这一非物质文化遗产能世代相传！

图4-15 顾去宝老人和她的泥制蚕猫，刘文摄影

---

❶ 据《王店镇志》记载，朱昆田，字文盎，清代太学生，清初学者朱彝尊之子。著作甚多，无暇治家产，以致家境穷困，无法生活，年未到五十而亡。临终前片刻，还在为《陶录》一书作评语，人称"枕上绝笔"。
❷《嘉兴民间美术》（上海人民美术出版社，2004年版）第117页，误将老人名字写成顾蚕宝。

二、瓷制蚕猫

蚕猫置于蚕室镇鼠作用明确，随着工业化生产时代的到来，蚕乡由泥制蚕猫演绎成了瓷制蚕猫（图4-16～图4-18）。瓷猫虽不及泥猫绚丽多彩，但却具有耐用、易于批量生产、易于打理等优点，为现今农户家中常用。

图4-16　瓷制蚕猫，云龙村村委会提供

图4-17　蚕猫辟鼠，周建中摄影

图4-18　蚕猫辟鼠，王飞庆摄影

三、剪纸蚕猫

红色的剪纸蚕猫（图4-19、图4-20）在浙江蚕乡非常普遍，其工艺简单，可简可繁，操作性强，且具有一定的观赏性，贴于墙上、蚕匾上具有吉祥寓意。

（a）对称式　　　　　　　　　（b）单独式

图 4-19　蚕猫，张纪民剪纸

图 4-20　贴蚕猫，徐春雷摄影

第四节
送丧必用绵兜——阴世保佑

本书第三章介绍了婚嫁礼俗，内容较为丰富，涉及的蚕歌也非常具体，而浙江蚕乡的丧葬礼俗中亦有蚕桑文化的体现，同样也有相应的蚕歌对应。在浙江蚕乡，亲人故去，在葬礼上，最具特色的礼俗环节，即唱蚕歌《讨蚕花》及《送丧十二个绵兜》，这两首蚕歌最具代表性，从歌词内容上看，丧礼上都用到了绵兜，体现了蚕乡特色及信仰。

"讨蚕花"是旧时流行于桐乡市河山镇一带的丧俗。在死者入殓（入棺）时，死者的儿孙需夫妻成双（未婚者可找一位替身），携带四张绵兜扯成长条丝绵絮，将其覆盖在死者身上。死者家丁越兴旺，身上覆盖的丝绵絮（当地称"蚕花挨子"）也就越厚实，死者也越体面❶。四张绵兜只需扯盖三张，自家留一张带回去给小孩翻棉衣用，这张留下的绵兜俗称"蚕花绵兜"，据说使用后能够避邪。在两人扯绵兜时，会有一位与死者平辈的女性在一旁吟唱歌谣。这种风俗在当地被称为"讨蚕花"，而所唱的歌谣也被称为《讨蚕花》。

讨蚕花

手扯绵兜讨蚕花，亲人阴灵多保佑。手捏鹅毛掸龙蚕，筐筐龙蚕廿四分。
手捏黄秧种青苗，爿爿田里三石挑。养只猪，像牯牛，养只羊，像白马。
出门碰着摇钱树，进门碰着聚宝盆。脚踏云梯步步高，回步捧进大元宝❷。

---

❶ 乐忆英：《乌镇民俗》，浙江人民出版社2014年版。
❷ 张金兰（农民）唱，徐春雷记。徐春雷：《桐乡蚕歌》，中国文联出版社2009年版；中国民间文学集成全国编辑委员会、中国民间文学集成浙江卷编辑委员会：《中国歌谣集成·浙江卷》，中国ISBN中心1995年版。

所谓"讨蚕花",即讨个好口彩,"手扯绵兜讨蚕花,亲人阴灵多保佑"就是表达对祖先的尊敬和祈求保佑。希望通过祖先的庇佑,能够顺利养蚕,获得丰收。"手捏鹅毛掸龙蚕,筐筐龙蚕廿四分"表示蚕农非常细致地照顾和管理蚕宝宝,确保每一筐蚕都能健康成长,带来丰厚的回报。"手捏黄秧种青苗,爿爿田里三石挑",黄秧即新插的稻秧,青苗是已经长成的绿色稻苗,三石挑形容产量非常高,每亩田能收获三石(古代计量单位)粮食。希望田里的庄稼长得旺盛,迎来大丰收。"养只猪,像牯牛;养只羊,像白马。"这里的牯牛指体型庞大、强壮的公牛,而白马代表白色的大马,象征吉祥与富贵。期望家畜健壮,为家庭创造更多财富和好运。"出门碰着摇钱树,进门碰着聚宝盆",其中摇钱树是传说中能摇出金钱的神树,寓意财源滚滚;聚宝盆是传说中的宝物,放入其中的钱财会不断增多。期待生活中处处充满好运。财富源源不断。"脚踏云梯步步高,回步捧进大元宝","云梯"比喻仕途或事业上的升迁之路。"大元宝"是古代的货币形式,象征财富。希望事业有成,步步高升,最终获得巨大的财富和成功。

《讨蚕花》歌谣深刻反映了江南地区以农耕为主的社会生活,人们依赖农业和养殖业为生,对丰收和富裕充满了期盼。通过对祖先阴灵的祈求,体现了中国传统文化中对祖先的敬仰和感恩之情,认为祖先的庇佑能带来好运和福祉。歌谣以其生动的语言和丰富的意象,传达了人们对美好生活的向往和追求,成为传承民间文化和价值观的重要载体。

蚕歌《送丧十二个绵兜》流行于湖州市长兴县一带,其内容从第一个绵兜"初起头"到第十二个绵兜"翻完成",每一个绵兜都配有唱词。在丧礼现场,两位年长女性把十二个绵兜依次从头拉到脚,覆盖于遗体之上,一边拉绵兜一边吟唱此歌,这一丧俗寄托着对死者的哀悼之情,希望死者能像蚕宝宝那样,生死循环,死而复生。十二个绵兜全部覆盖遗体后,在其上撒满纸钿,边撒边唱,一并入棺,礼成。

送丧十二个绵兜

日出东方紫云高,架起龙门到厅堂,
红漆脚桶掇出来,烧水拿来抹身上。
先潮面来后潮身,潮好面来穿衣襟。
半夜过去头鸡叫,手拿绵兜翻逍遥。
头一个绵兜初起头,头顶翻到脚后头。
冬天翻了浑身暖,夏天翻了水风凉。

第二个绵兜凑成双，长幡宝盖来领路。

　　金童玉女送过桥，手拿清香见阎王。

　　第三个绵兜三鼎甲，举人秀才有半百。

　　十八个翰林来送丧，外加还有文武状元郎。

　　第四个绵兜翻四角，去朝官府送朝本。

　　天下无事保太平，风调雨顺福满门。

　　第五个绵兜是白线，推开黄光见佛面，

　　推开云障见日头，推开乌云见青天，推开浮萍见清水。

　　第六个绵兜是六邻，保护亲戚邻舍都太平。

　　第七个绵兜七名扬，铁拐李临街开爿团子店，阳间凡人吃了活千年。

　　第八个绵兜是八仙，住在人间天堂三周年。

　　人人说道呒介事，倒是成了活神仙。

　　第九个绵兜是观音，救苦救难救凡人。

　　前世勿曾讨个银阳寿，来到这世里原得有福有寿投个惬意人。

　　第十个绵兜翻和顺，上桥也有清水铜面盆，下桥也有棋盘花手中。

　　桥神土地咪咪笑，空手呒事走过桥。

　　第十一个绵兜加一绡，身长六尺转逍遥。

　　第十二个绵兜翻完成，保护那亲子亲孙出门碰着摇钿树，

　　进门得只聚宝盆❶！

　　"日出东方紫云高，架起龙门到厅堂，红漆脚桶掇出来，烧水拿来抹身上"中日出东方，象征新的开始和希望。龙门到厅堂，寓意升官发财、家族兴旺。红漆脚桶，象征喜庆和富足。烧水抹身，准备迎接新的一天，也象征净化身心。"先潮面来后潮身，潮好面来穿衣襟"，描述人们早晨洗脸穿衣的日常活动，表达对新一天的期待。"半夜过去头鸡叫，手拿绵兜翻逍遥"中鸡叫象征黎明的到来。"头一个绵兜初起头，头顶翻到脚后头"，初起头，表示开始。头顶翻到脚后头，象征从头到尾的全面祝福。"冬天翻了浑身暖，夏天翻了水风凉"，表达人们对四季平安、生活舒适的美好愿望。"第二个绵兜凑成双，长幡宝盖来领路"中"凑成双"象征成双配对、和谐美满。"长

---

❶ 湖州市民间文学集成办公室：《浙江省民间文学集成：湖州市歌谣、谚语卷》，浙江文艺出版社，1991年版；林锡旦：《太湖蚕俗》，苏州大学出版社2006年版；刘旭青：《蚕神信仰及其民间习俗——以太湖流域蚕桑谣谚为例》，《湖州师范学院学报》，2021年第43卷第5期，第18到25页。

幡宝盖"用于祭祀和祈福仪式中的装饰品，寓意引导和保护。"金童玉女送过桥，手拿清香见阎王"中金童玉女，是神仙侍者，象征纯洁和美好。"见阎王"表达对祖先的敬仰和祈求庇佑。"第三个绵兜三鼎甲，举人秀才有半百"中"三鼎甲"是古代科举考试中前三名的称谓，象征功成名就。"举人秀才"即读书人，象征文化和智慧。"十八个翰林来送丧，外加还有文武状元郎"中"翰林"指的是古代高级官员，象征地位和荣耀。"文武状元"即文武双全，象征全面发展。"第四个绵兜翻四角，去朝官府送朝本"中"翻四角"象征四方平安。"朝官府送朝本"象征为国效力，保家卫国。"天下无事保太平，风调雨顺福满门"，表达人们对国家和社会稳定的美好祝愿。"第五个绵兜是白线，推开黄光见佛面"中"白线"象征纯净和光明。"见佛面"表达人们对佛法的崇敬和祈求庇护。"推开云障见日头，推开乌云见青天，推开浮萍见清水"，象征着驱散黑暗，迎来光明与纯净。"第六个绵兜是六邻，保护亲戚邻舍都太平"倡导邻里之间和睦相处，互相帮助。"第七个绵兜七名扬，铁拐李临街开爿团子店，阳间凡人吃了活千年"，象征生活富足，食物充裕。"第八个绵兜是八仙，住在人间天堂三周年"中"八仙"是指道教中的八位神仙，象征吉祥和幸福。"人间天堂"，形容美好的生活环境。"人人说道呒介事，倒是成了活神仙"，表达人们对美好生活向往的愿望。"第九个绵兜是观音，救苦救难救凡人"，象征救苦救难。"第十个绵兜翻和顺"，象征家庭和睦、事业顺利。"清水铜面盆、棋盘花手中"象征生活的精致和丰富。"桥神土地眯眯笑，空手呒事走过桥"中"桥神土地"为地方神灵，象征守护和保佑。"走过桥"象征顺利渡过难关。"第十一个绵兜加一绡，身长六尺转逍遥"中"加一绡"象征增福添寿。"身长六尺"象征身体康健、体魄强健。"第十二个绵兜翻完成，保护那亲子亲孙出门碰着摇钿树，进门得只聚宝盆"中"翻完成"象征圆满结束。"摇钿树、聚宝盆"象征财富和好运。

　　该蚕歌通过描绘日常丧葬习俗中的场景，其丰富的意象和美好的寓意，表达了蚕农对丰收、富裕和幸福生活的美好愿望。它不仅是民间文学的瑰宝，更是研究古代农耕文化和民俗信仰的重要资料。体现出一定的文化背景与社会意义。①农耕文化的体现。歌谣深刻反映了江南地区的农耕生活方式，人们依赖农业和养殖业为生，对丰收和富裕充满了期盼。②祖先崇拜。通过人们对祖先和神灵的祈求，体现了中国传统文化中对祖先的敬仰和感恩之情，认为祖先的庇佑能带来好运和福祉。③宗教元素。歌谣融合了道教、佛教等宗教元素，表达了人们对神仙、菩萨等超自然力量的崇敬和依赖。④民间艺术的魅力。歌谣以其生动的语言和丰富的意象，传达了人们对美好生活的向往和追求，成为传承民间文化和价值观的重要载体。

第五节
举火把烧田蚕——吉祥如意

《烧田蚕》蚕歌将烧田蚕过程及蚕农心中的愿望描写得淋漓尽致，旧时正月十五日前后的夜晚，蚕农家聚集到自家田里，将稻草扎成一小把，将其点燃，待其燃烧后举起火把奔跑，边跑边上下挥舞火把，还大声吟唱蚕歌，即流行于浙北一带的"烧田蚕"（图4-21）。现在还有一些蚕农仍保留着这一习俗，但已不如旧时那么热烈，多在自家田里地上烧完即可。歌词句式整齐，朗朗上口，表达了人们对美好生活的向往以及劳动人民积极向上的生活态度。

> **烧田蚕**
>
> 火把掼到东，屋里堆个大米囤。
> 火把掼到南，国泰民安人心欢。
> 火把掼到西，风调雨顺笑嘻嘻。
> 火把掼到北，五谷丰登全家乐。

歌谣中"火把掼到东，屋里堆个大米囤"中"东"在中国传统文化中，即东方，象征着希望和新生。"大米囤"指蚕农家中粮食充足，生活富足。表示蚕农希望家庭丰衣足食，年年有余。"火把掼到南，国泰民安人心欢"中"南"在中国古代五行中，南方属火，代表温暖和繁荣。"国泰民安"表示国家安定，人民生活幸福。表示蚕农祈愿国家繁荣，人民平安喜乐。"火把掼到西，风调雨顺笑嘻嘻"中"西"在中国传统文化中，即西方，与秋季、收获相关。"风调雨顺"即气候适宜，有利于农作物生长。表示蚕农祈愿自然条件良好，农业丰收，人们笑逐颜开。"火把掼到北，五谷丰登全家乐"中"北"在中国传统文化中，即北方，象征寒冷和稳固。"五谷丰登"即各种农作物丰收。表示蚕农祝愿家中的所有作物都能获得大丰收，全家欢乐。

该蚕歌具有一定的文化背景与社会意义。①火把的意义。在许多传统节日和仪式中，火把象征光明和驱邪避灾。将火把向不同方向甩动，寄托了人们对未来的美好期盼。

图4-21 烧田蚕——正月十五嘉兴市南湖区大桥镇十八里桥，凌冬梅摄影

②方位与寓意。通过四个方向的不同寓意，表达了人们对家庭、国家、自然和生活的全面祝福，体现了古代劳动人民对理想生活的渴望与追寻。③民间艺术的吸引力。以其简洁而富有韵律的语言，传达了深刻的哲理和情感，成为传承民间文化和价值观的重要载体。

总之，这首蚕歌通过对火把方向的描述，表达了对家庭富足、国家安定、自然和谐以及农业丰收的美好愿望。它不仅是一首充满诗意的歌谣，也是研究古代民俗文化和社会心态的重要资料。

第五章

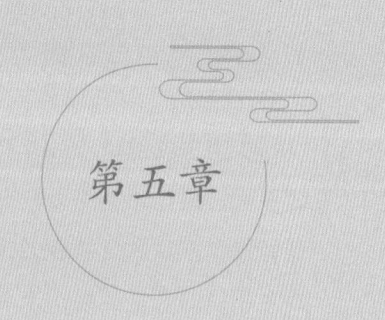

浙江蚕歌的保护与传承

中国自古便有"饥者歌其食,劳者歌其事"之说。浙江蚕乡的歌谣内容丰富,形式多样。这些珍贵的蚕歌来自民间,是蚕农心声的自然流露。然而,近年来,随着蚕桑丝织生产规模日益衰减,桑园面积缩小,养蚕农户越来越少,这些蚕歌吟唱的原生态文化空间几乎消失,传承者严重匮乏。浙江蚕歌在经济社会转型的影响下面临失传的困境,原有蚕歌传承断续,新蚕歌创作乏力,政府与社会现有的扶助不足,亟待保护与传承。笔者团队成员结合理论学习与实地调查,对浙江蚕歌进行了抢救性保护与创新性传承,开展了一系列实践与推广活动,并向政府和社会提出相关建议。

第一节
浙江蚕歌现状——原因分析

浙江蚕俗歌舞"扫蚕花地"于2008年被列入国家级非物质文化遗产代表性项目名录。但大部分浙江蚕歌传承濒危,新作蚕歌屈指可数,仅个别蚕乡的蚕歌被列为市级或省级非遗名录,还有不少蚕乡的蚕歌面临消逝的困境,亟待进行抢救性保护。团队在走访调研过程中发现以下问题。

一、传承意识不足

当前浙江蚕歌面临传承意识不足的问题,主要体现在社会整体对这一非物质文化遗产的认知度较低,相关政府部门(如文化馆或非遗中心)缺乏足够的紧迫感来推动其保护与传承。团队在实地走访中还发现,有的本土村民对当地蚕歌亦了解甚微,这进一步加剧了浙江蚕歌濒临消逝的风险。提高公众认知、加强政府引导及激发本土村民的文化自豪感成为当务之急。

二、管理人员匮乏

浙江蚕歌的保护与传承还面临着管理人员匮乏的问题，具体表现为：一方面，由于工作量大且涉及方言难以理解等复杂情况，现有管理人员难以满足实际需求；另一方面，许多非遗机构设置尚不健全，导致浙江蚕歌无法得到及时有效的记录、整理和保护。此外，已记录和整理的部分非物质文化遗产资料与实物仍有损毁或再次流失的风险。这使得浙江蚕歌的保存状况更加堪忧。加强专业管理人员的培养和引入，完善非遗机构建设，已成为当前亟待解决的重要任务。

三、专项经费不足

浙江蚕歌的保护与传承因专项经费不足而受到严重影响。许多民间老艺人因生活困难，无力带徒授艺，导致技艺面临失传风险。同时，非物质文化遗产的展示展演活动因缺乏资金保障难以常态化开展，部分非遗传承人虽有心却无力推动相关工作。这一问题亟须引起政府部门及社会各界的关注，通过增加资金投入，改善传承环境，确保浙江蚕歌能够得到有效保护与持续发展。

四、传承后继乏人

浙江蚕歌的传承正面临后继乏人的严峻局面。许多非物质文化遗产因老传承人相继离世或意识模糊而无法继续授徒，导致传承链条出现断层。与此同时，年轻一代对传统民间文化兴趣匮乏，很少有人愿意主动拜师学艺，导致浙江蚕歌这一珍贵的非物质文化遗产面临失传风险，令人痛心疾首。例如，笔者从2023年开始试图联系相关文化部门，以期采访喜娘褚林凤老人，却遗憾得知她已故的消息，这不仅反映了传承人稀缺的现状，也体现了抢救性保护和记录的重要性。为避免更多文化遗产因传承人缺失而消失，亟须采取有效措施吸引年轻人参与，并加强对现有传承人的支持与保护。

第二节
保护传承实践——团队行动

一、对浙江蚕歌的抢救性保护

团队在对浙江蚕歌进行抢救性保护的过程中，通过调研走访和文献梳理，系统地收集与整理了大量珍贵资料。截至目前，共收录蚕歌近百首，记录蚕歌曲谱28首，并绘制了32个蚕歌舞蹈动作及服饰品，极大地丰富和完善了浙江蚕歌的资料数据库。此外，团队还发表了12篇相关论文，为浙江蚕歌的研究与保护提供了重要的学术支持。这些努力不仅有助于保存这一非物质文化遗产的完整性，也为后来的传承与推广打下了牢固的基础。

二、浙江蚕歌可视听资料收集

团队在浙江蚕歌的可视听资料收集方面也取得了显著成果。通过参与"美丽乡村，节气如歌"洲泉镇"双庙渚蚕花水会"、海宁市清明节民间艺术面对面以及周王庙镇乡村文化旅游节等政府支持项目，团队积极进行音频与视频资料的收集工作。同时，为确保资料的完整性和真实性，团队成员还深入走访非遗传承人，开展音频与视频的抢救性采录，并虚心向传承人学习唱法，力求全方位记录和保存浙江蚕歌这一珍贵的文化遗产。这些努力为后续的研究与传播提供了宝贵的多媒体素材。

三、对浙江蚕歌的创新性传承

（一）浙江蚕歌少儿绘本创作

团队在对浙江蚕歌的创新性传承方面进行了积极探索，尤其是在少儿绘本创作上取得了显著成果。通过将传统蚕歌故事转化为现代少儿易于接受的形式，不仅实现了文化的传播与普及，还为浙江蚕歌注入了新的生命力，详见附录3。

第一部：《江南蚕宝宝养成记》。

团队成员以生动形象的方式描绘了植桑养蚕的一系列过程，包括接桑、采叶、领蚕种、孵籽出乌、蚕眠期、三眠出火、上山、采茧、缫丝、拉经、上轴、织绸等环节，并详细绘制了蚕的生命周期，辅以通俗易懂的文字说明。绘本以趣味性的方式向少年儿童展现了江南蚕乡的传统蚕俗文化，起到了科普宣传的作用。

第二部：《小白龙》。

将浙江蚕乡口口相传的民间故事《小白龙传奇》改编并绘制成了少儿绘本《小白龙》。通过图文并茂的形式，直观地展现了这一经典的民间传说，使年轻一代能够更加轻松地了解和感受浙江蚕乡的文化魅力。

这两部少儿绘本不仅具有科普教育意义，还体现了"中国故事"的典型性，有助于将浙江蚕歌这一非物质文化遗产传递给下一代，激发他们对传统文化的兴趣与认同感。

（二）浙江蚕歌文创产品设计

团队在浙江蚕歌的创新性传承上还积极探索了文创产品的设计与制作（图5-1～图5-4），将传统文化元素融入现代生活用品中。具体成果如下文所示。

布艺蚕宝宝：以传统蚕宝宝形象为灵感，设计制作出精美的布艺玩具，既保留了蚕文化的特色，又兼具实用性和装饰性。

江南茧画：利用蚕茧作为天然画布，绘制具有江南特色的图案和蚕歌文化元素，使每一幅茧画都能成为独一无二的艺术品。

茧花：以蚕茧为原材料，手工制作成各种花朵造型，既环保又富有创意，展现了蚕文化与自

图5-1 团队设计的布艺蚕宝宝，金茹依摄影

然之美的结合。

蚕猫创作：结合民间传说中"蚕猫护蚕"的故事，设计制作了一系列以蚕猫为主题的文创产品，赋予其吉祥寓意的同时，也传播了蚕乡的独特文化。

图5-2 团队成员刘桢予进行的蚕猫（彩泥）设计实践

图5-3 团队成员刘桢予进行的蚕猫剪纸设计实践

（a）以茧做花　　　（b）以茧作画　　　（c）茧画挂饰

图5-4 江南茧画艺术博览院中的艺术品，陈建清提供

这些文创产品不仅丰富了浙江蚕歌的文化表现形式，还为非遗文化的推广与传承提供了新的途径，使其更贴近现代人的生活，增强了年轻人对传统文化的兴趣与认同感。

团队成员通过向江南茧画创始人陈建清先生学习，深入掌握了茧花制作和茧画绘制的技艺。这种实践不仅提升了团队的专业技能，还为浙江蚕桑文化的推广注入了新的活力。团队成员所创作的文创产品，如精美的茧花和独特的茧画，兼具趣味性和纪念意义，成为传播浙江蚕桑文化的重要载体。这些作品不仅展示了传统技艺的魅力，还让更多的社会大众能够通过这些文创产品了解并喜爱上浙江蚕歌及其背后的深厚文化内涵。

（三）对浙江蚕歌的科普推广

1. 走进学校课堂宣讲

团队在浙江蚕歌的科普推广方面采取了积极行动，特别是通过走进学校课堂的方式进行宣讲。成员们深入中小学课堂（图5-5、图5-6），以生动有趣的形式向学生们介绍了这一濒临消失的非物质文化遗产。这种互动式的科普活动不仅提高了学生们对浙江蚕歌的认知，还激发了他们参与保护和传承的兴趣。在课堂上，同学们踊跃参与讨论，并提出了不少富有创意的建议（如利用现代科技手段记录和传播蚕歌、设计与蚕文化相关的校园活动等）。这些宝贵的建议为浙江蚕歌的保护工作提供了新的思路和方法。通过这样的科普推广活动，团队成功地将浙江蚕歌的文化价值传递给了年轻一代，为非遗文化的延续注入了新的希望。

图5-5　嘉兴市实验初级中学宣讲现场，刘文摄影

（a）与小学生亲切交流　　　　　　（b）小学生上台谈传承建议

图5-6　嘉兴市秀洲实验小学宣讲现场，刘文摄影

2. 积极开展网络传播

团队在浙江蚕歌的科普推广上也充分利用了网络传播的力量，并取得了显著成效。多家知名媒体，如《人民日报》《嘉兴日报》《南湖晚报》《潇湘晨报》等，以及嘉兴大学的"青春嘉大"和"红动设计"公众号，对团队的行动和成果进行了广泛报道。同时，团队还积极利用微信公众号、微信朋友圈、微博、抖音、QQ空间等新媒体平台开展宣传，以更加生动活泼的形式向大众展示了浙江蚕歌的魅力。这些努力不

仅扩大了浙江蚕歌的社会影响力，也让更多的公众了解并关注这一非物质文化遗产，推动了其在现代社会中的传承与发展。

3. 音乐等课程的开设

团队成员积极联系教育部和浙江省教委等组织教材编写部门，推动将地方传统民谣纳入中小学音乐欣赏课程。这一举措不仅让教育部门成为非遗传承的重要力量，还通过系统化的教育方式，使更多学生能够接触并了解本土民间音乐，确保蚕歌得以持续传承。此外，团队还建议通过劳动技术、思想政治、语文等多学科的融合，深入传承蚕桑文化及"春蚕精神"。例如，教师在劳动技术课上教授蚕桑工艺，在思想政治课中融入蚕桑文化的家国情怀，在语文课中赏析与蚕桑相关的文学作品。同时，定期开展主题教育实践活动，丰富中国美育教育的内容，帮助学生在学习知识的同时，培养学生对传统文化的热爱与家国情怀。通过这些综合措施，团队成功地将浙江蚕歌及其背后的文化价值融入现代教育体系，为非遗文化的代际传承开辟了新的路径。如图5-7所示为洲泉镇中国·江南蚕俗文化博物馆内进行的"传承传统技艺"活动现场。

（a）学采茧 　　　　　　　　　　（b）画"蚕"字

（c）尝试纺线 　　　　　　　　　（d）尝试织布

图5-7　传承传统技艺，张根草摄影

4. 云龙蚕歌传唱基地

团队与云龙村蚕乡艺术队携手合作创建了"云龙蚕歌传唱基地",这一举措为浙江蚕歌的传承和传播搭建了一个重要的平台。该基地的建立,不仅方便了当地村民进行蚕歌的传唱,还吸引了更多游客前来体验浙江蚕歌的独特魅力,使云龙村逐步发展成为一个以蚕歌为主题的网红旅游目的地。这种结合地方文化与乡村旅游的方式,不仅有助于振兴乡村建设,还能让更多人亲身体验并深入了解浙江蚕桑文化的深厚底蕴。"云龙蚕歌传唱基地"(图5-8)的建立,标志着浙江蚕歌在新时代背景下的传承与发展迈出了重要一步,为非遗文化的活态保护提供了新的范例。

(a) 云龙蚕歌传唱基地　　　　　　(b) 蚕乡民乐队

图5-8　为云龙蚕歌传唱基地和蚕乡民乐队设计的logo,顾雅宜设计

5. 建立校外实践基地

团队为了更好地保护与传承浙江蚕歌及蚕桑文化,分别在中国·江南蚕俗文化博物馆、云龙蚕桑文化研学营地以及江南茧画艺术博览院建立了大学生实践教育基地。这些校外实践基地为学生提供了深入了解和体验蚕桑文化的平台,使学生能够通过实地考察、参与实践活动等形式,更加深刻地理解浙江蚕歌及其背后的文化内涵。同时,这也促进了高校与社会资源的有机结合,为非遗文化的传承注入了新的活力。通过这些实践基地的建设,不仅增强了青年一代对传统文化的责任感和使命感,还推动了浙江蚕歌及蚕桑文化的可持续发展。

第三节
保护传承措施——多元建议

一、现有政策与社会情况现状的调查

关于浙江蚕歌文化的保护与传承，目前在政策支持、档案建设以及社会关注等方面面临以下问题：

（1）政策支持不足。当前保护浙江蚕歌文化的相关法规和条例尚不够完善，法律法规建设的步伐未能及时跟上非遗保护工作的实际需求。这导致浙江蚕歌难以在政策的支持下得到有效推广。

（2）档案建设不完善。省级非遗名录不完善，浙江蚕歌的省级非遗名录存在诸多空白，相关传承人及蚕歌作品尚未建立完善的档案和数据库。从事传统技艺、传统音乐的艺术家数量不断减少，且年龄逐渐增大，而更多的年轻人选择城市生活，导致浙江蚕歌这一濒临消失的非物质文化遗产陷入后继无人的困境。

（3）社会关注度下降。随着工业化和现代经济的快速发展，科技的进步极大地丰富了人们的精神文化生活，与此同时，传统浙江蚕歌文化却逐渐被忽视甚至遗忘。这些问题表明，浙江蚕歌文化的保护与传承亟须更全面的措施和更广泛的社会支持。

二、针对保护传承的不足之建议

针对浙江蚕歌文化保护与传承中存在的不足，从多个方面提出具体建议。

（一）蚕桑文化产业保护传承建议

为推动蚕桑文化产业以带动蚕歌文化的保护与传承，我们根据江南蚕桑文化的发

展现状提出具体建议，如下文所示。

（1）建立蚕桑劳动园。根据2020年3月发布的《中共中央 国务院关于全面加强新时代大中小学劳动教育的意见》，设立蚕桑劳动园。通过设置种植桑树、采摘桑葚、体验缫丝、喂蚕行动、观察蚕宝宝、制作蚕便枕、酿制桑葚酒、画茧画、剪蚕猫、捏蚕猫等蚕桑活动，鼓励大中小学生动手实践，深入了解蚕桑文化。同时，设立相关奖项激励学生参与，提升其对蚕桑文化的认知和兴趣。

（2）设计并推广文创产品。将蚕宝宝进行卡通化形象设计，吸引大众关注，并将其作为蚕乡文创产品的标志。例如，在帆布包、水杯、气球、书签、雨伞上进行装饰，进一步推广蚕桑文化。利用蚕茧的颜色、形状及易染色等特点，制作各种文创产品进行宣传推广。具体包括：可将蚕茧剪成花瓣大小，做成花骨朵儿，赋予蚕茧新生命；根据蚕茧的椭圆形特点，利用蚕茧容易染色的特点，在茧上作画，将蚕桑文化以画的形式保存在蚕茧上，制作成挂坠、项链、香囊等产品，具有独特的韵味。

（3）美食推广。结合当地饮食文化，将蚕蛹、桑葚、桑叶等原材料制作成特色美食，吸引游客前来游玩，从而提高蚕桑文化的知名度和影响力。通过以上措施，可以有效推动蚕桑文化产业的发展，为蚕歌文化的保护与传承提供有力支持。

（二）传承人决定了蚕歌的生命力

关于传承人对蚕歌生命力的影响以及保护和传承蚕歌文化的措施，具体分析及建议如下文所示。

（1）重视非遗传承人。非遗传承人是传承非遗文化的关键力量。然而，当前非遗传承人大多年事已高且身体欠佳，面临后继无人的状况，且缺乏梯队建设。因此，需要加强对非遗传承人的重视与褒奖，激发他们传承蚕歌文化的动力。政府应加大对非遗传承人的补贴力度，提高他们的生活保障水平，以激励更多年轻人加入非遗传承的队伍中来。

（2）政府扶持推广蚕歌文化。仅靠非遗传承人个人的力量难以实现蚕歌更有效、更全面的推广。因此，政府应积极组织并加大扶持力度，可以通过以下措施加强对浙江蚕歌的保护与传承：在非遗馆、文化馆设立蚕歌专栏，引起社会对蚕歌文化的关注；完善浙江蚕歌的保护研究体系，推动相关学术研究和文化交流活动；举办浙江蚕歌文化节，吸引公众参与，扩大蚕歌文化的影响力；鼓励扶持非遗传承人收徒，培养新一代传承人，确保蚕歌文化的延续性。通过以上措施，可以更好地保护和传承蚕歌，促进其在现代社会中的继承与发展。

(三)提升社科研究力度及推动数据库建设

关于提升社科研究及数据库建设,保护和传承浙江蚕歌文化,具体建议如下文所示。

(1)加强学术研究。当前关于浙江蚕歌非遗方面的专著和学术论文相对较少,急需相关科研人员投入更多精力开展深入研究。具体措施包括:全面收集与整理现有文献,通过博物馆和田野调研等方式获取更多一手资料;在理论层面进行归纳总结,形成系统的浙江蚕歌研究体系;政府部门应设立专项研究基金及鼓励机制,提供政策引导和经费支持,吸引更多学者参与研究工作。

(2)数字化保护与数据库建设。浙江蚕歌的音频、视频资料已极为罕见,急需采取措施进行数字化保护。为此,建议相关非遗部门依据区域范围尽快开展一手资料的采集工作,包括视频、音频、图片、文字等形式;进行区域整合,建立综合性的浙江蚕歌数据库,利用数字技术和网络技术实现资料的有效存储与管理;搭建多种传播平台,如开设专门网站,建立蚕歌数据库,不仅包含歌词、名录等文字资料,还应整理汇编蚕歌表演影像及音频资料集锦,使大众能够更加直观地感受浙江蚕歌文化的魅力。通过以上措施,可以有效提升浙江蚕歌的研究水平,并借助现代科技手段实现其永久性保存与广泛传播,从而达到有效传承的目的。

(四)加强媒体宣传以及民众传承

关于加强媒体宣传及民众传承以推动浙江蚕歌文化的保护与发展,具体建议如下文所示。

(1)利用新媒体平台扩大宣传。充分利用公众号、视频号等自媒体平台,加强浙江蚕歌文化的宣传力度。吸引更多年轻人关注这一独特的艺术形式。通过创新的传播方式和生动的内容展示,使古老的浙江蚕歌得到更广泛的认知与推广。

(2)强化民众传承意识。浙江蚕歌文化源于民间,其保护与传承离不开广大民众的参与和支持。因此,提升民众对非遗文化的认知水平尤为重要。具体措施包括:文化部门应积极组织各类宣传活动,普及蚕歌文化知识,激发公众的兴趣和热情;鼓励社会各界积极参与到蚕歌文化的保护与传承中来,营造全社会共同关注和支持的良好氛围。

(3)强化学校的本土文化教育。在浙江学校的本土文化教学中突出蚕桑文化特色,为中小学生讲解江南蚕桑习俗文化。通过课堂教学、课外活动等多种形式,让下一代深刻理解本土文化,提升文化认同感与自信心。此举不仅有助于传承和发扬祖国的优秀传统文化,还能为蚕歌文化的长远发展奠定坚实基础。通过以上措施,可以有效推动浙江蚕歌文化的保护与传承，让其在现代社会中展现新的活力与生机。

（五）将蚕歌融入文化旅游产业

关于将蚕歌融入文化旅游产业以促进其传承与发展，具体的建议如下文所示。

（1）结合现代蚕桑经济产业，将蚕歌传承融入现代化蚕桑经济产业中，利用深厚的蚕桑文化底蕴，结合当地特色活动开展文化旅游第三产业。通过这种方式，不仅能让蚕歌在传承的同时得到更广泛的推广，还能激发其生命力，使其在现代社会中焕发新的活力。

（2）保护蚕歌文化的原汁原味。在推动文化旅游产业发展过程中，需注意保护蚕歌文化的纯正性，避免过度商业化和利益化对传统文化造成损害。确保浙江蚕歌的本色得以保留，是实现其可持续传承的关键所在。

（3）引入"非遗+旅游"新兴业态。将浙江蚕歌文化带入"非遗+旅游"的新兴业态模式中，提升旅游产业中非遗文化的代入感。通过精心设计的文化旅游项目，让游客在体验过程中深入了解并感受到蚕歌文化的独特魅力，从而提高公众对这一非物质文化遗产的关注度与认可度。通过以上措施，可以有效推动蚕歌文化与文化旅游产业的深度融合，既促进了蚕歌文化的传承与发展，又为地方经济带来了新的增长点。

第四节
保护传承方法——立体多元

关于浙江蚕桑习俗文化的保护与传承方法，具体建议如下文所示。

（1）现状分析。当前，在浙江蚕乡的婚礼及嫁妆、婚前婚后礼俗等方面，已经逐渐寻觅不到蚕桑习俗的痕迹。随着现代经济及文化的多元化发展，浙江蚕桑习俗已成为非物质文化遗产，正逐渐远离民众生活，古老而神秘的蚕歌也面临失传的困境。这凸显了对其进行有效保护与传承的重要性。

（2）代表性举措。浙江相关政府部门在蚕桑习俗文化的传承与保护方面采取了一些具有借鉴价值的举措，如云龙村蚕俗文化园：海宁市周王庙镇云龙村于2009年投资350万元，成功建设云龙蚕俗文化园。该园区以美丽乡村建设和海宁百里长廊开发为契机，逐步向农村休闲旅游业发展，为推广蚕桑习俗文化提供了重要平台；洲泉镇水上蚕花胜会：洲泉镇已成功举办多届水上蚕花胜会，并于2010年4月（蚕月）成功举办了中国·洲泉首届蚕丝品博览会暨蚕花胜会。此外，还建立了蚕俗文化博物馆，为中小学校及游客创造了了解原生态蚕桑习俗文化的良好机会。云龙村和洲泉镇作为浙江蚕桑习俗文化重地，在传承与保护方面取得了显著成果。

（3）特色表演活动。高竿船技（图5-9、图5-10）是浙江蚕乡极具特色的传统活动。在水上的一条大船中央摆放一块可旋转的巨型石臼，上面插一根三四丈高的带梢毛竹，民间将其比喻成"蚕花竹"。表演者身着象征蚕宝宝形象的白色服装，沿竹竿而上，爬至梢顶，在弯成90°的毛竹上进行多种高难度动作表演。这一活动不仅具有很高的娱乐价值和观赏价值，还能够吸引公众对蚕桑习俗文化的关注与兴趣。通过以上措施，可以有效推动浙江蚕桑习俗文化的立体多元保护与传承，使其在现代社会中焕发新的生机与活力。

以上政府举措在一定程度上对浙江蚕桑习俗文化进行了有效保护，但在非遗梯队建设及保护机制、民众传承、社科研究、数据库建设、活化产品开发几个方面还迫切需要加强。

图5-9 清河蚕花胜会——高竿船技❶，张根荣摄影

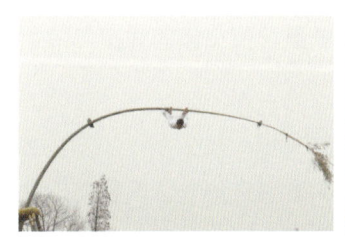

(a) 高竿船技表演1——田鸡伸腰　(b) 高竿船技表演2——勾脚面　(c) 高竿船技表演3——反张飞

(d) 高竿船技表演4——反撬　(e) 高竿船技表演5——捐竹　(f) 高竿船技表演6——躺竹

图5-10 高竿船技表演，张新根摄影

---

❶ 该摄影作品获得嘉兴市农民摄影大赛金奖。

（一）加强非遗梯队建设及建立保护机制

关于加强非遗梯队建设及建立保护机制以促进嘉兴蚕桑习俗文化的保护与传承，具体建议如下文所示。

（1）重视非遗传承人培养。非遗传承人是传承非遗文化的关键所在。然而，目前非遗传承人群体中年迈多病者众多，后继乏人，且尚未形成完整的传承梯队，这严重制约了非遗文化的可持续发展。因此，亟须采取措施加强对年轻一代非遗传承人的培养，确保非遗技艺能够代代相传。

（2）提高非遗传承人待遇。当前，非遗传承人每年所获得的政府补贴较为有限，与其付出的努力和贡献相比远远不够。为激发非遗传承人的积极性、勇气及动力，应适当提高其经济待遇，并给予更多尊重和褒奖，使其感受到社会的认可和支持。

（3）强化政府支持与干预。仅靠非遗传承人个人的力量难以组织更大规模、更全面的推广和学习活动。因此，政府需要积极介入，加大扶持力度，通过以下方式推动浙江蚕桑习俗文化的保护与传承：制定和完善相关法规和条例，填补政策空白，为非遗文化提供必要的法律依据和支持；将"非遗进校园"纳入政策支持范围，制定具体实施方案，确保这一活动能够在学校中得到有效推广，让更多青少年了解并热爱本土传统文化；提供专项资金用于非遗项目的挖掘、整理、研究以及宣传推广等工作，扩大非遗文化的影响力和社会关注度。

通过以上措施，可以有效加强非遗梯队建设，为浙江蚕桑习俗文化的保护与传承奠定坚实基础。

（二）融入民众传承力量

关于将浙江蚕桑习俗文化融入民众传承力量，具体建议如下。

（1）提升民众非遗文化社会教育。浙江的蚕桑习俗文化源于民间，民众传承是其最为有效的路径之一。因此，提升民众对非遗文化的认知水平至关重要。如果能让非遗的保护与传承成为民众自发的行为，那么非遗传承的困难将迎刃而解。文化部门应积极宣传和广泛推广蚕桑习俗文化，利用各种媒体平台、社区活动等形式，向公众普及相关知识（图5-11）；鼓励社会各界踊跃参与，营造全社会共同关注和支持非遗文化的良好氛围。让非遗文化真正走进人们的生活。

（2）加强校园本土文化教育。浙江校园的本土文化教育应着重体现蚕桑文化特色。为中小学生介绍浙江蚕桑习俗文化，有助于下一代了解并热爱本土传统文化，增强文化认同感和自信心。具体措施包括：在语文课程中引入有关蚕桑习俗的文学作品或故事，让学生通过阅读加深理解；在劳动课程中安排与蚕桑相关的实践活动，如养

（a）活动现场　　　　　　　　　（b）作品展示

图5-11　洲泉镇文体站茧画活动，张根荣摄影

蚕、缫丝等，使学生亲身体验传统工艺的魅力；在音乐课程中教授传统的蚕歌，让学生感受其独特的艺术价值；在美术课程中设计与蚕桑文化相关的创作任务，激发学生的创造力；在思政课程中强调保护和传承非物质文化遗产的重要性，培养学生的责任感和使命感。

通过以上方式，可以让更多人参与到浙江蚕桑习俗文化的保护与传承中来，确保这一宝贵的文化遗产得以延续和发展。

（三）提升社会科学研究

关于提升浙江蚕桑习俗文化的社会科学研究水平，具体建议如下。

（1）加大科研投入力度。尽管浙江蚕桑文化历史悠久，但目前在蚕桑非遗方面的专著与学术论文数量相对有限，研究的系统性体系尚未形成。因此，亟须采取措施提升该领域的研究深度和广度：鼓励科研人员投入更多精力深入研究，全面收集和整理文本文献；通过博物馆和田野调研等途径获取更多一手资料，并在基础上进行理论归纳与研究，为浙江蚕桑习俗文化的保护与传承提供科学依据。

（2）设立专项研究及鼓励机制。政府部门可设立专门的研究项目与激励机制，从政策和资金两方面提供支持：制定明确的研究规划和目标，吸引更多的学者投身于这一领域；提供专项资金用于资助重点研究项目，减轻科研人员的经济负担；建立奖励制度，对取得显著成果的个人或团队给予表彰与奖励，激励其创新积极性。

通过以上举措，可以有效提升浙江蚕桑习俗文化的社会科学研究水平，为其保护与传承奠定坚实的理论基础。

（四）重视数据库的建设

关于重视浙江蚕桑习俗文化数据库的建设，具体建议如下。

（1）加强数字化保护。浙江蚕桑习俗文化的多种体现形式，如技艺、传说、蚕歌、故事、谚语、绘画、剪纸等，目前尚未进行系统的数据库整理与存储。特别是古老的嘉兴蚕歌，其音频和视频资料已极为罕见。如果不及时采取措施进行数字化保护，这些珍贵的文化遗产将难以实现永久性保存。相关非遗部门应根据区域范围，抓紧时间开展一手资料的采集工作；对浙江蚕乡的资料进行整合，采用视频、音频、图片、文字等多种形式对浙江蚕桑文化进行全面保护。

（2）利用现代技术建设数据库。充分运用数字技术和网络技术，构建切实有效的数据库系统：建立专门的数据库平台，用于存储和管理所收集到的各种类型的一手资料；搭建多种传播平台，包括官方网站、社交媒体账号、移动应用程序等，实现虚拟宣传及展示体系，方便公众查阅和学习；通过数字化手段提升文化传播效率，扩大受众群体，增强社会影响力，从而达到有效传承的目的。

通过以上措施，可以更好地保护和传承浙江蚕桑习俗文化，确保这一宝贵的文化遗产能够世代相传。

（五）进行活化产品开发

关于进行活化产品开发以促进浙江蚕桑习俗文化的传承，具体建议如下。

（1）融入创新意识。随着现代商品的快速发展，传统的蚕丝产品已无法满足现代人的审美和实用需求。因此，亟须将创新意识融入传统蚕丝产品的设计与制作中，使其焕发新的生命力。对传统蚕丝产品进行智能化和创意性开发，结合现代科技和设计理念，开发满足当代消费者需求的新产品；研究市场需求，分析目标群体的喜好和消费习惯，确保所开发的产品既保留传统特色，又兼具现代时尚感。

（2）推动"活态文化"的"活态传承"。通过举办设计大赛或推广本土品牌等方式，有效促进蚕丝产品的开发工作：组织以浙江蚕桑习俗文化为主题的设计比赛，吸引设计师、艺术家以及公众参与，激发创意灵感；支持和推广本土品牌，鼓励企业将传统文化元素融入现代产品中，提升产品的文化附加值；加强与高校、科研机构的合作，共同探索传统工艺与现代技术相结合的新方法和新途径。

（3）号召更多人参与进来。浙江的蚕桑习俗文化蕴含着丰富的民俗文化和人文情怀，在非物质文化遗产逐渐被人们淡忘的今天，我们更应致力于其传承与弘扬。通过系统性地挖掘和研究浙江蚕俗，为学术界提供基础资料，为相关部门的传承工作提供参考。激励更多年轻人感悟到非遗的生命力和活力，积极参与到保护和传承工作中来。希望通过这些努力，能够让浙江蚕歌及蚕桑习俗文化展现恒久魅力，焕发时代风采。

通过以上措施，可以有效实现传统蚕丝产品的活化开发，达到"活态文化"的"活态传承"目的，进一步弘扬浙江悠久而宝贵的蚕桑习俗文化。

参考文献

[1] 沈约.宋书（一百卷）[M].北京：中华书局，1974.

[2] 郭茂倩.乐府诗集[M].上海：上海古籍出版社，2016.

[3] 卫杰.蚕桑萃编·四[M].北京：文物出版社，2023.

[4] 汪日桢.湖蚕述注释[M].北京：农业出版社，1987.

[5] 刘文，凌冬梅.嘉兴蚕桑史[M].杭州：浙江工商大学出版社，2013.

[6] 徐春雷.桐乡蚕歌[M].北京：中国文联出版社，2009.

[7] 顾希佳，袁瑾，丰国需.运河村落的蚕丝情结[M].杭州：杭州出版社，2018.

[8] 倪士毅.浙江古代史[M].杭州：浙江人民出版社，1987.

[9] 祝汉明，徐春雷，褚红斌.含山轧蚕花[M].杭州：浙江摄影出版社，2014.

[10] 顾希佳.祭坛古歌与中国文化：吴越神歌研究[M].北京：人民出版社，2000.

[11] 顾希佳.东南蚕桑文化[M].北京：中国民间文艺出版社，1991.

[12] 顾希佳.浙江民俗大典[M].杭州：浙江大学出版社，2018.

[13] 颜剑明，褚红斌，陈亚琴.桐乡高杆船技[M].杭州：浙江摄影出版社，2015.

[14] 齐涛，山曼，顾希佳.中国民俗通志：生产志[M].济南：山东教育出版社，2007.

[15] 吴一舟.天虫[M].上海：上海人民出版社，2005.

[16] 史宁.杭嘉湖蚕歌史话[M].杭州：浙江工商大学出版社，2021.

[17] 陈述.杭州运河历史研究[M].杭州：杭州出版社，2006.

[18] 陈国灿.江南城镇通史（清前期卷）[M].上海：上海人民出版社，2017.

[19] 浙江民俗学会.浙江民俗[M].上海：上海文艺出版社，1991.

[20] 嘉兴市文化广电新闻出版局.嘉兴市非物质文化遗产名录集成[M].杭州：浙江摄影出版社，2010.

[21] 乐忆英.乌镇民俗[M].杭州：浙江人民出版社，2014.

[22] 李西林.唐代音乐文化研究[M].北京：文化艺术出版社，2014.

[23] 中国民间文学集成全国编辑委员会，中国民间文学集成浙江卷编辑委员会.中国歌谣集成：浙江卷[M].北京：中国ISBN中心，1995.

[24] 周向潮.江南水乡文化名城嘉兴[M].杭州：浙江人民出版社，2001.

［25］陈华文，郑士有，宣炳善，等.浙江民俗史［M］.杭州：杭州出版社，2008.

［26］苏州市文学艺术界联合会，江苏省民间视觉工作者协会苏州市分会.吴歌［M］.北京：中国民间文艺出版社，1984.

［27］杨力.中国的丝绸［M］.北京：人民出版社，1987.

［28］方长生.浙江省民间文学集成：舟山市歌谣、谚语卷［M］.北京：中国民间文艺出版社，1989.

［29］温州市民间文学集成编委会.浙江省民间文学集成：温州市歌谣、谚语卷［M］.杭州：浙江文艺出版社，1990.

［30］浙江省民间文学集成办公室.诸暨县歌谣、谚语卷［M］.杭州：浙江文艺出版社，1988.

［31］葛凤兰.浙江省民间文学集成：金华市歌谣、谚语卷［M］.杭州：浙江文艺出版社，1991.

［32］贺挺.浙江省民间文学集成：宁波市歌谣、谚语卷［M］.杭州：浙江文艺出版社，1991.

［33］章寿松.浙江省民间文学集成：衢州市歌谣、谚语卷［M］.杭州：浙江文艺出版社，1991.

［34］陆殿奎.浙江省民间文学集成：嘉兴市歌谣、谚语卷［M］.杭州：浙江文艺出版社，1991.

［35］钟伟今.浙江省民间文学集成：湖州市歌谣、谚语卷［M］.杭州：浙江文艺出版社，1991.

［36］朱秋枫.中国歌谣集成：浙江卷［M］.北京：中国ISBN中心，1995.

［37］陈永昊，余连详，张传峰.中国丝绸文化［M］.杭州：浙江摄影出版社，1995.

［38］东方浩.绍兴诗歌选［M］.北京：中国文联出版社，1999.

［39］中国民间艺术出版社.吴歌［M］.北京：新华书店北京发行所，1984.

［40］朱秋枫.浙江歌谣源流史［M］.杭州：浙江古籍出版社，2004.

［41］林锡旦.太湖蚕俗［M］.苏州：苏州大学出版社，2006.

［42］曹锦炎.吴越历史与考古论丛［M］.北京：文物出版社，2007.

［43］袁宣萍，徐铮.浙江丝绸文化史［M］.杭州：杭州出版社，2008.

［44］徐国保.吴文化的根基与文脉［M］.南京：东南大学出版社，2008.

［45］周玉波，等.中国历代民歌整理与研究丛书［M］.南京：南京师范大学出版社，2009.

［46］吴梁.嘉兴古今谈［M］.香港：世界文化艺术出版社，2009.

［47］刘旭青.文化视野下浙江歌谣研究［M］.杭州：浙江大学出版社，2009.

［48］周匡明.中国蚕业史话［M］.上海：上海科学技术出版公司，2009.

［49］金天麟.中国·嘉善田歌［M］.哈尔滨：黑龙江人民出版社，2009.

［50］仲富兰，何华湘.越地非物质文化遗产综论［M］.北京：人民出版社，2010.

［51］信阳市非物质文化遗产保护中心.信阳民歌［M］.开封：河南大学出版社，2010.

［52］孙可为.绍兴丝绸史话［M］.北京：中国戏剧出版社，2011.

［53］过伟.吴歌研究［M］.苏州：古吴轩出版社，2011.

［54］王士均.江南民间情歌八百首［M］.上海：学林出版社，2011.

［55］刘旭青.吴越歌谣研究［M］.北京：中国社会科学出版社，2012.

［56］裘樟鑫.新农村歌谣集锦［M］.杭州：浙江工商大学出版社，2012.

［57］朱秋枫.杭州运河歌谣［M］.杭州：杭州出版社，2013.

［58］庞培.吴歌［M］.南京：江苏文艺出版社，2014.

［59］金梅.嘉善田歌［M］.杭州：浙江摄影出版社，2014.

［60］孙正国.中国民间歌谣经典［M］.武汉：华中师范大学出版社，2014.

［61］费莉萍.德清扫蚕花地［M］.杭州：浙江摄影出版社，2014.

［62］诗经全鉴［M］.张凌翔，解译.北京：中国纺织出版社，2015.

［63］潘一钢.温州老歌谣［M］.合肥：黄山书社，2015.

［64］钟伟今.湖州民间文学选［M］.海口：海南出版社，1999.

［65］钟伟今，沈月华.湖州风俗志［M］.增订本.杭州：西泠印社出版社，2021.

［66］袁瑾，陈宏伟.江南网船会［M］.杭州：浙江摄影出版社，2015.

［67］鞠德源.古蜀王国：中华文明的摇篮［M］.北京：中国文化发展出版社，2011.

附录

附录1 民间蚕歌文化调研纪实
（附图1-1~附图1-37）

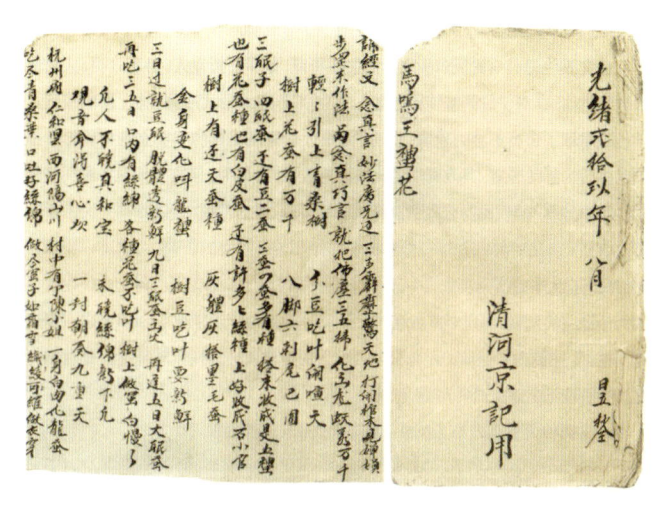

附图1-1 屠甸镇发现的清光绪二十九年手抄本《马鸣王蚕花》，张剑秋摄影

附图1-2 喜娘褚林凤演唱蚕歌《经蚕肚肠》，张新根摄影

附图1-3　艺人朱贤宝演唱蚕歌，徐春雷摄影

附图1-4　蚕歌手陆培固演唱蚕歌《小白龙传奇》❶，胡高阳摄影

附图1-5　民间艺人表演《马鸣王》蚕歌，云龙村村委会提供

附图1-6　嘉兴市非遗传承人、桐乡三跳艺人沈震方在桑园中唱蚕歌，张根荣摄影

---

❶ 曲谱见附录2。

附图1-7　团队与唱词《马鸣王》合影，刘文摄影

附图1-8　团队成员与桐乡市洲泉镇云龙村蚕乡民乐队艺人合影[1]

---

[1] 前排右一：二胡演奏师林汉清，前排右二：笛子演奏师王健民，前排左二：中阮演奏师曹锦伟，前排左一：蚕歌手徐国强，后排右三：蚕歌手陆培囡，后排中间：作者刘文。

附图1-9　艺人曹锦伟（中）、陆培囡（右）教团队成员唱蚕歌曲谱

附图1-10　团队向桐乡市洲泉镇云龙村蚕乡民乐队艺人曹锦伟（右）向团队讲解蚕歌内涵

附图1-11　蚕歌传唱，王依乐摄影

（a）团队观看"金灿灿"的蚕茧

（b）桐乡市洲泉镇云龙村范卫福书记向团队讲解蚕乡历史

（c）团队近距离观看蚕茧、蚕丝及丝绸制品

附图1-12　团队参观蚕乡桐乡市洲泉镇云龙村，刘文摄影

附图1-13　团队与蚕歌手陆培囡合影，刘文摄影 　　附图1-14　作者带领团队在中国·江南蚕俗文化博物馆参观，张根荣摄影

（a）云龙村外围墙 　　（b）云龙蚕俗文化园门口 　　（c）云龙蚕俗文化园内参观

（d）对蚕乡村民进行采访 　　（e）团队观看传统丝车等劳动工具

附图1-15　团队在蚕乡桐乡市洲泉镇云龙村调研，刘文摄影

附图1-16　桐乡市洲泉镇云龙村蚕歌传唱基地建成合影留念，云龙蚕乡民乐队提供

附图1-17　培桑养蚕，张根荣摄影

附图1-18 九里桑园,王飞庆摄影

附图1-19 春天里开花的桑葚(左)及成熟后的桑葚(右),谢跃锋摄影

附图1-20　按雌雄分拣蚕蛹（石门蚕种场），谢跃锋摄影

附图1-21　蚕蛹蜕变成蚕蛾后破茧而出❶，谢跃锋摄影

附图1-22　蚕蛾交配❷，张根荣摄影

附图1-23　产卵中的雌性蚕蛾❸，谢跃锋摄影

---

❶ 由左到右，依次为蚕蛾、蚕蛹、蚕皮、茧壳。
❷ 只有交配过的母蚕蛾产出的蚕卵才能孵化。
❸ 母蚕蛾一次可以产出几百颗卵，产卵的过程会持续1~2小时，这个阶段的蚕蛾使命是产卵，以延续下一代的生命，产完卵之后一周左右，它们的生命就会结束，生命最后的时刻，铆足了所有的力气，只为延续新生命，一天后的卵由黄色变成咖啡色，新一轮生命周期的小生命就此孕育生长。

附图1-24　蚕种场内的暗室，工作人员正在检查每个盒子里产卵中的蚕蛾，谢跃锋摄影

附图1-25　蚕具消毒，准备进入蚕月，王飞庆摄影

(a) 撒"防病一号"到小蚕身上消毒 　　(b) 切得很细的嫩桑叶 　　(c) 轻撒细叶饲蚕

附图1-26　蚕娘姚碗清精心饲养小蚕，谢跃锋摄影

附图1-27　壮蚕喂叶，潘天勇摄影 　　　　附图1-28　清理蚕區❶，谢跃锋摄影

附图1-29　晒蚕沙❷，王飞庆摄影 　　　　附图1-30　银茧挂满柴簇间❸，张根荣摄影

---

❶ 四眠蚕每天都要清一次。
❷ 蚕沙：即蚕的粪便。
❸ 2007年5月30日南庄村文桥头北组沈根庆家。

附图1-31 落地铺饲养的蚕宝宝❶，谢跃锋摄影

附图1-32 1979年羔羊采茧，李渭钫摄影

---

❶ 在地上直接铺上塑料蚕网，蚕宝宝吐丝做茧。

附图1-33 春茧开秤，王飞庆摄影

附图1-34 手工煮茧缫丝，刘文摄影

附图1-35 剥大环绵兜，张根荣摄影

附图1-36 扯丝绵被（银桑丝绸家纺有限公司），张根荣摄影

附图1-37 20世纪80年代原浙江制丝一厂织绸车间，浙江米赛丝绸有限公司提供

附录2　蚕歌曲谱

1. 曲一

曲　一

1=G 2/4 3/4
中速 柔和地

(1) 3 5　5 3 5 | i 6　6 5 | 3/4 3　6　6 | 2/4 5 3 2 3 | 3 6　5 6 5 3 |
1.三月（台格拉）天（哎）气　　暖　洋　洋（哎　吭），家家（台 格拉）
2.蚕房（台格拉）搭（哎）在　　高　厅　上（哎　吭），棂窗纸

(8)
2 3 1 2　3 | 3 5 3 2　1 | 2　1 2 | 3·5　2 3 2 1 | 12 i 6　6 i |
护（啊）种搭　蚕棚（呀哎　吭　　哎　　吭　　哎
糊（啊）得泛　红光（呀哎　吭　　哎　　吭　　哎

(12)
3/4 2 3 5　2 — | (X X X X | X X X X | X X X X | X X X) |
吭哎　吭）　　　冬冬冬太　冬冬冬太　冬太冬太　冬冬太
吭哎　吭）

3.蚕花（台格拉）娘（哎）娘两边立（哎吭），

3 6　5 6 5 3
聚 宝 盆　　一只贴中央（呀哎吭哎吭哎吭哎吭）

4.蚕茧（台格拉）烊在蚕蓑内（哎吭），乌儿（台格拉）出得密密麻（呀哎吭哎吭哎吭哎吭）。
5.手拿（台格拉）称杆来挑种（哎吭），轻轻（台格拉）鹅毛掸龙蚕（哎呀吭哎吭哎吭哎吭）。

2. 曲二

曲 二

1=D 2/4

中速 叙述地

(1)　　　　　　　　　　　　　　　(4)
6 6 1 | 2 3 2 | 1 1 2 | 3 5 3 2 | 2 2 3 | 3 2 2 3 | 2 3 2 1 | 6 1 | 6 1 2 | 3·5 2 3 2 1 | 6·5 6 ‖

1. 扫地 扫到 羊棚 头，养（格）羊 来像 马头（呀 哎 吭 哎 吭 哎 吭）。
2. 扫地 扫到 猪棚 头，养（格）猪 啰像 黄牛（呀 哎 吭 哎 吭 哎 吭）。
3. 今年蚕花扫得好，明年保倷三十六（哎呀吭哎吭哎吭哎）。
4. 高高蚕花接了去，亲亲眷眷都要好（哎呀哎吭哎吭哎）。
5. 今年扫好蚕花地，代代子孙节节高（哎呀哎吭哎吭哎）。

3. 扫蚕花地（一）

扫 蚕 花 地

之一

童金荣 传授
徐亚乐 记谱

1=G 3/4 2/4

稍慢

(1)　　　　　　　　　　　　　　(4)
3·1 2 — | 2/4 3 3 3·6 | 1 2· | 1 6 3 | 2 6 1 6 | 16 5· 6 ‖

花　蚕　　宝宝啥格 出身，开 天 辟（啊） 地

(8)　　　　　　　　　　　(12)
2 6 1 | 2·6 6 5· | (X X X X | X X X X | X X X X | X X X) ‖

到 如今（哎 嗨 哎）。冬冬冬太 冬冬冬太 冬太冬太 冬冬太

4. 扫蚕花地（二）

扫 蚕 花 地

之二

童金荣 传授
徐亚乐 记谱

1=G 2/4 3/4

中速

(1)　　　　　　　　　　　　　(4)
6 1 | 3 1 1 2 — | 2/4 2 3 2 1 | 6 2·6 6 2 |

元　帅　 出征（哎） 失了（哎）女（哎嗨 哎 哎啊），银丝

(8)　　　　　　　　　　　　(12)
1 2 1 6 5· | 6 2 2 | 2 1 6 | 3/4 6 5 5· 6 | 2/4 5 6 5 5 0 ‖

宝　马 敕干（啊 啊）金（哎哎嗨 哎 吭哎吭）。

5. 扫蚕花地（三）

扫 蚕 花 地
之三

周金囡 传授
何惠芳 记谱

$1=G$ $\frac{2}{4}$ $\frac{3}{4}$

慢速 叙述地

(谱略)

寒食到来(呦 唠 嘀)蚕(啊)浴(啊哎) 种(哎 吭 哎)，高高(哎) 晾出(哎)画堂(哎)前呀，养蚕娘娘手托蚕种(唠 嘀)来包(哎) 好(哎 吭)，轻轻再把打包(啊) 里(哎) 床中(啊)。 冬冬冬太 冬冬冬太 冬太冬太 冬冬太

① 晾出画堂前：晾，此处为方言念"朗"。画堂，即中堂、客堂，农村中堂上挂着画，故又称画堂。这句意为把蚕种纸放入适度盐水稍浸，把不良种子浸死，留下的是强壮种子。然后晾干焐在床里或身上育出蚁蚕。
② 里床中：方言，这里指把蚕种纸包好，焐床里。

6. 扫蚕花地（四）

扫 蚕 花 地
之四

郁云福 传授
徐亚乐 记谱

$1=G$ $\frac{2}{4}$

稍快 欢乐地

(谱略)

清明时节雨纷纷，路上(那个)行人欲断(啊) 魂(啊) (吭 哎 吭 哎 吭 哎 吭)。 冬冬太 冬冬太 冬太冬太 冬冬太

7. 扫蚕花地（五）

扫蚕花地
之五

郁云福 传授
徐亚乐 记谱

1=G 2/4
中速 叙述地

| 6 1 | 2 | 5 3 | 2 1 | 1 6 1 2 | 2 6 0 | 5·2 3 3 | 1·2 3 |

去年（格）落（哎）得 厌呀世哟茧③呀， 今年写张保票

| 2·1 6 | 6 5 0 6 | 6 1 2 | 3·2 3 | 6 1 | 3 5 3 | 3 |

保 得 稳呀，(啊) 家家（格）户(啊)户 三 十 六（哎 哎），

| 3·6 5 3 | 2 | 3 5 | 2 1 6 | 1 6 1 | 2·1 2 ‖

白 丝 绸 全 套 拨 伊 穿（呀 哎 吭 哎 吭）。

③落得厌世茧：方言。落：指采。厌世茧：指坏蚕茧。

8. 扫蚕花地（六）

扫蚕花地
之六

张林高 传授
何惠芳 记谱

1=D 2/4 3/4
稍慢 柔和地

| 6·5 6 1 6 5 | 3 3 5 6 | 5 1 6 5 3 5 | 3 — | 5 6 1 6 5 3 |

出 门 得 支(哟)摇 钱 树， 进 门（台 介 拉）

| 2·5 3 | 2·1 6 | 1 6 | 1 2 | 3 5 3 2 | 1 6 | 6 1 | 3/4 2·3 2 — ‖

得 只 聚 宝 盆啊（哎 吭 哩 吭 哎 哎 哩 哎）。

9.打桑叶（一）

打桑叶
（一）

1=G 2/4　　　　　　　　　　　　　　　　光山县
中速、轻快、愉悦地　　　　　　　　　　　汉　族

3 5 3 1 | 2 - | 1 5 3 1 | 2 - | 2 5 3 2 | 1 X |
山　那　高　　桑呀　树　长呵　　成
多呀　采　　桑呀　叶　多呵　　养
满那　地　　桑呀　叶　绿呵　　莹

3 2 1 3 | 2 - | 3 2 6 1 6 | 1 - | 2· 6 | 5 3 6 |
林那儿哟，　绿绿桑　叶　多喜人那儿
蚕那儿哟，　养蚕才　有　绸缎穿那儿
莹那儿哟，　拾起桑　叶　筐里盛那儿

5 - | 2 2 3 | 2 - | 3 2 1 3 | 2 - | 2 2 |
哟，蚕文爱桑叶，农人爱庄稼，低枝
哟，低枝都采光，齐把高枝望，高枝
哟，姑嫂忙一阵，汗水透衣襟，桑叶

3· 6 | 1 - | 3 2 6 1 6 | 1 - | 2· 6 | 5 3 6 |
好　打，十指尖　尖　撇桑桠呀儿
叶　嫩，忙把勾　儿　搭枝上呀儿
真　嫩，满筐叶　子　好高兴呀儿

5 - | 2 2 2 | 3 5 3 2 ‖: 3 5 3 2 | 1· 6 1 | 2 - :‖
哟，多采些桑叶　往框里丢　下，
哟，多采些桑叶　往地下来　放，
哟，山高么路远　难不着人，

3 1 6 1 6 | 1 - | 2· 6 | 5 3 6 | 5 - |
十指尖　尖　撇桑桠呀儿哟。
好叶子养　蚕　蚕也胖呀儿哟。
采满桑　叶　转回城呀儿哟。

10. 打桑叶（二）

打桑叶
（二）

光山县
汉　族

1=G 2/4
中速、轻松、愉快地

| 3 5 3 2 | 3 5 3 2 | 1 6 1 | 5 3 3 2 | 1 6 1 3 | 2 — |

男　孩么走　路　　观　山　景（呵），亲爱奴的妹，
万　朵么高　花　　高　万　丈（呵），亲爱奴的妹，
万　朵么红　花　　红　似　火（呵），亲爱奴的妹，

| 5· 6 | 1 — | 2 | 2 2 | 1 2 | 2 1 6 6 | 5 |

小　姑　娘　　女孩么走路　一个呀儿　哟，
小　姑　娘　　万朵么低花　一个呀儿　哟，
小　姑　娘　　万朵么绿花　一个呀儿　哟，

| 2 2 | 2 6 1 | 6 5 6 | 5 — | 3· 2 3 1 | 2 — |

玩花名（呵）呀喂　哟，　　依么呀子　喂，
草里生（呵）呀喂　哟，　　依么呀子　喂，
绿莹莹（呵）呀喂　哟，　　依么呀子　喂，

| 2· 3 2 6 | 1 — | 2 | 2 2 6 1 | 6 5 6 | 5 — ‖

喂么呀儿　哟，　玩　花　名（呵）呀　喂　哟。
喂么呀儿　哟，　草　里　生（呵）呀　喂　哟。
喂么呀儿　哟，　绿　莹　莹（呵）呀　喂　哟。

11. 泗洲调

泗洲调
（选自《湖丝阿姐》唱段）

庄忠延 演唱
余　仁 记谱

1=G 2/4

| 5 5 3 3 | 2 3 2 1 6 | 1· 2 3 5 | 3 2 3 2 | 1 6 1 2 3 | 1 6 5 |

月落西山　天　明了，　湖丝阿姐　起（呀）得　早;喊　娘　亲先把
忽听头波罗唠　唠　叫，来了姐妹　一（呀）大　淘;金　弟　姐你也

| 5 6 3 | 6 6 1 6 | 5 6 1 2 3 | 1 6 5 | 5 6 3 ‖

饭　烧，　嗳唷嗳　唷喊娘　亲先把　饭烧。
来　了，　嗳唷嗳　唷金弟　姐你也　来了。

12. 蚕花谣

蚕花谣

(男女生对唱)

春雷 采录改编歌词
陈才基参考"花鼓调"编曲

1=D 2/4

(5 3 5 3 | 2 3 5 2 1 | 1·3 2 1 6 | 5 - | 3 5 3 5 6 5 6 1 |

5 -) | 3 5 3 5 | 1 6 5 | 3·5 6 1 | 5 - | 3 5 3 5 |
(齐)阳 春 (末) 三 月 正 清 明, 养 蚕 (末)
(男)头 眠 (末) 眠 得 崭 新 齐, (女)二 眠 (末)
(女)买 叶 (末) 好 比 去 救 火, 天 亮 (末)
(男)屋 前 (末) 屋 后 都 上 到, (女)一 直 (末)

6 1 6 5 3 | 3 6 5 6 5 3 | 2 - | 5 3 5 3 | 5 6 5 | 5 2 3 5 3 2 |
就 在 谷 雨 边, 蚕 花 娘 子 忙 催
眠 得 齐 兴 兴, 火 柿 开 花 眠 出
已 到 家 门 前, (男)毛 竹 扁 担 两 头
上 至 灶 脚 边, (男)隔 了 三 天 看

1 - | 5 3 5 3 | 2 3 5 2 1 | 7 2 7 6 | 5 - | 3 5 5 |
青, 蚕 种 (哟) 捂 在 (哟) 被 里 面。 捂 了 (末)
火, (男)楝 树 (哟) 开 花 (哟) 眠 大 眠。 大 眠 (末)
尖, 一 肩 (哟) 挑 到 (哟) 蚕 房 边。 (女)喂 蚕 (末)
看, (女)蚕 茧 (哟) 结 满 (哟) 山 棚 顶。 (男)打 开 (末)

6·5 3 | 1 6 5 3 6 | 5 - | 5 2 3 2 3 5 | 2 - | 5 2 3 5 3 2 |
三 天 看 一 看, 布 子 上 面 绿 茵
三 眠 过 桑 叶 紧, 连 夜 开 船 去 买
好 比 龙 风 起, (男)吃 叶 好 比 大 雨
蚕 房 来 采 茧, (女)采 的 蚕 花 廿 四

1 - | 2 2 1 2 3 | 5 - | 2 3 5 2 3 1 | 2 - | 5 3 5 3 |
茵, 切 出 蚕 叶 金 丝 片, 引 出
叶, 花 掉 一 滩 老 酒 钿, 买 回
淋, (女)蚕 儿 养 到 五 昼 时, 准 备
分, (男)缫 出 土 丝 上 市 卖, (女)换 来

2 3 5 2 1 | 1 3 2 1 6 | 5 - | 3 5 3 5 6 5 6 1 | 5 - :‖
蚁 蚕 万 万 千, 蚁 蚕 万 万 千。
一 船 青 桑 叶, (齐)一 船 青 桑 叶。
上 山 搭 山 棚, (齐)上 山 搭 山 棚。
几 百 雪 花 银, (齐)几 百 雪 花 银。

13. 赞蚕花

赞蚕花

春雷 采录改编歌词
尧夫参考"蚕花调"编曲

1=G 2/4

‖:(1 61 653 | 2· 3 | 6 61 653 | 2· 3 | i 6i 53 | 2 35 216 |

2 53 216 | 5 -) | 6 1 653 | 2· 3 | 6 1 6i 53 | 2 - |
蚕 乡 三 月 风 光 好,
十六部 丝 车 两 行 排,

1 3 216 | 16 5 6 | 1 3 216 | 5 - | 1 1 3 21 | 6 61 653 |
门前来 了 放 蛇 佬, 竹篓之中藏青龙,
当中留 出 路 一 条, 唤来 大娘和大嫂,

1 1 3 216 | 5653 5 | 1 6 1 2 | 3 2 3 5 | 3 6i 653 | 5 2 0 3 21 |
青龙 一到 龙蚕到, 龙蚕 临门 蚕花 好,
脚踏 丝车 鹦鸪叫, 大娘 大嫂 手段 高,

6· 1 2 3 | 5 3 5 32 | 1 3 216 | 5 - | 1 61 5 6 | 6· 1 2 |
二 十 四 分 稳牢 牢, 养蚕 娘 娘
做 出 丝 来 像 银 条, 养蚕 娘 娘

6 6i 653 | 5 3 2 3 | 2 35 216 | 2 35 216 | 1 61 5653 | 5 - :‖
手段 高, 茧子采来比山 高, 比山 高。
为人 好, 捧进几筐大元 宝, 大元 宝。

2 3 5 216 | 2 3 5 216 | 5 3 5 6 5 6 i | 5 - ‖
捧进 几筐 大元 宝, 大 元 宝。

14. 蚕花调

蚕花调

(选自《经蚕肚肠》唱段)

1=D 2/4

褚林凤 演唱
徐宜锌 记谱

```
0  06 | 12 32 | 2· 3 | 5 35 3 23 | 2 16 | 0 06 |
       第一  转     (嘛) 长命  百岁  (牢) 好;   第

12 32 | 2· 3 | 1 33 3 21 | 2 16 | 0 06 | 12 3 21 |
二  转    (嘛) 成双  富贵   (牢) 好;    第三  转

2· 3 | 1 33 3 23 | 2 16 | 0 06 | 63 3 21 | 2· 3 |
(嘛) 连中  三元   (牢) 好;    第四  转    (嘛)

5 35 3 23 | 2 16 | 0 01 | 63 2 31 | 2· 3 | 5 35 31 |
四季  发财  (牢) 好;    第五  转    (嘛) 五 子

5 32 31 | 2 16 | 0 01 | 63 3 21 | 2· 3 | 3 23 13 |
登  科   (牢) 好;    第六  转    (嘛) 六路 进

31 2 23 | 2 16 | 0 01 | 61 3 21 | 2· 3 | 3 53 21 |
财 香    (牢) 好;    第七  转    (嘛) 七 世

3 53 21 | 2 16 | 0 01 | 63 3 21 | 2· 3 | 3 53 21 |
保团  圆  (牢) 好;    第八  转    (嘛) 八 仙

1 53 2 31 | 2 16 | 0 01 | 63 2 31 | 2· 3 | 3 53 2 31 |
祝 寿    (牢) 好;    第九  转    (嘛) 九子 九孙

2 16 | 0 01 | 63 2 31 | 2· 3 | 3 53 3 21 | 21 3 23 | 2 16 |
(牢) 好;  第十  转    (嘛) 十 享  满福  (牢) 好。
```

15. 扫蚕花

扫蚕花
（男女生对唱）

春　雷　采录改编歌词
陈才基参考"上梁调"编曲

1=C 2/4

‖:(3·1 2 0 | 3·1 2 0 | 1·2 5 3 | 2· 7 | 6 6 1 3 5 | 6 0 6 0)|

（男）：
（女）：
（男）：
（女）：

1·2 6 5 | 6 1 2 | 6· 5 | 1· 6 1 2 | 3· 6 5 3 | 2 —

清 明 一 过 谷 雨　边，　蚕 乡 一 片 闹 盈　盈，
一 扫 扫 到 摇 车　边，　摇 出 纱 来 细 绵　绵，
三 扫 扫 到 羊 棚　边，　湖 羊 养 得 像 白　马，
手 捏 扫 帚 扫 上　前，　蚕 花 越 扫 越 茂　盛，

3·1 2 0 | 3·1 2 0 | 1·2 5 3 | 2 — | 6·1 6 1 | 0 2 7 |

家 家 户 户 迎 蚕 事，　打 扫 蚕 房 忙 不
二 扫 扫 到 猪 棚 边，　猪 猡 养 得 像 牯
四 扫 扫 到 灶 脚 边，　饭 镬 开 锅 香 喷
扫 帚 扫 到 蚕 房 边，　蚕 花 要 采 廿 四

（副歌）
6·1 3 5 | 6 0 6 0 | 6·5 3 5 | 6· 5 | 1 2 1 | 6 —

停 呀 忙 不 停 呀。(合) 依　浪 子 哟　扫 蚕　花，
牛 呀 像 牯 牛 呀。
喷 呀 香 喷 喷 呀。
分 呀 廿 四 分 呀。

2 2 | 3·5 3 2 | 1·2 3 5 | 2· 1 | 6·2 7 5 | 6 0 6 0 :‖

依 依 浪 子 依 子 扫 蚕　花，　忙 呀 忙 不 停 呀。

16. 撒蚕花

撒蚕花

1=C 2/4　欢快

春雷 采录改编歌曲
尧夫 参考"采桑词"编曲

(加吹打)

‖: (3 3 5 | 1·2 6 5 | 3 5 5 6 | 3 2 1 | 5 5 6 5 3 | 2·3 2 1 |

1 6· 5· | 6 -) | 6 6 6 5 | 1·2 6 5 | 3 2 | 3 - |
1.新婚之日　喜盈　　盈，
2.蚕花铜钱　撒过　　东，
3.蚕花铜钱　撒上　　南，
4.东西北　撒得　　匀，

5·6 1 2 | 6 5 6 3 1 | 2·3 1 3 | 2 - | 3 3 5 | 1·2 6 5 |
新　娘　来到　大门　前；取出　银锣
一　年　四季　福寿　拱；蚕花　铜钱
养　个　宝宝　中状　元；蚕花　铜钱
今　年　要交　蚕花　运；蚕花　茂盛

3 5 6 | 3 2 1 | 5 5 6 5 3 | 2·3 2 1 | 6 1 5 | 6 - :‖
和宝　瓶，　蚕花　铜钱　洒四　面，　四　面。
撒过　西，　生意　兴隆　多有　利，　多有　利。
撒落　北，　田头　地横　路路　熟，　路路　熟。
廿四　分，　茧子　堆来　碰屋　顶，　碰屋　顶。

3 3 5 | 1·2 6 5 | 3 5 6 | 3 2 1 | 5 5 6 5 3 | 2·3 2 1 |
蚕花　茂盛　廿四　分，　茧子　堆来　碰屋　顶，

6 1 5 ‖ 6 - ‖
碰屋　　顶。

17. 浪柳圆调

浪柳圆调（用帮腔伴唱）

（选自《接蚕花》唱段）

沈应龙等 演唱
余仁 记谱

1=C 2/4

四角全被张端正，二位对面笑盈盈，东君接得蚕花去，看出龙蚕廿四分。（帮腔）柳浪圆哎浪柳圆，浪浪柳圆柳浪圆，柳圆柳浪圆浪柳圆子柳浪圆哎，柳浪圆啊（帮腔）浪浪浪柳浪柳圆，浪浪柳柳浪柳圆。

18. 采桑调

采桑调

（选自《捉叶姐》唱段）

张金林 演唱
敏文 记谱

1=C 4/4
缓慢、自由地

正月梅花带雪开，暗里私情笑里来；
千思量来万思量，愁煞捉叶女姣娘；
姐思情哥心欢乐，满面笑容结连环。
日也思来夜也想，黄昏思想到五更。

19. 神歌调

神歌调

(选自《马鸣王化龙蚕》唱段)

李德荣、朱贤宝等演唱
叶荣汝　记谱

1=G 2/4

5·6 6 5 3 | 5 3 32 | 3 2321 | 1 - | 3·5 653 | 3 32 2 32 |
香 烟 炉 内(喽)透(呀)云 端,(帮腔始)　　银 烛 辉 煌 结　彩

1 6 6 - | 1 1 6 5 3 | 3 32 1 61 | 2 32 5 5 - |
莲,(帮腔始)　主 东 君　待 神 天,致 意 发 心　间,

2 23 2 3 | 2321 6 61 | 2 3 2321 | 5 - |
先 请 符 官 登 祭　桌,拈 香 叩 请 拜 神　天,

6·1 23 | 6 - | 6 1 2321 | 1 - | 1 1 6 5 3 | 2321 2 |
万 灵 登 宝 座,　众 神 把 杯 欢,　左 右 分 宾 宽 袍 坐,

6 1 5 3 2321 | 5 - | 5 5 5 5 5 3 | 3 1 2 3 | 2321 |
笙 箫 细 乐 画 堂　前。 歌 言 今 古 重　重　赞,(帮腔人)

6· 3 3 2 1 | 3 3 2 | 1 - | 1 1 2 3 2 |
神 也 欢 来 佛 也　欢,(帮腔人) 坛 前 不 奉

3 21 | 3 2321 | 1 - | 2 23 553 | 5 3 5 | 3·2 1 | 1 - ‖
众 神 仙,(帮腔人) 单 赞 马 鸣 王 菩 萨 化 龙 蚕。

(帮腔为"郎柳圆调"。)

20. 云龙蚕桑美名留

云龙蚕桑美名留

上海说唱【金陵塔调】

曹锦伟 词

1=G 2/4

(0 0 23 | 7̲7̲6̲ 5̲3̲5̲6̲ | 1̲7̲6̲1̲ 2̲5̲3̲5̲ | 1̲ 5̲1̲0̲) | 3̲1̲ 6̲5̲6̲1̲ | 5 (6̲5̲3̲ 2̲3̲5̲) |

桃花娇头 红，

3̲ 3̲5̲ 2̲ 3̲5̲ | 6̲1̲6̲5̲ 3̲2̲ | 1· (2̲3̲ | 7̲7̲6̲ 5̲3̲5̲6̲ | 1̲7̲6̲1̲ 2̲5̲3̲5̲ | 1̲ 5̲1̲0̲) | 1 1̲ 6̲ |

杨柳 条儿 青，　　　　　　　　　　　　　　　　　　　　　　勿唱

6̲·1̲ 5̲ 3̲ | 2̲ 3̲5̲ 2̲1̲ | 6̲·1̲5̲ 6̲ | 1· (6̲5̲6̲1̲) | 6̲1̲6̲5̲ 6̲ | 5̇ - | 5̇ - | 1̲ 5̲1̲ |

金陵塔来塔金　　铃，　　　　唱一 唱　　　　　　　云龙

6̲ 6̲1̲ 5̲ 3̲ | 3̲ 3̲5̲ 2̲ 3̲ | 6̲1̲6̲5̲ 3̲2̲ | 1· (2̲3̲ | 7̲7̲6̲ 5̲3̲5̲6̲ | 1̲7̲6̲1̲ 2̲5̲3̲5̲ | 1̲ 5̲1̲0̲) |

蚕　桑　历史 美名留。

快板：

（甲）说云龙，唱云龙，云龙蚕桑很悠久，种桑养蚕家家有，经济收入是大头。
（乙）蚕俗文化蛮讲究，蚕戏做到大门口，蚕娘接到屋里头，还叫蚕猫管眼头。
（丙）老法养蚕吃苦头，勿讲科学碰年头，僵蚕白肚加亮头，年年养蚕熟熟有。
（丁）桑树重在高墩头，采采桑叶一捆头，辛苦养蚕讲月头，茧子产量无花头。

5 3̲5̲ | 6̲1̲6̲5̲ | 5̲ 2̲3̲5̲ | 5̲1̲ 2̲3̲ | 1· (2̲3̲ | 7̲7̲6̲ 5̲3̲5̲6̲ | 1̲7̲6̲1̲ 2̲5̲3̲5̲ | 1̲ 5̲1̲0̲) |

勿懂 科　学　要娘眼泪流。

3̲1̲ 6̲5̲6̲1̲ | 5 (6̲5̲3̲ 2̲3̲5̲) | 3̲ 3̲5̲ 2̲ 3̲5̲ | 6̲1̲6̲5̲ 3̲2̲ | 1· (2̲3̲ | 7̲7̲6̲ 5̲3̲5̲6̲ | 1̲7̲6̲1̲ 2̲5̲3̲5̲ |

桃花娇头 红，　　　　　杨柳 条儿 青，

1̲ 5̲1̲0̲) | 1 1̲ 6̲ | 6̲·1̲ 5̲ 3̲ | 2̲ 3̲5̲ 2̲1̲ | 6̲·1̲ 5̲ 6̲ | 1· (6̲5̲6̲1̲) | 6̲1̲6̲5̲ 6̲ | 5̇ - | 5̇ - |

　　勿唱 金陵塔来塔金　铃，　　　　唱一 唱

1̇ 5̲1̲ | 6̲ 6̲1̲ 5̲ 3̲ | 3̲ 3̲5̲ 2̲ 3̲ | 6̲1̲6̲5̲ 3̲2̲ | 1· (2̲3̲ | 7̲7̲6̲ 5̲3̲5̲6̲ | 1̲7̲6̲1̲ 2̲5̲3̲5̲ | 1̲ 5̲1̲0̲) |

云龙 蚕 桑 历史 美名留。

快板：

（甲）说云龙，唱云龙，云龙蚕桑有奔头，那年正是三月头，蚕桑专家进村头，科研人员有衔头。
（乙）农科院里蒋教授，学术权威数一流，蹲点云龙作研究，农大师生当助手，科学养蚕来传授。
（丙）养蚕种桑走前头，桑园改造成坊头，平整土地保丰收，高产桑苗种田头，人工降雨装喷头。
（丁）科学培桑有讲究，桑树病虫不能留，提高产叶剪梢头，春季施肥是重头，还用绿肥当浇头。

5 3̲5̲ | 6̲1̲6̲5̲ | 5̲ 2̲3̲5̲ | 5̲1̲ 2̲3̲ | 1· (2̲3̲ | 7̲7̲6̲ 5̲3̲5̲6̲ | 1̲7̲6̲1̲ 2̲5̲3̲5̲ | 1̲ 5̲1̲0̲) |

河泥 捡 到　杭州河里头。

3 1̇ 65̂6 1̇ | 5 (65̂3 23̂5) 3 35̂ 2 35̂ | 6̂ 1̇ 65 32 | 1· (23̂ 7̣̂ 7̣6̣ 53̂5̂6̣ | 1̂ 7̣6̣1 25̂3̂5̂ |
桃花 娇头 红，　　　　　 杨柳 条儿 青，

1̂ 5̂1̣ 0) | 1 1 6̂· 1̇ | 5 3 23̂5̂ 2 1 | 6· 1̂ 5 6̂ | 1· (6̂5̂6̂1) | 6̂ 1̂65̂ ⁵6 − | ⁵6 − |
　　　　　勿唱 金陵 塔来 塔金　　铃，　　　　　 唱一 唱

1̇ 5̂1̣ 6̂6̂1̂ 5̂3 | 3 35̂ 23̂ 6̂ 1̂65̂ 32 | 1· (23̂ 7̣̂ 7̣6̣ 53̂5̂6̣ | 1̂ 7̣6̣1 25̂3̂5̂ | 1̂ 5̂1̣ 0) |
云龙 蚕 桑 历史 美名 留。

快板
（甲）说云龙，唱云龙，云龙蚕桑有苗头，蚕桑技术学到手，成片桑叶绿油油，蚕茧产量翻跟斗。
（乙）精心饲养记心头，防病消毒要讲究，蚕药使用讲 头，梯形蚕架十厘头，蚕台搭到大门口。
（丙）宝宝长得像节头，上山上到半 头，银白蚕茧像山头，茧子都像乒乓球，　 一 要出头。
（丁）全年养蚕五熟头，亩产蚕茧四百九，国内名气翘节头，参观取经日日有，　 国来了三十九。

5 35̂ 6̂1̂65̂ 3 | 5 23̂5̂ 5 1 | 23̂ 1· (23̂ 7̣̂ 7̣6̣ 53̂5̂6̣ | 1̂ 7̣6̣1 25̂3̂5̂ | 1̂ 5̂1̣ 0) |
领奖 领 到 北京 城里 头。

3 1̇ 65̂6 1̇ | 5 (65̂3 23̂5) 3 35̂ 2 35̂ | 6̂ 1̇ 65 32 | 1· (23̂ 7̣̂ 7̣6̣ 53̂5̂6̣ | 1̂ 7̣6̣1 25̂3̂5̂ |
桃花 娇头 红，　　　　　 杨柳 条儿 青，

1̂ 5̂1̣ 0) | 1 1 6̂· 1̇ | 5 3 23̂5̂ 2 1 | 6· 1̂ 5 6̂ | 1· (6̂5̂6̂1) | 6̂ 1̂65̂ ⁵6 − | ⁵6 − |
　　　　　勿唱 金陵 塔来 塔金　　铃，　　　　　 唱一 唱

1̇ 5̂1̣ 6̂6̂1̂ 5̂3 | 3 35̂ 23̂ 6̂ 1̂65̂ 32 | 1· (23̂ 7̣̂ 7̣6̣ 53̂5̂6̣ | 1̂ 7̣6̣1 25̂3̂5̂ | 1̂ 5̂1̣ 0) |
云龙 蚕 桑 历史 美名 留。

快板
（甲）说云龙，唱云龙，云龙蚕桑美名留，世界非遗榜上有，蚕桑习俗要保留，阿强师傅来助手。
（乙）建园动工有年头，蚕桑习俗园中留，珍稀古桑蜜少有，戏台古色很考究，蚕花娘娘立前头。
（丙）土法 丝真喀头，朝天 子二根头，勿用马达用脚头，手剥丝绵拉被头，绿色环保暖心头。
（丁）蚕菜蚕范蚕花酒，内涵丰富八碗头，智能养蚕已开头，创新传承露苗头，更好美景在后头。

5 35̂ 6̂1̂65̂ 3 | 5 23̂5̂ 5 1 | 23̂ 1· (23̂ 7̣̂ 7̣6̣ 53̂5̂6̣ | 1̂ 7̣6̣1 25̂3̂5̂ | 1̂ 5̂1̣ 0) |
欢迎 朋 友 到此 来旅 游。

3 1̇ 65̂6 1̇ | 5 (65̂3 23̂5) 3 35̂ 2 35̂ | 6̂ 1̇ 65 32 | 1· (23̂ 7̣̂ 7̣6̣ 53̂5̂6̣ | 1̂ 7̣6̣1 25̂3̂5̂ |
桃花 娇头 红，　　　　　 杨柳 条儿 青，

1̂ 5̂1̣ 0) | 1 1 6̂· 1̇ | 5 3 23̂5̂ 2 1 | 6· 1̂ 5 6̂ | 1· (6̂5̂6̂1) | 6̂ 1̂65̂ ⁵6 − | ⁵6 − |
　　　　　勿唱 金陵 塔来 塔金　　铃，　　　　　 唱一 唱

1̇ 5̂1̣ 6̂6̂1̂ 5̂3 | 3 35̂ 23̂ 6̂ 1̂65̂ 32 | 1· (23̂ 7̣̂ 7̣6̣ 53̂5̂6̣ | 1̂ 7̣6̣1 25̂3̂5̂ | 1̂ 5̂1̣ 0) |
云龙 蚕 桑 历史 美名 留。

21. 云龙传奇

云 龙 传 奇

海宁摊簧

1=C 2/4

(3 6 5 4 | 3 6 5 4 | 3·2 3 2 3) | 1 3 2 1 | 1 5 3 2 1 | 5·(6 | 5 6 1 7 |
(东乡调)　海宁有个　云龙　　　村，

6·7 6 5 6) | 3·2 2 6 | 1ⱽ 3 1 | 3 1 2 6 5 | 1 2 7 6·(5 | 3 6 5 4 | 3 6 5 4 |
　　　　　　本是　乡地，江南 江北有呀　有名　声。

3·2 3 2 3) | 1 3 2 1 | 6 1 3 5·(6 | 5 6 1 7 6·7 6 5 6) | 5 1 6 1 | 6 5 3 5 |
　　　　　万花滩上凤光　好，　　　　　　　　　　种桑养蚕经历　上千

3 0 | 1 3 2 1 | 6 1 1 | 3 3 2 1 | 1 3 5 | 1 3 2 1 | 1 2 7 6·(5 | 3 6 5 4 |
年，　自古以来 有传闻，传闻说的 何方事，听我从头 说分　明。

3 6 5 4 | 3·2 3 2 3) | 1 3 2 1 | 6 1 3 5·(6 | 5 3 5 7 6 5 7 6 -) | 1 3 2 1 |
　　　　　　　　　　　　　　　　　　　　　　　　　　　　　　　　　为人老实

6 1 1 | 3 3 2 1 | 1 3 5 | 6 3 2 1 | 2 1 6 | 1 3 2 3 5 3 5 | 6 3 2 6 | 1ⱽ 1 3 |
又勤　养了一条 大白蚕，份量总有 三十斤，白又白来 壮又壮，粗有门口粗，长有

2 3 5 | 1 3 2 1 | 6 1 1 | 3 3 2 1 | 1 2 7 6·(5 | 3 6 5 4 | 3 6 5 4 | 3·2 3 2 3) |
扁担长，阿春把蚕 当宝贝，采桑饲养 忙不　停。

1 3 2 1 | 1 5 3 2 1 | 5·(6 | 5 3 5 7 6 7 6) | 6 1 3 5 | 5 2 3 | 1 3 2 1 |
阿春养蚕　好开　心！　　　　　　　　　　谁知来了 恶人，隔壁阿姨

1 6 1 | 1 3 2 1 | 2 1 6 | XXXX | XXX | XXXX | XXX | XXXX | XXX |
叫　一见大蚕 起黑心。趁着阿春采桑去，收纳银针 偷进门，一针戳在 蚕身上，

1 3 2 1 | 1 2·7 6·(5 | 3 6 5 4 | 3 6 5 4 | 3·2 3 2 3) | 1 3 2 1 | 1 5 3 2 1 |
大蚕当场 丧了　命！　　　　　　　　　　　　　　　　阿春采桑 回家

5·(6 | 5 3 5 7 6 7 6) | 6 1 3 5 | 5 2 3 | 1 3 2 1 | 1 6 1 | 1 3 2 1 | 1 2·7 |
来，　　　　　　　　一见蚕死 吓掉魂，抱住蚕身 心中苦。呼天跪地 放怒

6·(6 5 | 6 5 6 1 | 5 6 2 7 | 6 -) | 5 6 2 7 | 6 5 | 6 2 7 6 | 5·(1 | 5 6 2 7 |
声。　《赏宫花·旦调》 蚕宝宝呀！我一张蚕种　无生　　长，

6 1 6 5 | 2 7 6) | 1 1 2 6 1 1 | (5 6 3) | 2·6 1 1 | 2 7 6 (1 | 1 3 2 5 | 3 5 6) |
　　　　　　　　　只有 蚕宝宝　一条　根，

1 1 2·6 (5 3 2 1 | 6 i 6 5 3 2 0 | 3·5 6 (5 1 1 3) | 2 3 5 5 (5 3 2 1 | 6 5 6 2 |
乌 儿 不 到　　 蚂 蚁 大，啊

3 5 3 2 | 1 5 6) i 6 i 6·i (5 3 2 1 | 3 5 2 1) 2·6 | i 3 2 7 6 (i | 3 2 5
我 嫩 叶 切 丝　　　　　把 你 引。

3 5 6) i i 6 i i 6 i 3 2 i 6 (5 3 2 3) 6·i 3 5 3 2 | 3·5 6 (1·3)
头 眠 脱 去 黑 衣 衫，　　日 长 夜 大 变 了

2 3 5 | (6 6 5 | 6 5 6 i | 5 6 2 7 | 6 —) 5 6 2 7 | 6 5 6 2 7 | 6 5·(1
形。　　　　　　　　 我 过 了 多 少 不 眠　夜，

5 6 2 7 6 i 6 5 2 7 6) | i i 2 6 i (5 6 3) 2·6 | i 2 7 6 (i | 3 2 5
　　　　　　　　时 刻 伴 你　　不 离 身，

3 5 6) i i 6 i i 6 i 3 2 i 6 (5 3 2 3) 6·i 3 5 3 2 | 3·5 6 (1·3)
如 今 蚕 宝 宝 已 长 大，　　你 是 我 的 小 亲

2 3 5 (5 3 2 1 | 6 2 7 6 | 6 i 6 5) 5 6 3 5 | 6 2 7 6 5 (i 2 6 5) i 2 6 i
亲。　　　　　　谁 知 今 日 起 祸 殃　　一 番 心

2·6 i 6 5 0 (5 6 7 6) i i 2 i 6 6 6 5 3 2 | 3·5 6 (5 1 1 3) 2 3 5
血 变 灰 尘　　从 此 难 见 蚕 儿 面　　啊

5 (5 3 2 1) i i 6·i (3 5 2 1) 2·6 | i 3 2 7 6 (i 3 2 5) 2 3 5 (6 5
　　　　怎 不 叫 我　痛 碎 心 嗳！

6 i 5 6 | 2 7 6) |

（白）阿春抱着大蚕哭了一天一夜，哭得晕在蚕房里，第二日醒来一看，只见屋里结满了雪白的蚕子。原来附近的蚕儿听到阿春的哭声，知道蚕王被害了，便纷纷前来吊唁，当场结成了茧子。大白蚕叶化成了一条小白龙，在云端上空盘旋。

(3 6 5 4 | 3 6 5 4 | 3·2 3 2 3) i 3 2 i i 5 3 2 i 5·(6 | 5 6 i 7 | 6·7 6 5 6)
　　　　　　　　（东乡调）神 奇 传 说 世 间　留，

3 2 6 2 | i 6 i 2 i i 2·7 6 (3 6 5 4 | 3 3 2 3) i 3 2 i 6 i i i 3 2 i
感 动 众 乡 亲 建 寺 纪 念 留 史 名。　　如 今 云 龙 大 变 样 建 成 美 丽
　　　　　　　　　　　　　　　　　（渐慢）

i 3 5 | 3 3 2 i | 6 i 6 | i 3 2 i | 3 5 6 3 | 5·(6 | 1 2 3 5 | 3 6 5 4 | 3 — | 3 —) ‖
新 农 村 金 龙 腾 飞 传 佳 话，古 老 蚕 乡 唱　新　声。

22.云龙谣

云 龙 谣

宓铮 词
祝浩新 曲

1=♭A 4/4
中速

(1 2 | 5·3 3 - 1 2 | 5·3 3 - 1 2 | 5·3 3 1 2 3 2 2 6 | 2 - - 1 2 |

5·3 3 - 1 2 | 6·5 5 - 5 1 | 2 3 2 2 1 2 3 2 2 6 | 5 - - -)‖

‖: 5 5 5 3 2·2 2 2 3 | 5 - - - | 6 6 5 6 1 1 6 6 2 3 2 | 2 - - -|
1.莺飞草长江南 的 春,　　云中的龙语宛然在耳 旁;
  潮起潮落钱塘 的 路,　　云中的龙语宛然在耳 旁;

5 5 5 1 2 2 2 5 3 | 3 - - - | 6 1 1 5 6 6 2 2 | 2 2 3 5 6 5 - |
柔嫩桑枝蜿蜒数千 年,　马明王的传 说 还在河埠 头。
进取的梦延续数千 年,　马明王的传 说 还在桑田 间。

3·5 5 2 3·5 5 | 6·5 6 2 3 5 - | 6·1 1 6 6 2 2 | 2 5 5 2 3 2 - |
白花花的蚕 啊爬呀爬上山,　哪家儿童嬉 戏追逐意正 酣;
白花花的茧 啊堆呀堆满楼,　哪家蚕娘阑 干凭倚笑正 浓;

3·5 5 2 3 5 6 5 | 6·1 1 5 6 5·5 | 6·5 3 0 2·1 6 6 1 | 2 5 5 3 2 1 - ‖
古 老的东 方,小呀小村落,那丝绸连 接了 古往今 来。
钱塘江 畔,小呀小村落,那蚕桑连 接了 五湖四 海。

3 1 2 1 2·5 5 2 3 | 2 - - - | 2 2 1 2 1 2·1 1 6 | 6 3 0 0 3 5 |
风吹稻花万家 灯 火， 水乡的精彩一点 点 多： 今朝

6·6 6 5 6 5 3 3 5 | 2 3 2 2 2 2 2 1 6 | 5·2 3 2 2 - |
风华 正 茂 勤劳的 双手 换来稻花 香 千 里，

1.
2 2 2 1 2·6 6 1 2 | 1 - - - | (间奏)
听取蛙声一片 片。

2.
‖: 3 1 2 1 2·5 5 2 3 | 2 - - - |

2 2 1 2 1 2·1 1 6 | 6 3 0 0 3 5 | 6·6 6 5 6 5 3 3 5 |
水乡的故事一点 点 多； 未来蓝图 锦绣 勤劳的

2 3 2 2 2 2 2 1 6 | 5·2 3 2 2 - | 2 2 2 1 2·6 6 1 2 | 1 - - - |
双手 换来风月 醉云 龙， 述说人美花又 好，

2 2 3 2 1 2·6 6 1 2 | 1 - - - | 2 2 2 1 2·6 6 1 | 1 - - - | 2 2 2 1 |
述说 人美花又 好， 述说人美花又 好， 述说人美

2 6 - - | 1 2 1 1 - - | 1 0 0 0 ‖
花 又 好……

23. 蚕桑云龙换新貌

蚕桑云龙换新貌

（越剧表演唱）

曹锦伟 词

1=♯F 4/4
中速

0 0 角的 | 5·5 5 5 5 3 5 6 i | 5 2̇ 7 6 | 5·7 6 5 3 5 6 i 3 5 | 6·i 6 5 4 3 |

2·3 5 i 6 5 5 6 | 1·2 7 6 5 6 1 | 1 4 5 3 2 7 6) | 5 - 3·5 | 2 1 2 3 5 - |
　　　　　　　　　　　　　　　　　　　　　　　　　　　　　　　蚕 乡　五　月

3 6 5·2 3 5 | 2 - - (7 6 | 5 6 i 2 6 5 4 3 | 2·3 2 1 6 i 2 0 | 5 5 3 2 1 2 3
好 风 光，　　　　　　　　　　　　　　　　　　　　　　　　　　　　　　家 家 户

³5·(6 5 3 2 1 2 3) | 5 3 3 3 5 2 | 1 - - ⌵3 5 | 2 3 2 6 7 2 6 | ⁷5·(5 3 2 1·2 7 6 |
户　　　　　　　　　养 蚕　忙

5·6 7 6 5 3 5 0) | 1 1 6 5 3 5 6 | 5·6 7 2 6 5 6 0 | (5·6 7 2 6 5 6 0) | 5·3 2 3 5 |
桑 园　碧 绿 美 如 画，　　　　　　　　　　　　　　　　　　　　　　蚕 乡

3 3 2 1 2 3 | 6̣ - 5 - | 5·6 3 5 2 | 1 - - ⌵5 3 | 2 0 3 2 1 | 6·1 2 3 2 1 6 3 |
云　龙 换 新　貌。

5·(5 5 5 6 i 6 5 | 3·5 6 i 5 2 7 6 | 5·6 2 7 6 5 3 6 | 5 0 i 6 5 | 4·5 6 i 6 5 3 2) |

‖: 1·2 3 2 3 | 3·5 3 2 1 7 6 i | 2 2 3 2 1·2 3 5 | 3 5 3 2 3 2 (0 i 6 5 | 3·5 6 i 6 5 4 3 |
甲.姐 妹　四　人　　下　车　　来，
乙.看 罢　村　委　　向　前　　走，
丙.傍 花　随　柳　　向　西　　行，
丁.云 龙　美　景　　看　不　　尽，

2·3 2 3 2 0 6 1 2) | 3 3 2 1 2 3 | 2 3 6 1 6 1 2 3 2 | 1·(2 3 5 6 3 5 6 |
甲.面 前　来 到 云 龙 村，
乙.来 到　蚕 俗 文 化 园，
丙.来 到　智 能 养 蚕 区，
丁.同 创　共 建 见 成 效，

附录2 蚕歌曲谱

$\underline{\dot{1}\cdot \underline{6}}\ \underline{5\ 6\ \dot{1}}\ \underline{6\ 5}\ \underline{3\ 2})\ |\ 5\ -\ \underline{5\ 3}\ \underline{2\ 1}\ |\ \underline{7\ \dot{6}\ 7}\ \underline{6\ 5}\ \underline{\dot{5}\cdot \dot{5}}\ |\ \underline{6\ 7}\ \underline{6\ 7\ 2}\ \underline{\dot{6}\cdot 7}\ \underline{6\ 5}\ (\underline{3\ 5\ \dot{6}})\ |$

甲.文　化　礼　堂　展　新　　貌，
乙.园　内　布　置　真　巧　　妙，
丙.新　种　桑　苗　连　成　　坊，
丁.违　章　建　筑　无　踪　　影，

$\underline{\dot{6}\cdot 3}\ \underline{2\ 6\ \dot{1}}\ |\ \underline{\dot{6}\cdot \dot{1}\ \dot{6}\ 1}\ \underline{2\ 3}\ \underline{2\ 6}\ |\ \dot{1}\cdot (\underline{3\ 2\ 1}\ \underline{7\ 2\ 1})\ |\ 2\cdot \underline{5\ 3\ 2\ 1}\ |\ 6\ \underline{2\ 3\ 2}\ \underline{\dot{1}\cdot 2}\ \underline{7\ 6}\ |$

甲.记　忆　馆　里　忆　旧　情，　　文　化　长　廊　展　村　史，
乙.蚕　俗　文　化　底　蕴　深，　　蚕　桑　习　俗　园　中　留，
丙.现　代　蚕　室　真　气　派，　　宽　敞　明　亮　设　施　齐，
丁.垃　圾　分　类　成　习　惯，　　家　家　户　户　换　新　貌，

$\underline{5\ 5}\ \underline{6\ 7\ 6\ 7}\ |\ \underline{2\ 7}\ \underline{6\ 5}\ \underline{5\ 6\ 5\ 3\ 5}\ |\ \underline{\dot{6}\ \dot{6}}\ 0\ \dot{1}\ |\ \underline{\dot{6}\cdot \dot{1}}\ \underline{6\ 5}\ \underline{3\ 5\ \dot{6}\ \dot{1}}\ |\ \dot{5}\cdot (\underline{5\ 5\ 5\ 5\ 5\ 5}\ |$

甲.体　验　馆　内　添　　光　　　彩。
乙.非　遗　物　质　保　　护　　　好。
丙.科　技　养　蚕　智　　能　　　化。
丁.蚕　乡　一　派　新　　气　　　象。

$\underline{6\cdot \dot{1}}\ \underline{6\ 5}\ \underline{3\ 5\ \dot{6}\ \dot{1}}\ |\ \underline{5\cdot 6}\ \underline{2\ 7\ 6\ 5}\ \underline{3\ 6}\ |\ \underline{5\cdot 6}\ \underline{5\ 6\ 5}\ \underline{0\ 4\ 3\ 2})\ \|\ \dot{1}\cdot\ \underline{2\ 3\ 2\ 3}\ |\ 2\ \underline{3\ 1\ 2}\ -\ |$

（合）蚕　乡　云　龙　换　新　貌

$(\underline{2\cdot \dot{3}\ \dot{1}}\ \underline{6\ 5}\ \underline{4\ 3})\ 6\ \dot{1}\ \underline{\dot{1}\ \dot{2}\ \dot{3}\ 5}\ |\ \underline{\dot{2}\ \dot{1}}\ \underline{\dot{1}\ \dot{6}\ \dot{1}}\ 0\ |(\underline{\dot{1}\ \dot{2}\ \dot{3}\ 5}\ \underline{\dot{2}\ \dot{3}\ \dot{1}})\ |\ \underline{5\ 5}\ \underline{3\ 2\ \dot{1}\ \dot{2}\ \dot{3}}\ |$

　　　　　　　　　美丽乡村创建好，　　巩固创

$\underline{\dot{5}\cdot (\dot{6}\ 5\ 3\ 2\ \dot{1}\ \dot{2}\ \dot{3}})\ |\ \underline{\dot{5}\cdot \ \dot{3}\ \dot{3}\ \dot{5}\ \dot{2}}\ |\ \dot{1}\ -\ -\ ^{\vee}\underline{\dot{3}\ \dot{5}}\ |\ \underline{\dot{2}\ \dot{3}}\ \underline{\dot{2}\ 6}\ \underline{7\ 2\ 6\ 6}\ |\ 5\ (\underline{5\ 5\ 3\ 2\ 3\ 7\ 6}\ |$

建　　　　五　　星　级，

$\dot{5}\cdot\ \underline{6\ 7\ 6\ 5}\ 0)\ |\ \underline{\dot{2}\ 7\ 6\ 5}\ \dot{3}\ \dot{5}\ |\ \underline{\dot{5}\cdot \dot{6}}\ \underline{\dot{7}\ \dot{2}\ 6\ 5}\ \underline{6\ 0}\ |\ (\underline{5\cdot 6}\ \underline{7\ 2\ 6\ 5}\ \underline{6\ 0})\ |\ \dot{1}\ \underline{\dot{1}\ 6}\ \underline{\dot{1}\cdot 2}\ |$

　　　　　　　　　　　云龙村　明天更　美　好。　　　　　　　　　　云龙村明

慢　　　　　　　　　　　　更慢
$\underline{\dot{5}\ \dot{3}}\ (\underline{5\ 6\ \dot{1}}\ \underline{6\ 5\ \dot{1}\ \dot{2}})\ |\ 4\cdot \underline{3\ 2\ \dot{1}\ \dot{2}\ 3}\ |\ \underline{5\ 3\ 5}\ -\ ^{\vee}\underline{5\ 3}\ |\ 2\cdot \underline{3\ 2}\ \dot{1}\ |\ \underline{\dot{6}\cdot \dot{1}\ \dot{6}\ \dot{1}\ \dot{2}\ \dot{3}\ 5}\ |$

天　　　　　　更　美　好。　　　更　美

$\dot{5}\ \dot{1}\cdot (\underline{6\ 1\ 2}\ \underline{3\ 2}\ \underline{3\ 5}\ |\ 6\ -\ -\ \underline{5\ 6}\ \dot{1}\ |\ \underline{\dot{1}\cdot \dot{2}\ 6}\ 5\ |\ \underline{4\cdot 4}\ \underline{4\ 5\ 6\ 5\ 6\ \dot{1}}\ |\ \dot{5}\ -\ -\ -\ )\ \|$

好。

24. 云龙蚕桑功臣赞

云龙蚕桑功臣赞

1=D 2/4 或 1=C

海宁滩簧东乡调
曹锦伟 作词

(的的 3654 | 3654 | 3·2 323) | 1̇ 3 2 1̇ | 1̇ 53 2 1̇ | 1̇ 5· (6 | 5·6 1̇ 7 |
　　　　　　　　　　　　　　　　云龙蚕桑美　名　扬。

6·7 656) | 6 3 6 2 | 1̇ 3 1̇ | 3 1̇ 2 65 | 1̇ 2 7 6· (5 | 3654 | 3654 |
蚕桑标杆 地,国内 国外享有　好盛　名。

3·2 323) | 1̇ 3 2 1̇ | 6 1̇ | 3 5· (6 | 5·6 1̇ 7 6·7 656) | 5 1̇ 6 1̇ | 1̇ 65 3 5 |
云龙蚕桑 历史　　久,　　　　　　　　　　蚕俗文化 底蕴 很深

3 0 | 1̇ 3 2 1̇ | 6 1̇ | 3 3 2 1̇ | 1̇ 3 5 | 1̇ 3 2 1̇ | 1̇ 2 7 6· (5 | 3654 |
厚。七十年代 创奇迹,奇迹说的 哪桩事,蚕桑丰收辉 煌　事。

3654 | 3·2 323) | 1̇ 3 2 1̇ | 1̇ 53 2 1̇ | 1̇ 5· (6 | 5357 6 57 6 -) |
蚕桑干部裘　局　长,

1̇ 3 2 1̇ | 6 1̇ | 3 3 2 1̇ | 1̇ 3 5 | 6 3 2 1̇ | 2 1̇ 6 | 1 3 2 3 | 5 3 5 | 6 3 2 6 |
学的蚕桑 专业书,干的蚕桑 生产事,蹲点云龙 南大池。蚕桑样板 用心思。去趟杭州

1̇ 1̇ 3 | 2 3 5 | 1̇ 3 2 1̇ | 6 1̇ | 3 3 2 1̇ | 1̇ 2 7 6· (5 | 3654 | 3654 |
程,专家 请回村,浙江农大 研究生,还有教授蒋先　生,

3·2 323) | 1̇ 3 2 1̇ | 1̇ 53 2 1̇ | 1̇ 5· (6 | 5357 6 57 6 -) | 1̇ 3 2 1̇ |
蚕桑专家下　基　层,　　　　　　　　　　　踏遍全村

6 1̇ | 6 1 35 | 5 2 3 | 1̇ 3 2 1̇ | 1̇ 2 7 6· (5 | 3654 | 3654 |
桑园地,走遍各个 养蚕室,蚕桑丰产 绘 宏　图,

养蚕种桑走前头，种桑培桑有讲究，桑园改造先动手，优质桑苗种田头，冬季整桑剪梢头，春季埋绿肥，夏季浆河泥，河泥捻到杭州城，桑叶长得真茂盛。蚕桑专家办法多。科学养蚕有学问，优良蚕种引进门，精心饲养是责任，消毒防病像医生，小蚕炕上育，大蚕蚕台育，地上养蚕条桑育，田头养蚕室外育。种桑养蚕创奇迹。养蚕技术学到手，全年养蚕五熟头，熟熟养蚕得丰收，银白茧子堆山头，茧子产量高，好像乒乓球，亩产蚕茧四百九，全国蚕桑翘节头，蚕桑功臣美名留。

25.小白龙传奇

小白龙传奇

1=C 2/4

海宁滩簧

(3 6 5 4 | 3 6 5 4 | 3·2 323) | 1 3 2 1 | 1 5 3 2 1 | 5· (6 | 5 3 5 7 |
　　　　　　　　　　　　　　　　 阿春采桑 回家　　 来,

6 7 6) | 6 1 3 5 | 5 2 3 | 1 3 2 1 | 1 6 1 | 3 3 2 1 | 1 2·7 | 6· (6 5 |
　　　　　一见蚕死 吓掉魂。抱住蚕儿 放声哭,呼天换地 哭悲　 伤。

6 5 6 1 | 5 6 2 7 | 6 -) | 5 6 2 7 | 6 5 | 6 2 7 | 6 5· (1 |
(转《赏宫花》旦调)(白)蚕宝宝呀! 我一张蚕种 无生　　 长,

5 6 2 7 | 6 1 6 5 | 2 7 6) | 1 1 2 6 1 1 | (5 6 3) | 2· 6 | 1 2 |
　　　　　　　　　　　　　 只有 蚕宝宝　 一 条

7 6 (1 | 1 3 2 5 | 3 5 6) | 1 1 2· 1 6 | (5 3 2 1) | 6 1 6 5 3 2 0 |
根,　　　　　　　　　　鸟儿不到　　 蚂蚁

3·5 6 | (5 1 1 3) | 2 3 5 | (5 3 2 1 | 6 5 6 2 | 3 5 3 2 | 1 5 6)|
大,　　　　　　　　　 啊

1 6 1 | 6 1 3 | (5 3 2 1 | 3 5 2 1) | 2· 6 | 1 3 2 7 | 6 (1 | 1 3 2 5 |
我嫩叶切丝　　　　　　　　　　 把 你 引

3 5 6)| 1 1 6 1 1 | 6 1 3 2 | 1 6 | (5 3 2 3) | 6 1 3 | 5 3 2 |
头眠　 脱去 黑衣衫　　　　　　　　日 长夜大

3·5 6 | (5 1 1 3) | 2 3 5 | (6 6 5 | 6 5 6 1 | 5 6 2 7 | 6 -) | 5 6 2 |
变了　　　　　　 形　　　　　　　　　　　　　　我过了

7 6 5 | 6 2 7 | 6 5· (1 | 5 6 2 7 | 6 1 6 5 | 2 7 6) | 1 1 2 |
多少 不眠 夜　　　　　　　　　　　　　　　 时刻

$6\ \dot{1}^{\frac{6}{7}}\ (5\underline{32}1)\ |\ \underline{2\cdot 6}\ \underline{\dot{1}\dot{2}}\ \underline{76}\ (\dot{1}\ |\ \underline{\dot{1}3}\ \underline{25}\ |\ 3\ \underline{56})\ |\ \dot{1}\dot{1}\ 6\ |$
伴你　　不　离　身,　　　　　　　　　　　如今

$\dot{1}\dot{1}\ \underline{6\dot{1}}\ |\ \dot{3}\ \underline{\dot{2}\ \dot{1}6}\ (5\underline{32}3)\ |\ 6\ \dot{1}\ \underline{3\ \underline{5}\underline{3}\underline{2}}\ |\ \underline{3\cdot 5}\ 6\ (5\underline{11}3)\ |$
蚕宝宝已长大　　　　　你是我的　小亲

$2\ 3\ 5\ (5\underline{32}1\ |\ 6\underline{27}6\ |\ \underline{6\dot{1}}\ 65)\ |\ \underline{563}\ 5\ |\ 6\ \underline{\dot{2}}\ \underline{765}\ |$
亲　　　　　　　　　　　谁知　今日 起祸殃

$(\dot{1}\underline{26}5)\ |\ \dot{1}\underline{26}\dot{1}\ |\ \underline{\dot{2}\cdot 6}\ \underline{\dot{1}6}\ \underline{50}\ (\underline{567}6)\ |\ \dot{1}\dot{1}\ \dot{2}\dot{1}\ 6\ |$
一番心　血　　变灰尘　　　　　　从此难见

$\underline{66}\ \underline{532}\ |\ \underline{3\cdot 5}\ 6\ (5\underline{11}3)\ |\ 2\ 3\ 5\ 5\ (5\underline{32}1)\ |\ \dot{1}\dot{1}\ 6\ \dot{1}3\ |$
蚕儿　眠　　　啊　　　　　　怎不　叫我

$(3\underline{52}1)\ |\ \underline{\dot{2}\cdot 6}\ \underline{\dot{1}\dot{3}\underline{2}\underline{7}}\ 6\ (\underline{\dot{1}3}\ \underline{25})\ 2\ 3\ 5\ (\underline{65}\ \underline{6\dot{1}}\underline{56}\ |$
痛　碎　心　　唉！

$\underline{\dot{2}76})\ |$

（白）阿春抱着大蚕哭了一天一夜，哭得晕在蚕房里，第二日醒来一看，只见屋里结满了雪白的蚕子。原来附近的蚕儿听到阿春的哭声，知道蚕王被害了，便纷纷前来吊唁，当场结成了茧子。大白蚕叶化成了一条小白龙，在云端上空盘旋。

$(3\underline{65}4\ |\ 3\underline{65}4\ |\ \underline{3\cdot 2}\ \underline{323})\ |\ \dot{1}\underline{3\dot{2}\dot{1}}\ |\ \dot{1}\underline{5\underline{32}\dot{1}}\ |\ \underline{5\cdot}\ (\underline{6}\ \underline{5\dot{6}\dot{1}7}\ |$
（转东乡调）　　　　　　　　　　　　　神奇传说 世间　留,

$\underline{6\cdot 7\underline{656}})\ |\ \underline{3\dot{2}}\ \underline{6\dot{2}}\ |\ \dot{1}^{\vee}\ \underline{6\dot{1}}\ |\ \dot{2}\dot{1}\dot{1}\ |\ \underline{\dot{2}\cdot 7}6\ (\underline{365}4\ |\ \underline{33}\underline{2}3)\ |$
　　　　　　感动众乡 亲 建寺 纪念留 史　名。

$\dot{1}\underline{3\dot{2}\dot{1}}\ |\ 6\dot{1}\dot{1}\ |\ \dot{1}\underline{3\dot{2}\dot{1}}\ |\ \dot{1}35\ |\ \underline{3\dot{3}\underline{2}\dot{1}}\ |\ 6\dot{1}6\ |\ \dot{1}\underline{3\dot{2}\dot{1}}\ |\ \underline{356}3\ |$
如今云龙 大变样 建成美丽 新农村 金龙腾飞 传佳话,古老蚕乡 唱 新

$5\cdot\ (6\ |\ 1\ 2\ 3\ 5\ |\ 3\ \underline{65}4\ |\ 3\ -\ |\ 3\ -)\ \|$
声。

26. 蚕桑舞曲

蚕桑舞曲

曹锦伟 作词

1=G 2/4

‖:(5653 2 5 | 3532 1 3 | 2321 6561 | 5̣ 5̣) | 3 35 2321 | 1216 5̣ |

1. 桑园　　青　青
2. 桑园　　青　青

1 16 1235 | 2·(5 6535) | 2 7 6 5 | 3523 5̣ | 5 23 216 | 5̣·(6 1235) |

桑园　　绿，　桑园二　旁好呀么好风光，
桑园　　绿，　桑园二　旁好呀么好风光，

6 61 5 | 6̣ 61 | 1235 2·(3 | 6535 212) | 6̣ 6 27 6 | 66 27 6 |

妹妹　呀上畈下畈采桑忙，　　　　嫂嫂呀，东房　西房
你看　那桑园一片连一片，　　　　养蚕房，一排　一排

5·6 5 | (6123 565) | 1 61 6 | 1235 2 | 3 35 3 2 | 1 61 2 | 5·3 5 3 |

养蚕忙，　　　　养得蚕儿白又胖，结下蚕子满屋香，养得蚕子
又一排，　　　　云龙蚕桑美名留，世界非遗榜上有,科学养蚕

6 53 2·3 | 5·3 21 | 6156 1 | 2 2 3 | 5635 2 5 | 3 35 6̣ 1 | 2 53 2 |

千万篓，篓篓蚕子闪银光，多又　多来，好又　好，
得丰收，辛勤劳动创奇迹,高产　蚕茧国内首,

5·3 21 | 61 5̣ | 2 53 2356 | 1· 3 | 2 23 216 | 5̣ - :‖ 5 55 55 |

好　换 机器好换　　　钢，好呀么好换钢，
云　龙 蚕桑美名　　　扬，美呀么美名扬，

5 5 5 5 | 6765 356 1 | 2̇ 2̇2̇ 2̇ 2̇ | 2̇ 2̇2̇ 2̇ | 7·2̇ 7 6 | 5676 5676 |

5 5 656 1̇ | 5 5 | 3 35 21 | 6̣1 5̣ | 1·235 | 2(5 4 3) | 3 35 21 |

左手　桑来右手桑，　　采桑

姑娘采桑忙，一手先来一手后，

好比那两只公鸡挣来上又下。

两个叶篓两旁

放，采下青叶篓中放，采了一会

又一会 手不酸来脚不痛，多又

多来好又好，年年丰收要桑笙。

27.蚕花五更曲

蚕花五更曲

沈瑞康词
王健民制谱

1=C 2/4
小行板

(6 6 6 5 | 6 5 3 6 | 6 2 i 6 | 5· 6 | 3 2 3 5 | 6 0) |

6̇ 6̇ 5 | 6 6 i | 3 3 2 3 5 | 6 — | 5 5 3 6 5 | 3 0 |

一 更 一 点 月 呀 月 初 上， 蚕 娘 进 蚕 房，
一 更 二 点 月 呀 月 东 升， 蚕 娘 忙 不 停，
三 更 三 点 月 呀 月 当 空， 蚕 娘 不 放 松，
四 更 四 点 月 呀 月 打 偏， 蚕 娘 不 睡 眠，
五 更 五 点 月 呀 月 西 沉， 蚕 娘 叫 一 声

5 3 5 6 6 | i· 6 | 5 5 3 6 5 | 3 0 | 3 6 5 5 | 3 6 5 |

依 呀 呀 得 儿 喂， 蚕 娘 进 蚕 房。 日 里 那 个 采 来
　 　 　 　 　 　 蚕 娘 忙 不 停。 切 叶 那 个 饲 蚕
　 　 　 　 　 　 蚕 娘 不 放 松。 叫 声 那 个 当 家
　 　 　 　 　 　 蚕 娘 不 睡 眠。 眼 睛 那 个 眯 成
　 　 　 　 　 　 蚕 娘 叫 一 声。 关 照 那 个 当 家

i 6 5 3 | 2 — | 3 2 1 3 | 2 0 | 5 6 i | 6 0 3 |

嫩 枝 桑， 叶 墩 头， 薄 菜 刀 么
到 黄 昏， 蚕 宝 宝， 困 头 眠 么
勿 要 做 懒 虫， 扯 蚕 匾， 替 蚕 沙 么
一 条 线， 伸 懒 腰， 打 呵 欠 么
快 起 身， 搭 山 棚， 上 熟 蚕 么

2 2 3 2 1 | 6 — | 2 2 2 2 3 | 5 0 3 | 2 2 3 2 1 | 6 0 |

切 出 叶 丝 长， 依 呀 呀 得 儿 喂， 哎 切 出 叶 丝 长，
齐 齐 整 整， 　 　 　 　 　 　 齐 齐 整 整，
相 帮 动 一 动， 　 　 　 　 　 　 相 帮 动 一 动，
熬 过 四 更 天， 　 　 　 　 　 　 熬 过 四 更 天，
最 呀 最 要 紧， 　 　 　 　 　 　 最 呀 最 要 紧，

蚕房里，暖洋洋，蚕火点起亮旺旺，蚕猫蹲在发篓旁，蚕花插在蚕柱上，
蚕房里，要安静，蚕娘走路脚步轻，蚕宝宝，头眠困，脱去黑衣挺挺身，
蚕房里，要清通，三眠困好出火笼，匾里桑叶绿葱葱，多喂勤饲薄松松，
蚕柱上，加蚕匾，称好份量困大眠，蚕宝宝，壮又健，蚕娘心中如蜜甜，
大门间，扫干净，搭起山棚平又稳，铺山帘，插柴薪，熟蚕上山放均匀，

| 2 2 2 2 3 | 5 0 3 | 2 2 3 2 1 | 6 0 | 6 7 6 5 | 6 6 1 1 |
依呀呀得儿　喂，哎　蚕呀　蚕柱　上，　　喂　唷　喂喂唷唷
　　　　　　　　　挺呀　挺起　身，
　　　　　　　　　薄呀　薄松　松，
　　　　　　　　　如呀　如蜜　甜，
　　　　　　　　　放呀　放均　匀，

| 3 2 3 5 | 6 - :‖ 6 6 5 | 6 2 | 1 2 1 6 | 5 - |
喂呀依喂　唷　　　　五更　一过　天呀天放　明

| 5 5 3 6 5 | 3· 6 | 5 3 5 6 6 | 1· 6 | 5 5 3 6 5 | 3 0 |
蚕娘　好开　心　依呀呀得儿　喂，　蚕娘　好开　心，

| 3 6 5 5 | 3 6 5 | 1 6 5 3 | 2· 0 | 3 2 1 3 | 2 0 |
望望那个　山头　笑　盈　盈，　蚕　宝　宝，

| 5 6 1 | 6 0 3 | 2 2 3 2 1 | 6 - | 2 2 2 2 3 | 5 0 3 |
结　成　茧，哎　雪白　如　银，　依呀呀得儿　喂，哎

| 2 2 3 2 1 | 6 0 |
雪白　如　银
昼时一到采茧子，辛苦换来好收成，
采落茧子堆成山，采好茧子看戏文。

| 2 2 2 2 3 | 5 0 3 | 2 2 3 2 1 | 6 0 | 6 7 6 5 | 6 6 1 1 |
依呀呀得儿　喂，　　唱呀　唱戏　文。　喂　唷　喂喂唷唷

| 3 2 3 5 | 6̂ (1 | 6 7 6 5 | 3 2 3 5 | 6· 2 | 1 6 5 7 | 6 - | 6 -) ‖
依呀依喂　唷！

28. 马鸣王

马鸣王

（非物质文化遗产）

沈子荣演唱
朱关良记谱

$1=D$ $\frac{2}{4}$

1. 马鸣王菩萨 到府来，到㑚府上 看好蚕，（汤汤）马鸣王菩萨 出生 处，

出生东阳 义乌县。（汤汤）：‖

2. 爹爹名叫王百万，母亲堂上王玉莲，正月过去二月来，三月清明在眼前。

3. 吃了一杯齐心酒，各自用心看好蚕，三日三夜困头眠，二日二夜困二眠。

4. 梓树花开困出火，楝树花开困大眠，大眠捉得担头多，一家老小笑呵呵。

5. 八十岁公公刷毛帚，十七岁公子搭蚕台，前厅后埭都上到，还有三柱小伙蚕。

6. 隔得三天望望看，好像那个落雪天，大茧做来像汤圆，小茧做来石头般。

去年要采千斤茧，今年要采万斤宽。

附录3 蚕歌绘本创作

1. 少儿绘本创作：《江南蚕宝宝养成记》[1]

接桑是桑树生长中嫁接的一环，在桑树无性繁殖育苗过程中，嫁接是一种非常重要的育苗方式，可以培育出优良品种桑的树苗，并可更新桑树品种，在实际生产中应用十分广泛。

蚕农从事蚕业，种桑饲蚕是最基本的，而此基础上还有许多精细的工作，种桑需要选种、培育、嫁接、采叶等，而饲蚕又要经历揞蚕种、喂蚕，到最后缫丝、织布等一系列环节，这都是蚕农在长期生产劳动中总结出来的经验，体现出蚕农的劳动智慧。

---

[1] 绘制：张金泉（嘉兴农民画家）；文本：李倩、李语柔；编辑：王依乐、张依婷。

采叶

采叶即采摘桑叶，蚕期的安排主要是根据桑叶生长情况而定，没有桑叶生长的季节是不能养蚕的。

采叶有摘叶、摘芽、伐条几种，图中描绘的便是蚕农伐条，伐条采收是指将植株上枝条连同其上新梢叶片一起剪下。

夏伐桑树、春蚕壮蚕期多用伐条法采收。

领蚕种

画中描绘的是蚕农排队统一领取蚕种的情形，旧时科技发展水平不高，幼蚕很难饲养，共育是很好的蚕农互助生产办法。将小蚕统一交由有经验、技术好的人员统一照料管理，待到小蚕进入二眠再由蚕农领回家自己饲养，还有人专门从事贩卖蚕种的工作。

孵籽出乌

孵籽出乌是指孵化蚕卵、蚕籽出壳，因蚕蛾刚产下的蚕卵是白色的，而即将孵化成功的蚕卵会变为黑色，故又将蚕籽出壳称为出乌。画中正是蚕家在催青暖种、捂蚕种的情景。催青是指将蚕卵放在适当温度下使其孵化的一种手段。

孵化前的卵壳是透明的，带色的胚使整个卵显现蓝色，催青一词由此而来，旧时催青大多隔火烘烤，对温度控制要求较高；而捂蚕种大多由已婚妇女进行，将蚕种置于布袋中，穿在身上，再穿上棉袄，利用体温孵化蚕种。

一些地区在清明时节进行捂种，有祈求"蚕花廿四分"之意，廿四即二十四，三个八为二十四，是为吉利。

蚕眠期

蚕的眠和起是蚕体生长发育的特殊生理过程。蚕体蜕皮前停止采食,一般固定在桑叶上,这种不食不动的现象称作眠。蚕的一生需蜕皮四次,眠和起是生理上的转折点,表面看虽不食不动,其实体内在进行激烈的组织更新,蚕农十分重视蚕的眠期管理。

黄燮清《长水竹枝词》:"蚕种须教觅四眠,买桑须买树头鲜。"在蚕眠期间,蚕农依然不得闲,需要从事切桑叶等各种蚕务劳动,画中描绘了蚕家娘子忙于蚕务的情形,体现了蚕农的辛勤劳动。

三眠出火

蚕初生至成蛹，蜕皮三四次。蜕皮时不食不动，处于睡眠状态。

第三次蜕皮谓之三眠，蚕宝宝吃桑叶的量很大，长得也是非常快，身上的体色也会逐渐变淡，等到它的食欲慢慢减退到完全禁食，蚕就不再活动了，似睡着了一样，这个阶段我们称作为"眠"。

蚕看似一动不动，其实是正在为脱皮做准备，脱完皮后蚕就进入了一个新的龄期，蚕的生长进入新的阶段。

上山

当蚕宝宝经过四眠,开始爬上草龙结茧子时,蚕农称为"上山",蚕农用桑叶或麦梗做个"小山"的样子,它们会在"山上"吐丝结茧。旧时,新近嫁出过女儿的蚕农家都要准备猪肉、黄鱼、软糕、枇杷、粽子、盐鸭蛋等礼品去女儿家探望蚕宝宝上山的情形,俗称"望山头"。

采茧

采茧是养蚕生产的最后收获工作。包括从蚕蔟中采下鲜茧,进行初步选茧分类和出售前的处理过程。

根据上蔟迟早依次分批采茧,先检去族上烂茧和死蚕,病死蚕则放入石灰器内。采茧要轻采轻放,以防损伤蛹体。应将上茧、次茧、双宫、柴印、黄斑、蒲皮、烂茧等分放,特别是死茧、病茧、烂茧要严格选净,否则混入好茧中将污染上茧。

缫丝

缫丝是将蚕茧抽出蚕丝的工艺概称。原始的缫丝方法是将蚕茧浸在热盆汤中，用手抽丝，卷绕于丝筐上。盆、筐就是原始的缫丝器具。缫丝是制丝过程的一个主要工序。根据产品规格要求，将煮熟的茧进行茧丝离解，合并制成生丝或柞蚕丝。

缫丝工艺包括煮熟茧的索绪、理绪、茧丝的集绪、拈鞘、缫解、部分茧子的茧丝缫完或中途断头时的添绪和接绪、生丝的卷绕和干燥。

拉经

　　图画描绘了蚕家娘子共同协作拉经，为蚕丝上织机做准备工作的场景。在丝绸的制作过程中，蚕丝产出后还需要经过几道梳理工序。"经"是织物中的竖线，画中蚕妇将梳理好的蚕丝经过"拉经"处理，将蚕丝安置到织机的零件上，为下一阶段的织绸做准备。

上轴

　　杼、轴都是织机上的两个部件，即用来持纬（横线）的梭子和用来承经（直线）的筘，轴便是画中的圆柱形物件，上轴是将蚕丝组装到织机的部件上，为下一步织绸做准备，这一工作通常需要多人协作完成，有的梳理蚕丝、有的操纵部件将蚕丝卷到轴上，各自分工、共同协作，体现蚕农的劳作智慧。

织绸

丝绸人们都见过，但丝绸是如何织出来的？尤其是如何手工织柞蚕绸？画中为我们解答了这个问题，蚕家娘子操作织机织出雪白的绸缎。而在这之前，还有许多工序。通常从养蚕到最后丝绸制作需要十几道工序，包括养蚕、收茧、缫丝、络丝、牵绸、钩轴、刷绸、安机、织绸、炼绸等。

蚕的周期

　　蚕的生命周期为56天，其间经过卵、幼虫、蛹、成虫四个形态完全不同的发育阶段，详细的生长周期分为九个阶段，蚕卵→蚁蚕（一龄）→二龄→三龄→四龄（大眠）→五龄→结茧→化蛹→羽化→产卵，每个阶段都有不同的体态特征，蚕卵呈扁圆形、紫褐色，一般为2~5天；孵化以后的蚕宝宝呈圆筒形，身上有环节，可以从2mm的蚁蚕长到6~7cm，体色也逐渐变淡，其间持续28~32天；蚕宝宝成蛹后，呈纺锤形、酱色，一般为6~8天；羽化成为蚕蛾，外形一般呈白色，分头、胸、腹三部分，虽不会飞却会振翅，一般为3~4天。在此期间，食物、气温、有害气体、疾病等都会影响蚕的生存。

2. 少儿绘本创作：《小白龙》[1]

小白龙
——根据蚕歌《小白龙传奇》改编

绘制：沈　菲
文本：李　倩
编辑：张依婷

海宁有个云龙村，家家户户务蚕桑。
桑叶沃若蚕花盛，蚕娘个个喜洋洋。

---

[1] 绘制：沈菲；文本：李倩；编辑：张依婷。

蚕家养蚕技艺精，新妇阿春想学招。
哪知阿嫂不肯传本领，心生一计把人骗。

都说养蚕工序繁，尤其收蚁要留心。
蚕种沉进汤罐镬(huò)子，被头一捂，乌娘将出。

阿春当真照此做,
蚕种灰黄不见蚕,细看尚存一蚕蚁。

采叶喂蚕生火盆,
细心看护在蚕房。

蚕宝宝眼看要成茧，阿嫂一见大蚕起黑心，手持锭针偷进门，一针戳在蚕身上，大蚕当场命归西。

阿春采桑回家来，一见蚕死抱蚕哭。

哭声悲恸惊天地,四邻蚕儿来吊唁,纷纷结茧祭蚕王。

蚕王夜化白龙飞,神奇传说留世间。
蚕歌声声传佳话,与人为善莫作恶。

后记

在浙江蚕歌的调研走访过程中，得到以下媒体报道及单位和个人的支持。

感谢《人民日报》《嘉兴日报》《南湖晚报》《潇湘晨报》《读嘉》《嘉兴在线》等多家媒体的宣传报道。

感谢非遗传承人、领导、喜娘、蚕歌手、神歌艺人、三跳艺人、民乐演奏师、学者、摄影师、农民画家、老师、蚕农、织工、学生：褚林凤、王钱松、方炳华、张金泉、顾去宝、庞艺影、龚德康、张纪民、陈雅琴、周伟民、李渭钫、张根荣、谢跃锋、顾锡东、黄准、冯茂章、徐振甫、黄士清、徐俊其、吴志琴、丁欢庆、王飞庆、张新根、张剑秋、凌冬梅、史宁、高宜标、张金林、董芬珍、浦炳荣、王仁龙、朱高生、沈应龙、李德荣、朱贤宝、方梓珏、张永尧、沈承周、庄聚源、吴桂洲、朱雪浩、朱美玲、庄中廷、陈阿美、张金兰、沈雪坤、朱春荣、朱惠金、陈泰声、沈海根、倪惠通、吕祖良、张长工、孙爱芬、吴持平、周建中、张庆中、王深、范卫福、沈震方、朱贤宝、曹锦伟、陆培因、徐国强、王健民、林汉清、吴奎林、吕茶妹、傅奕照、宋彩堂、鲍林鸣、田去囡、蒋灵云、陈富良、张伟中、陆正明、潘天勇、朱铁民、华士明、丁啸红、陈建清、姜文标、姚仁仙、李炳汉、吴敏芬、姚碗清、吴金林、凌建洪、孙家埭、沈珍南、沈根庆、沈乐君、范明南、屠芳仙、钟金坤、沈菲、胡高阳、胡庆瑞、金茹依、李倩、李语柔、王依乐、张依婷、刘桢予、顾雅宜、曾茜、刘桢予、刘平平、厉若雯、陈伟灵、夏悦、贾琪、何萱、莫依蕾、罗倩、汪佳瑶、麻江慧、何依玲、曾欣欣、陈紫薇、包妤涵、陈雨、涂佳翊、颜卓越、沈雨清、陈可欣、华燕群、陈其燕、梅妍、刘珊、潘颖、唐顺、吴梦露、汪子怡、李冉冉、谢昊辰、曹宇航等。

感谢顾希佳先生、徐春雷先生，两位学者的努力和贡献非常宝贵，他们为蚕歌的调研及保护工作奠定了坚实的基础。顾希佳先生与徐春雷先生所提供的原生态资料不仅丰富了本课题的研究内容，还为本书的编写提供了重要参考和方向引领。这是对浙江蚕桑习俗文化研究的一大推动，也激励着更多人投入这一领域的探索中来。希望未来能有更多像他们一样的学者，继续关注并致力于非遗文化的传承与发展。

感谢我的导师华梅先生为本专著作序，离开她身边已经18年了，一直保持着联系，她无微不至的关怀与耐心细致的指导，始终引领着我不断前行。每次先生有新的专著或教材出版，都不忘寄给我一本，每次收到先生的学术成果，我都倍感亲切和自豪！我的每一个重要课题，也都会向她请教和汇报，在2015年，先生还为我的专著《江南服饰史》（上海古籍出版社）作序，给予我肯定和期待，感动不已！2023年我到天津看望了华梅教授、王家斌教授，两位先生到电梯口迎接我，见面的一刻，我热泪盈眶，师恩浩大，铭记于心！

  感谢校外实践教育基地及政府部门：云龙蚕歌传唱基地、中国·江南蚕俗文化博物馆、江南茧画艺术博览院、云龙蚕桑文化研学营地、中国丝绸博物馆、嘉兴市文化馆、嘉兴市非遗中心、桐乡市非物质文化遗产保护中心、桐乡市博物馆、桐乡市文化馆、海宁市博物馆、洲泉镇镇政府、洲泉镇文体站、云龙村村委会、云龙蚕乡民乐队、石门蚕种场、海宁市蚕种场、绍兴博物馆、绍兴市文化馆、绍兴市新昌县调腔保护传承发展中心、绍兴市新昌县文化馆、绍兴市柯桥区文化馆、金华市武义县文化馆、温州市泰顺县非物质文化遗产保护中心、乐清市文化馆、临海市文化馆、台州市非物质文化遗产保护中心、温岭市文化馆、湖州市安吉县非遗保护中心、兰溪市博物馆、杭州市工艺美术博物馆、浙江米赛丝绸有限公司、银桑丝绸家纺有限公司、洲泉镇花园头印染坊、嘉兴市嘉善县大云镇大云村村委会、金华市金东区傅村镇山头下村村委会、嵊州市文化馆、嵊州市黄泽镇甲青村村委会、嵊州市越剧博物馆、嘉兴市实验初级中学、嘉兴市秀洲实验小学等。

  在此一并表示衷心的谢意！

刘文

2025年3月